ハヤカワ・ミステリ文庫
〈HM489-1〉

悪童たち

〔上〕

紫金陳（しきんちん／ズージンチェン）
稲村文吾訳

早川書房
8692

坏小孩

by

紫金陈 (ZI JIN CHEN)

Translated by
Bungo Inamura
First published 2021 in Japan by
HAYAKAWA PUBLISHING, INC.
This book is published in Japan by
arrangement with
SHANGHAI INSIGHT MEDIA CO., LTD.
through BARDON-CHINESE MEDIA AGENCY

目次

悪童たち

〔上〕

登場人物

朱朝陽（ジュー・チャオヤン）…………中学二年生

丁浩（ディン・ハオ）[耗子（〝ネズミ〟)]

……………………………………………朱朝陽の友人

夏月普（シャー・ユエプー）[普普]……丁浩の友人

周春紅（ジョウ・チュンホン）…………朱朝陽の母親

朱永平（ジュー・ヨンピン）……………朱朝陽の父親

朱晶晶（ジュー・ジンジン）……………朱永平の娘。朱朝陽の異母妹

王瑶（ワン・ヤオ）………………………朱永平の現在の妻

葉馳敏（イエ・チーミン）………………朱朝陽の同級生

張東昇（ジャン・ドンション）…………殺人犯

徐静（シュー・ジン）……………………張東昇の妻

厳良（イエン・リアン）…………………浙江大学数学科教授。元捜査官

葉軍（イエ・ジュン）……………………派出所刑事中隊隊長

第一章　〝事故〟

1

見上げると、六、七メートルの幅の石段が山頂まで続いている。道の片側に沿った厚みのある城壁は南明朝(なんみん)が築いたと言われていて、もとはかなりの高さがあったが、数百年の風雨にさらされてほとんど形は残っていなかった。数年前に観光開発会社が修復したことで以前よりも分厚く、頑丈な造りになり、腰までの高さの壁は観光客たちが山を登るときの手すりになっていた。

この一帯は三名山(サンミン)と呼ばれ、寧(ニン)市ではもっとも知られた山で、歴史的には軍事要塞だったのが、いまは三名山景勝地区として観光地になっている。

この日は七月の第一水曜日、休日でも観光シーズンでもなかったので、景勝地区を訪れる観光客はほんのわずかだった。張東昇（ジャンドンション）は、この日を選んで義理の両親を山登りに連れてきていた。

「お義父（とう）さん、お義母（かあ）さん、途中の広場まで行ったらちょっと休憩しましょう」登山リュックを背負って、首からカメラをぶら下げた張東昇（ジャンドンション）は、疲れも見せずに義父母を気づかっている。だれが見ても出来のいい娘婿そのものの姿だった。

まもなく彼らは、バスケットボールのコートが五、六面は入りそうな山の中腹の広場にたどり着き、広場の端の木陰に立って、はるか正面の広々とした景色を見わたした。

義母は新鮮な空気を存分に吸いこんで、今日の遠出にいたく満足している様子だった。

「まえから三名山には来たかったの、休みの日は人がいっぱいで、五月の頭とか国慶節（十月一日の祝日。メーデーと同様に連休がある）はとんでもない混みようだってだれかが言っていたけど、東昇（ドンション）は先生だから夏休みがあるおかげで、わざわざ休みの日に来なくて済んだからね。ほら、今日はだあれもいないじゃない」

張東昇（ジャンドンション）はあたりをぐるりと見回す。今日は平日で人影はほとんどなく、三人がここにいるほかには、広場の奥にいくつか土産物の店があって、そこでぽつぽつと何人かの観光客がなにか食べたり、涼んだりしている。それと三十何メートルか離れた場所に小さい東（あずま）

屋(や)があって、いまはそこで中学生くらいの子供たちが三人、自分たちだけでじゃれあっていた。

だれもこちらは意識していない。

「お義父さん、お義母さん、水分を摂りましょう」リュックを地面に下ろし、水筒を二本取り出して彼らに渡すと言葉を続けた。「お義父さん、いい景色なんですから、お義母さんと並んで写真を撮りましょうよ」

老夫妻は娘婿の提案を聞きいれて、言われるままに二人並んで立ち、お決まりのピースサインを作った。カメラを手にした張東昇(ジャンドンション)はひとしきり画角を試したあと、カメラを下ろして向こうを指さしながら言う。「うしろのその城壁が景色の邪魔になってますね。二人ともそこに腰かけてもらって、こっちが角度を変えて空を背景に撮るってのはどうですか。そのほうがいい写真になりますよ」

義父はいくらか面倒そうに返す。「なんでもいいだろうが。写真は好きじゃないんだ」口ではそう言いながら娘婿の親切に逆らうわけにもいかず、妻の上機嫌な様子も考えて、結局は言われたとおり数メートルうしろにあった城壁まで歩いていく。

腰のあたりまでの高さの城壁は相当な幅の厚みがあり、観光客たちもよくそこに座って写真を撮っていた。老人は両手を突いてそこに腰かけ、その妻もとなりに腰かけると腕をからめる。張東昇(ジャンドンション)は二人に笑いかけて、持ちあげたカメラを何度かのぞきこんだがまた下ろし、二人のほうに歩いていく。笑顔のまま言う。「二人とも、もうちょっとくっついてみましょう、もっと仲良くね」

老人はきまり悪げにごまかそうとする。「なんでもいいだろうが」その妻は顔をほころばせながら娘婿の言葉に従い、夫の腕をさらに近くに引きよせた。

張東昇(ジャンドンション)は最後にもう一度、あたりをぐるりと見回した。開けた周囲にほかの人影はない。遠くにぽつぽつと見える観光客はこちらを見ていない。三十数メートル離れた東屋の子供たちは、三人だけでじゃれあっている。

一年近く計画を立ててきた。いまがその時だ。

笑いながらしゃべりかけ、手を伸ばして二人の姿勢を調整しようとする——次の瞬間、その両手は猛烈な速さで二人の足を抱えこみ、力を入れると突如として地面から離し、引っぱりあげ、押しこみ、一瞬のうちに、老夫婦は二つの木偶(でく)のように壁の外に投げだされた。続いてうわあという二人の叫び声が長く尾を引いて聞こえ、かと思うと遠くからこだまとなって返ってくる。

そのあと、張東昇(ジャンドンション)は数秒立ちつくして、急いで壁から身を乗り出して下をのぞきこみ、舌をもつれさせたようにわめきたてた。「お義父さん！　お義母さん！——お義父さん！

お義母さん！」

ひとつの声も返ってこない。

助かるはずがない高さだ。

慌ただしく振り向き、広場の向こうにある土産物屋に向かって駆け出すと、同時に遠くにいた人々も騒ぎを聞きつけて駆け寄ってきて、なにが起きたのかと急いで尋ねてきた。

すっかり慌てふためいた雰囲気で、悲痛な声で訴えた。「早くだれか！　だれか助けてください！　義父（ちち）と義母（はは）が落ちたんです！」

これが事故ではなく殺人だとは、その場のだれ一人として思っていなかった。

張東昇（ジャンドンション）の心の奥にちらりと冷笑が浮かぶ。あの一秒間の行動のために、自分は一年近く計画を練ってきた。これこそ完全犯罪だ。どんなに珍しく手のこんだ殺人方法も、この〝事故〟と比べればとうてい及びもつかない。毎年何千、何万件と起きる事故にも、ひょっとするとどれかに事故ではなく殺人が混じっているのかもしれない。人々は永遠にその真相を知ることができないのだけど。

2

浙江大学はもう夏休みに入り、先週はどこも人であふれかえっていたキャンパスも、いまはいくらか閑散として見えた。

この日、数学科博士課程指導教員の厳良が学会への出席を終えて研究室に戻ってくるともう昼で、採点作業を任せていた男子一人と女子一人、博士課程の二人の学生に声をかけ、昼食に連れ出した。

校門を出たところで、携帯を書類かばんから取り出した。学会の席では電源を切っていたので、連絡が来ていないかとここで確かめる。電源を入れるとすぐさま通知音が連続して鳴った。携帯を顔に近づけ、真昼の太陽に背を向けて目を細くしながら見てみると、不在着信の通知が三件あり、どれも徐静からだった。そのあとには徐静からSMSも入っていた。〝厳おじさん、通知を見たらとにかくすぐに電話をください〟

厳良は眉をひそめる。なにがあったのかわからないが、メッセージはかなりせっぱ詰まった様子に見えた。徐静の父親は厳良の従兄で、寧市の煙草専売局で主任を勤めていたが、いまはもう退職している。徐静は厳良からすれば従姪にあたる。もともとは近しい関係とは言えなかったが、大学に進んだ徐静が浙江大に入ったことで、従叔父である厳良がなにくれとなく世話を焼くことになり、従兄の一家とは気安い間柄になっていた。

それに、徐静(シュージン)の夫の張東昇(ジャンドンション)はかつての厳良(イエンリアン)の学生、しかも自慢の弟子だった。徐静(シュージン)が張東昇(ジャンドンション)と知りあったのも厳良(イエンリアン)を訪ねてきたときのことで、たちまち二人は恋に落ち、そして卒業してまもなく結婚に至っていた。厳良(イエンリアン)は徐静(シュージン)の従叔父であるとともに、二人の結婚の仲立ちをしたことになる。

張東昇(ジャンドンション)を思い出すたびに、厳良(イエンリアン)はため息をつかないではいられない。学部でもたくさんの学生を教えてきたが、彼は記憶に残っている数少ないうちの一人だった。数理論理学の分野で天賦の才があった張東昇(ジャンドンション)のことは見込んでいた。

学部の卒業を控えたころ、張東昇(ジャンドンション)は直接博士課程に進むことも可能だった。厳良(イエンリアン)もこの学生の指導をするのに乗り気だったが、張東昇(ジャンドンション)は予想に反して進学をあきらめ、仕事先を探しはじめた。厳良(イエンリアン)は何度も訪ねていき、進学して研究を続けないかと勧めた。しかし張東昇(ジャンドンション)は、自分は農村の生まれで恵まれた育ちではなく、これまでの数年も教育ローンで学校に通っていたと打ちあけた。早く金を稼ぐようになって家の負担を軽くしたいし、徐静(シュージン)と結婚する予定もあって、勉学を続けるわけにはいかないという。それからほどなく、徐静(シュージン)は寧市に戻って、家族の伝手(つて)を頼って煙草公社で働くようになり、張東昇(ジャンドンション)は高校の数学教師の職を見つけたのだった。

携帯に届いたＳＭＳに考えを戻して、厳良(イエンリアン)が徐静(シュージン)に電話をかけなおそうとしたとき、そばにいた男子学生が突然声を上げた。「あれ、あそこでおばあさんが転んでますよ！」

電話をかける手を止めて、学生に続いて急いで駆けよった。

交差点の角の歩道で、老婆が倒れている。手と膝に血が付いていて、手で足首を引きよせながら、わあわあと声を上げていた。

厳良（イエンリアン）は迷うことなく助け起こしに行こうとしたが、横の男子学生に慌てて引きとめられた。「先生、待ってください！」

「どうした？」

学生は警戒した口ぶりで耳元でささやいてくる。「最近は転んだふりで金を巻き上げてくる年寄りがたくさんいるんです。ニュースでもしょっちゅうやってます。助け起こしてあげたら、立ちあがったとたん先生に怪我をさせられたから金をよこせって言い出すから、そうしたら話も通じませんよ」

女子学生もそれに続く。「そうですよ、起こしてあげようとか、手出ししないほうがいいです」

会話を耳にした老婆は、目を見開いて見返すと、ふらつく手を伸ばしてきた。「助けて……起こしてよ、あたしは一人で転んだんだ」

男子学生の態度は変わらず、まだ厳良（イエンリアン）を引きとめている。厳良（イエンリアン）は眉をひそめ、逡巡を続けていた。転んだふりをした老人が金をせびってくるニュースをしょっちゅう聞くのは確かだ。そこに、電動のスクーターに乗った無骨な風体の中年男がそばを通りがかった。この光景を見たかと思うとすぐにスクーターを降りて、駆け寄って老婆を助け起こそうとしたが、手を止め、振り向いて三人をにらみつけた。「こんな、人を転ばせといて、なにを突っ立ってるんだ！　早く起こして病院に送っていってやれよ」

直後、二人の学生は反射的に一歩退(さ)がり、倒れている老婆から距離を取って、異口同音に反論した。「こっちはぶつかってない、いま来たらこうなってたんだって！」

男は眉間にしわを寄せ、語気をいくらかゆるめた。「あんたらがぶつかったんじゃなくても、起こして病院に連れてくもんだろうが」

すかさず男子学生が言いかえす。「おじさんはなんで起こしてやらないんだよ」

「おれが？」男はすこし黙ったが、眉を持ちあげると後ろめたい様子もなく言う。「現場に一仕事しにいくとこなんだよ、暇があったらとっくに助けてやってるさ！」厳良(イエンリアン)が首から下げている名札を見つめて、舌打ちした。「あんたら、浙大の先生か？」

「わたしが教員だ。この二人は学生なんだ」

男はやたらにため息をついてみせる。「浙大の先生と学生だってのに人助けを渋るとはね、いまどきのやつらはどうしちまったんだ、人助けがそんなに難しいもんか？　高級インテリを名乗っておいてよ」

いつ自分が〝高級インテリ〟を名乗ったんだ——厳良は心の奥で叫ぶ。しかし男から浴びせられた言葉に、厳良の顔にもやましげな表情が浮かんでいた。

厳良たちが悩んでいるのを目にして、男は言った。

「おれは現場があるから時間を使ってやれねえんだ。どうだい、先生、人助けをするのが不安だっていうならおれが証人になってやる。携帯で動画を撮って、ばあさんが転んだのはあんたたちと関係ないって証明するよ」厳良から携帯を受けとって目のまえに掲げ、画面を起動させて言う。「先生、こうしてればいいだろ、ほら、こうやって写しとけばどっからどう見てもばあさんは勝手に転んで、あんたたちとは関係ないって証明になる」

一瞬考えこんだ厳良は、相手の言うことももっともで、証人も、映像の証拠もあれば確実だろうと、ようやく学生たちとともに老婆を助け起こした。

「ありがとうさん、いやあ助かった！　みんないい人たちだ！」厳良の手を固く握ったあと、老婆はよろよろと数歩歩きだす。

厳良は温かく笑いかけた。「大丈夫ですか。車を呼んで病院まで送りましょうか？」

しかし病院と聞いた老婆はすぐさま申し出を断った。「大丈夫さ、あたしは歩けるよ、気づかいはいらないんだ、どうもどうも、ありがとうね」そう言いながら、手を貸していた一同からたちまち身体を離し、一人で歩きだして、数歩歩くうちにみるみる早足になり、そのうち平然と走りだした。

どんどん遠ざかっていく後ろ姿に男子学生は目をみはり、顔に浮かぶ表情は驚愕からしだいに憤激に変わっていった。「言ったでしょう、あの年寄りはきっと詐欺師だって、ほら、飛ぶような走りって言えるくらいじゃないですか。こっちが何人もいるときじゃなかったら、きっと先生から何百元か巻きあげてましたよ。うまくいかなかったから、病院に送っていくって聞いて、慌てて逃げ出したんですって。あの詐欺師が！」

女子学生も繰りかえしうなずいて同意する。

厳良（イエンリアン）は眉間にしわを寄せ、立ちつくしたまま困惑していた。胸に妙な気分が残っていて、釈然としなかった。「なにかが起きてるような気がするんだが」そう言って額に手を当て、次の瞬間、突然声を上げた。「違う！　携帯は？　わたしの携帯はどこだ！」

振りかえってあたりを見ると、携帯で動画を撮ってくれていた中年男は忽然と姿を消していて、老婆のほうは、スクーターにまたがってあっという間に逃げ去る姿がはるか遠くに見えた。

結果、徐静（シュージン）に電話がかけられることもなかった。

第二章　罠

3

中学校の二年四組の教室、一列目のいちばん右の机には、〝大きな苦労をしてこそ人の上に立てる〟と文字が刻んであった。

夜自習の一限目が終わっても、朱朝陽（ジューチャオヤン）は机に覆いかぶさり、脇目もふらずに数学の参考書の練習問題を解いて、明日の期末試験に備えていた。

とはいえ数学の点数はすでに文句のつけようがなく、ほぼ満点を取っている。しかし朱（ジュー）朝陽（チャオヤン）は心の底から数学が好きでたまらないのだ。難しい問題を解くのもたんに試験のためではなく、幸福感というべきもののためで、だから試験前の最後の時間も数学に割いているのだった。ほかのいくつかの教科、物理、化学、生物は九分どおり満点を取れる自信があり、国語、英語、政治の三教科もそう低くはならない。明日から二日間の試験には勝算があった。

突然、ばん、と机に二つの手が叩きつけられた。練習問題から意識を引きはがされて朱(ジュー)朝陽(チャオヤン)は飛びあがる。顔を上げると、一重まぶたの短髪の女子が冷ややかにこちらをにらみつけている。

不機嫌そうに相手を一瞥する。「葉馳敏(イエチーミン)。なにかあった？」

「陸(ルー)先生が呼んでる」相手は挑発の色を見せる目つきで、そう冷たく言い放った。

朱朝陽(ジューチャオヤン)は立ちあがって同じような目つきで見つめかえしてやったが、すぐにやめた。自分はクラスの男子でいちばん背が低くて、女子の葉馳敏(イエチーミン)も自分より背が高い。にらみかえすには相手をわずかに仰ぎ見ないといけないが、それではとても面子(めんつ)が立たない。

ばかにするように鼻を鳴らすと、ちょうど腸の蠕動(ぜんどう)に合わせてこっそり屁を一発浴びせ、何秒か待ってから大げさに鼻をつまんで声を張りあげた。「葉馳敏(イエチーミン)、屁をするんだったら一言言ってよ」

葉馳敏(イエチーミン)は眉を吊りあげて、一言だけ絞り出した。「ばかやろう」

声を上げて笑いながら、ふざけた顔をしてひとしきり相手をからかったあと、朱朝陽(ジューチャオヤン)は背筋を伸ばして堂々たる足どりで職員室に向かった。しかし、部屋に入った瞬間に縮こまる。

担任の陸は四十過ぎの女で、背は高く痩せ細っていて、愛想がなく、ほとんどの生徒たちから恐れられていた。朱朝陽も例外ではない――成績が良いといってもいまひとつ出来の良くないのが英語で、陸先生が教えている教科は英語だ。そんなことより、いま陸先生の顔には更年期障害の症状のいらいらがはっきり出てる。

その表情を目にした朱朝陽は雰囲気がおかしいのを感じとって、無意識に首を縮こませ、まるで亀のようになってふるえながら尋ねた。「陸先生、ぼくにご用ですか?」

相手は口をつぐんだまま手元の課題の添削を続けていて、こちらを無視するつもりらしい。手でズボンを握りしめた朱朝陽は緊張で落ちつかなくなりはじめ、ひととおり考えをめぐらす。最近目を付けられるようなことはなにもしてないのに、この人はどうしたんだろう? 耳が聞こえなくなった? 食べすぎ? 離婚した? たっぷり五、六分待たせたあと、積みあがった冊子の添削をようやく終えて、教師は顔を上げてこちらに目をやる。口ぶりにはなんの起伏もなかった。「どうして葉馳敏のデジタルカメラのレンズを壊したの?」

葉馳敏は学校の放送局の記者をやっているから、カメラをよく学校に持ってきていた。

朱朝陽は眉をひそめ、困惑が顔に表れる。「カメラのレンズって……どういうことですか?」

「葉馳敏（イェチーミン）のカメラはわざと壊したの？」

わけがわからない。「ぼくがあいつのカメラにいつ手を出したっていうんですか？　触ったこともないです！」

「まだ認めないの？」

「や……やってないです」ことさらわかりやすく顔をゆがめて、無実を伝えようとした。

「やってないですって！」教師の顔色が変わった。「あなたが机からカメラを取りあげて、壁に叩きつけるのを葉馳敏（イェチーミン）が見ているの。取りもどしたときにはレンズは割れていたって」

「ありえない、そんなはずないです、なんであいつのカメラに手を出すんですか、ぼくは触ったこともないんです」朱朝陽（ジューチャオヤン）はこの会話がまったく意味不明な方向に進んでいることだけを感じとっていた。なんで急にカメラのレンズなんて話がふってわいてきたんだ？

忌み嫌うような目つきが向けられる。「言いのがれはやめなさい、弁償はいらないって葉馳敏（イェチーミン）は言っていたんだから。これだけ寛大にしてくれているのに、まだ嘘をつくなんて！」

「ぼ……ぼくは……」いわれもない濡れ衣を着せられて、涙があふれそうになる。完全に根も葉もない話だ。一日じゅう課題をやっていて、葉馳敏（イェチーミン）のカメラとやらには一度も触れたことがないのに、いったいなにがあったんだ。

　しばらくこちらを見ていた教師は、しだいに表情が落ちついていった。「ひとまず自習に戻りなさい。明日から試験だから、この件はこれまで。これからはほかの生徒のものには手を出さないこと」

　申し開きをしようとも思ったが、すこし考えてやめた。なにも知らないままこんなことになって、さっぱりわけがわからないのに、この人ともめてなんになるんだ。とりあえず戻ったら、葉馳敏（イエチーミン）のやつに話をしにいくしかない。

4

　すでにチャイムは鳴って、また自習時間が始まっていた。朱朝陽（ジューチャオヤン）が教室に戻って、葉（イエ）馳敏（チーミン）にとげとげしい視線を向けると、相手の口の端に軽蔑の笑みが浮かんで、また参考書に視線を落とすのが見えた。

　どうともできず一列目の席に腰を下ろすと、それに気づいた隣の席の女子がこっそりとペンでこちらの肘をつついてきた。顔を向けたとたん、抑えた声で早口に話しかけてくる。

「こっちは向かないで、あの子たちに気づかれる。教えたいことがあるんだけど」

朱朝陽(ジューチャオヤン)はうつむいて参考書と向きあい、小声で尋ねた。「どうしたの」

女子も身体を動かさないまま、目は自分の参考書に向けてこそこそと話しだす。「陸(ルー)のやつに呼びだされたのって、葉馳敏(イエチーミン)のカメラの話だった？」

「そうだけど」

「あの子たちにはめられたんだよ」

「えっ？」

「夜ご飯が終わって教室に来たときに、葉馳敏(イエチーミン)とクラス長がカメラをいじってて、床に落としてレンズが割れちゃったって話してるとこを見たの。それから、朱(ジュー)くんに壊されたって先生に言いつけようって話をしてるのも聞いた」

「なんだよそれ」びっくりして目を見開く。「あいつらに罠を仕掛けられたんだろうって、ぼくも思ったんだよ。こっちは一日じゅう問題を解いてて、あいつのカメラになんか触ったわけがないのに。あの犬畜生……自習の時間が終わったら先生にほんとうのことを聞かせてやる！」

女子は慌てて言う。「やめてよ、お願いだから。いまは内緒で教えてあげたんだから、わたしが言ったっていうのはぜったい、だれにも話さないで。でないと、女子全員が敵になっちゃうと思う」

朱朝陽（ジューチャオヤン）は眉間にしわを寄せ、逡巡している様子だったが、長々と考えた結果、相手の話を受けいれたようだった。「うん」

「わかってくれたらいいんだ。ぜったいに言っちゃいけないからね」

「言わないよ」

「こうやって朱（ジュー）くんを罠にはめるなんて、あの子たち、ちょっとひどすぎると思う」

「なんでぼくをはめようと思ったのかな」

女子が答える。「わかんない。葉馳敏（イエチーミン）はカメラを壊しちゃって、お父さんに怒られたくないと思ったのかもね。あの子のお父さん、警察の派出所の隊長で、むかしは軍隊にもいたし、すごくしつけが厳しくて、ちょっとでも間違ったことをしたらぶたれるんだって。同級生がぶつけて壊したって言ったらお父さんには怒られないし、学校に押しかけて子供にレンズの弁償をさせろって言うのも警察官の面目が立たないからしないだろうしね」

「くそっ」朱朝陽（ジューチャオヤン）は拳を握りしめる。「そんな理由で濡れ衣を着せられたのか。へっ、こんなに大きくなっても親にぶたれてるんだ」

「軍隊にいた人だからね。男の子より厳しくしつけられてるって。まえにあの子の耳の付け根が赤くなってたことがあって、お父さんにやられたって言ってた」

人の不幸を喜ぶように鼻で笑って返した。「なるほどね、男あつかいで育てられてるわけだ。だからあんなに短い髪型にしてるんだ。あれじゃ男か頭のおかしいやつか尼さんだもんね。いつ見ても死んだ魚みたいな目がぎょろぎょろしてるのも、親に殴られてああなったんじゃない？」

これを聞いて女子はこらえきれずにくすくす笑いだしたが、そのとき、二人は周りの気温が一瞬にして零度に下がったことにはたと気づいた。気づかないうちに教室の後ろの入口から死霊のように現れていた陸（ルー）教師が二人のそばに立って、冷たい声で尋ねてくる。

「楽しそうに話しているけれど」

女子は舌を出して慌てて下を向き、息をすることすら控えている。朱朝陽（ジューチャオヤン）は気まずいまま座っていたが、数秒して、勇気を出して口を開いた。「ぼくが方麗娜（ファンリーナー）を笑わせてたんです」

「明日から試験なのに、そんなこと考えてる場合なの！」

この先生の肺はきっと冷蔵庫になってるんだろうと思った。鼻から冷気が噴き出すのがうっすらと見えたから。

時間が経ってまた休み時間になり、朱朝陽（ジューチャオヤン）がトイレに立つと、トイレの前の洗面所に来たところで葉馳敏（イエチーミン）が水筒を洗っているのが目に入った。洗面台に手を叩きつけてどなる。

「なに考えてるんだよ、濡れ衣を着せたりなんかして」

葉馳敏（イエチーミン）はしばらくこちらを眺めまわすと、冷たく笑って答えも返さず、うつむいてまた水筒を洗いだした。

「このくずが」一声吐きすてて、トイレに入ろうとする。

突然、葉馳敏（イエチーミン）がわっと声を上げて泣きだした。朱朝陽（ジューチャオヤン）はそれを驚いて見つめながら困惑に襲われていた。一言言ってやっただけで泣きだすって？　それじゃ林黛玉（リンダイユー）（小説『紅楼夢』のヒロインの一人で繊細な性格）じゃないか。

もっと予想しなかったことに、その直後、水筒を持ちあげた葉馳敏（イエチーミン）は、そこになみなみと入っていた水を自分自身の頭にぶちまけた。そして身を翻すと泣きながら走っていく。朱朝陽（ジューチャオヤン）は眉をひそめ、なにが起きたかわからず気になりながら用を済ませて、教室に向かった。職員室の戸口を通りすぎたとき、なかで葉馳敏（イエチーミン）が陸（ルー）教師を前にして泣いていて、その横からも二人の教師に慰められているのが見えた。

そこで陸（ルー）教師のほうも朱朝陽（ジューチャオヤン）のことに気づき、すぐさま立ちあがるときつい声で叫んだ。

「朱朝陽（ジューチャオヤン）、こっちに来なさい！」

言われたほうは全身が跳ねあがり、相手の怒りに燃えた目つきを見ながら、おそるおそる職員室に入っていくしかなかった。

「あなた、葉馳敏（イエチーミン）に水筒の水をまるごと浴びせたっていうけれど、なんでそんなことをしたの！」

「ええっ！」朱朝陽（ジューチャオヤン）は目をみはる。「そんな……してません、葉馳敏（イエチーミン）が自分でかぶったのに！」

　このときになって、ようやくなにが起きたのかが理解できたが、この場ではどう反論しようともすべて徒労のようだった。葉馳敏（イエチーミン）はやたらと痛々しく泣いているし、頭は濡れそぼっていて、しかも朱朝陽（ジューチャオヤン）のことを告発してすぐのことだ。どんな教師もごく当然に、言いつけられたのを恨んだ朱朝陽（ジューチャオヤン）が水をかけたと信じるだろう。

「明日、お母さんを学校に連れてきなさい！」

　朱朝陽（ジューチャオヤン）は顔を引きつらせる。「ほ……ほんとにやってないんです、葉馳敏（イエチーミン）が自分で水をかぶったんです。あ……明日は試験もあるし」

「まだしらを切るの！　それじゃあ試験を受けさせませんから」陸（ルー）教師は有無を言わさぬ態度だった。

「ほ……ほんとにやってないです、ほんとにあいつが自分でかぶったんです」口の端がひくつきはじめる。

「まだ認めないつもり！　こんな生徒、いままで見たことがない！　成績が良くても人格とは関係がないようね。明日は必ずお母さんに来ていただくから——あなた一人なら学校に来なくていい」

朱朝陽（ジューチャオヤン）の爪は深く手のひらに食いこみ、頬は震えていた。思い出せるかぎりで最悪の日だ。

チャイムが鳴ったので、陸（ルー）教師は葉馳敏（イエチーミン）に自習に戻るよう言った。そして気を落として明日の試験に響かないようにと、優しく、抑えた声で慰めの言葉をかけた。

葉馳敏（イエチーミン）が行ってしまうと、陸（ルー）教師はあらためて朱朝陽（ジューチャオヤン）と向かいあい、しばらく見つめたあと、多少語気をゆるめた。「そうね……お母さんからおうちのことは聞いているの。ご両親が離婚して以来、お父さんはあまりあなたにかまわなくなったし、お母さんも景勝地区で働いているからいつも家にはいられないって。あなたはほとんど一人で家にいるから、わたしたちに教師としてしっかり指導してほしいとおっしゃっていたのよ。でも、どうしてこんなことをしでかしたの？」

「やってないです、ほんとうにやってないんです」声が涙まじりになる。

「この期に及んでまだ認めないの！」陸（ルー）教師は眉間にしわを寄せ、冷たい視線を浴びせる。

「何日かまえにも葉馳敏（イエチーミン）に暴力を振るって——」

「違います、それもあいつからの言いがかりなんです」

陸(ルー)教師は深く息を吸いこんだ。目の前の生徒への期待が完全に消えうせた様子だった。

「これじゃあどうにもならなそうね、明日お母さんを連れてきてもらって、先生から話をしますから」

「あ……明日は仕事があると思います」

「休みを取ってでも来てもらいなさい。今晩はもう自習をしなくていいから、早く帰ってお母さんに電話をかけて、明日学校に行ってもらうように言うの。来てくれないのなら、あなたも明日は試験を受けなくていい」

朱朝陽(ジューチャオヤン)は口を引きむすび、その場に立ちつくしている。

「ほら行って、もう帰りなさい！」朱朝陽(ジューチャオヤン)の腕を引いて、職員室から連れ出そうとする。

引きずられて戸口の手前に来たとき、朱朝陽(ジューチャオヤン)はもう我慢できずに泣きだした。「ごめんなさい、ぼくが悪かったです。もうこんなことはしないから。陸(ルー)先生、明日の試験は受けさせてください。ほんとにぼくが悪かったです。葉馳敏(イエチーミン)をいじめるのはいけないことでした、ほんとに悪かったです」

職員室にいたもう二人の教師はふだんから朱朝陽(ジューチャオヤン)に好意的で、ここでもそろって取りなしに入ってくれた。「陸(ルー)先生、もういいでしょう、間違いを認めたわけだから、念書を書かせて試験はもとどおり受けさせては」

陸(ルー)教師は深く息を吸いこんで、最後には二人の教師にともに説得され、泣きじゃくりながら過ちを認めた朱朝陽(ジューチャオヤン)の態度にも免じて、職員室で念書を書かせてから教室に帰らせた。

教室に戻っても朱朝陽(ジューチャオヤン)はうつむいたままで、隣の女子からなにがあったのか訊かれても、首を振ってなにも答えなかった。夜自習が終わって、疲れきって荷物をまとめ家に帰ろうと思い、教室を出たところでちょうど葉馳敏(イエチーミン)とはちあわせした。葉馳敏(イエチーミン)はせせら笑いながら話しかけてきた。「いっつもあんなに成績がいいのが悪いんだよ。いっつもわたしはお父さんに叱られてて、だからあんたをいやな気分にさせて、明日の出来を悪くしてやるんだ。今度も一位を取れるか、見ものだよね」

驚いた。葉馳敏(イエチーミン)が今晩立てつづけに先生のまえで演技して、罪を着せてきた動機がやっと理解できた。こっちの試験の点数に嫉妬して、だからこんな策で罠にかけてきたなんて。怒りの目を相手に向け、すぐに視線を下げてなにも言わずに、静かにリュックを背負ってその場を去った。

この学期が早く過ぎ去ることを心から願った。

第三章　見捨てられた子供

5

夏休みがやってきて、朱朝陽（ジューチャオヤン）はやっと不運に別れを告げられた気がした。家は六十平米しかない、九十年代に建った古い分譲団地の一室で、間取りは2LDK。床には当時大流行したビニールのマットがいまだに敷いてあって、しっくい塗りの壁はいたるところが黒ずみてかって見え、歳月を重ねた雰囲気が染みついていた。

入って右手の部屋、頭上では鉄製の扇風機がのんびり空気をかきまわしている。上半身裸で短パンを穿いた朱朝陽（ジューチャオヤン）は、床のござに横になっていて、手には一冊の本。五、六十ページしかなく、粗い印刷で、表紙には大きな文字で『秘策・高身長を目指す人に』とあった。

なにかの雑誌でこの本の広告を見かけ、相手に二十元を送金すると、たしかにこの〝秘策〟が送られてきた。本には背を伸ばすための方法がいろいろと書いてあり、大事なところは一つひとつペンで囲んでいく。一つとくに気になったのは、背を高くしたいなら炭酸飲料を飲んだらいけない、というところで、炭酸飲料はカルシウムの吸収を妨げるらしく、これからコーラは絶対に飲めなさそうだった。この項目には特別に星印を付けておいた。

　本を読みふけっていたとき、表から突然せわしないノックの音が響いた。〝秘策〟の本を閉じて本棚に押しこみ、起きあがって玄関を開けにいく。鉄製の扉を開けた向こうには鉄柵型の年代物の防犯扉が閉まっていて、外には一人の少年と一人の少女が立っていた。二人は朱朝陽（ジューチャオヤン）と同じくらいの年代で、少年のほうは背が一メートル六十五センチくらいでこちらより頭一つ高く、少女は自分よりすこし背が低い。二人はずいぶん切羽詰まったような表情だった。

けげんに思う。「だれに用？」

「朱朝陽（ジューチャオヤン）、やっぱりここに住んでたんだな！」少年の眼が輝き、興奮して自分のことを指さす。「おれのこと、わかるか？」

「〝おれ〟？」相手を眺めまわした朱朝陽（ジューチャオヤン）は、何秒もしないうちに言葉が口をついて出ていた。「丁浩（ディンハオ）！　な……なんでここにいるんだ？」

「助けてもらいにきたんだ。なんでもいいから、早く開けてくれよ！」

玄関を開けると、丁浩（ディンハオ）は少女を従えて足早に入ってきて、急いで扉を閉めると息せききって訊いてくる。「水飲んでもいいか？　干からびそうなんだよ」二人に水を汲んでやると、丁浩（ディンハオ）はごくごくと飲みほし、少女はすこし顔を横に向け、つつましく飲んでいた。

少女の顔には初めて見たときから一度も表情が現れず、氷でできているかのようだった。

「この子は？」朱朝陽（ジューチャオヤン）は少女を指さす。

「普普（プープー）。普普（プープー）って呼んでいいぞ、おれの妹みたいなもんだ。普普（プープー）、こいつがいつも話をしてた朱朝陽（ジューチャオヤン）だぞ。小学校のときはいちばんの兄弟分で、ええと……四年生からだから、もう五年会ってない」

「はじめまして」普普（プープー）は無表情のまま頭を下げて、いちおうのあいさつをしてきた。

女子がいる場で短パン一丁はよくないと、朱朝陽（ジューチャオヤン）は引っこんでTシャツを着たあと、二人を自分の部屋に招きいれて座らせた。「耗子（ハオズー）（ネズミを意味するあだ名。〝浩（ハオ）〟と〝耗（ハオ）〟の音が共通）、何年も会ってないけど、なんでそんなに背が伸びたんだ？」

「へへっ、高いだろ？　おれもわかんないんだ」丁浩（ディンハオ）はどこか恥ずかしそうに頭をかいた。

「それで……さっきずいぶん慌てた感じだったけど、なにがあったんだ？」

「ううん、話すと長くなる」丁浩（ディンハオ）は手を振ってみせる。妙におとなびたしぐさだった。

「おれたちは捕まって連れてかれるとこだったんだよ。車から逃げてきたんだ」

朱朝陽（ジューチャオヤン）は仰天した。「人さらい？　警察に通報する？」

「いや、人さらいじゃねえよ。こんなにでかい子供を捕まえて売るやつがいるか？　そうじゃなくて……」言いかけたところで丁浩（ディンハオ）は笑い声を上げ、そしてため息をついた。「ほんとに話すと長くなるんだよな」

朱朝陽（ジューチャオヤン）はさらに混乱する。「いったいなにがあったんだよ？　なんで戻ってきたんだ？　この何年間か、どこの学校に行ってたんだ？　四年生が始まったらすぐ、一家でよそに引っ越したって先生から聞いて、もう会えないんだと思ってたのに。あのときはずいぶん慌ただしくて、あいさつ一つもなかったよね。また引っ越してきたとか？」

丁浩（ディンハオ）の表情が変わって、普普（プープー）に目をやる。普普（プープー）は丸太かなにかのように二人の会話にまったく反応せず、表情にもなんの動きもない。

「どうした？」ますます妙な気がしてくる。

丁浩（ディンハオ）は息を吐いて、低い声で尋ねる。「おれがなんでよそに行ったか、ほんとに知らないのか？」

「なにも言われなかったんだから、知ってるはずないだろ」

「ああ……あれはな……あのとき、おやじと母ちゃんが捕まったんだ」

「どういうこと？」

丁浩(ディンハオ)は口を引きむすぶ。「おやじと母ちゃんは人を殺した。捕まって、銃殺刑になった」

「ええっ！」朱朝陽(ジューチャオヤン)は目を見開き、即座に二人におびえた視線を走らせた。とくに身長も身体つきも自分より一回り大きい丁浩(ディンハオ)のほうに。咳ばらいをして続ける。「な……なんでだれも知らなかったんだ？」

「うん……先生が内緒にしたんだろうな。おまえたちに知らせたくなかったんだろ、同級生が殺人犯の子供だなんて」口の端に、自嘲するような笑みがうすく浮かんでいる。

「ごほ……そんなことぜったいに言わないでくれよ。親が人を殺したからって、おまえには関係ないんだし。それで……なんで人を殺したんだ？」ほんとうはぜんぜん知りたくもなく、なんでもいいから話を続けて、一刻も早くこの二人を追い出す手立てを考えようという一心だった。丁浩(ディンハオ)の両親が人を殺したと聞いた瞬間から、警戒心が芽生えていた。殺人犯の子供と話すのはこれが初めてだ。五年が経ってかつての友情も薄れたというのに、こいつは突然押しかけてきて、自分一人ではどうにも対処に困る。

丁浩(ディンハオ)はかすかに顔に血をのぼらせ、うなだれた。「おれもわからねえ。あいつらの話じゃ、母ちゃんが浮気をしてたもんだから、おやじは恨みつらみが溜まって、だれか女を連れてこいと言ったんだと。それで……それで、母ちゃんは妊婦のかっこうをして、道ばたで倒れたふりをして、親切な女子大生をだまくらかして家に連れこんだ。うん……それで、女はおやじに手込めにされて、そのあと……あいつら二人に殺された。あいつらはすぐに捕まって、銃殺刑になった」

「そんな……」丁浩（ディンハオ）が簡潔に説明するのを聞いて、朱朝陽（ジューチャオヤン）はまた肝をつぶしていた。心中はびくびくもので、いっそう早く二人を追い出したくなっている。しばらく経ってまた訊く。「ここ何年かは、どこにいたんだ？」

「北京の孤児院。おれみたいな殺人犯の子供は、血のつながった親戚も引きとってくれないから、孤児院に行くしかねえんだよ。普普（プープー）もおれと同じだ、両方とも第一後見人の親がいなくなって、第二後見人の親戚も引きとってくれないから、あそこの孤児院に連れてかれたんだ」

普普（プープー）は顔を上げて朱朝陽（ジューチャオヤン）を見たあと、また視線をそらした。

たちどころに気詰まりな空気になる。

二人とも殺人犯の子供だった——朱朝陽（ジューチャオヤン）はまたしても震えあがった。玄関を開けたことを心から後悔していた。そうと知っていたら部屋に身をひそめて、留守のふりをすればよかった。こいつらはこの家でなにをするつもりなんだ？

長い沈黙のあと、朱朝陽が咳ばらいをして、沈黙を破った。「それじゃあ、二人とも北京にいたのに、なんでここに戻ってきたんだ」

丁浩はなんだか妙な表情になり、口元をゆがめる。「逃げてきたんだって。とにかく二人ともあそこにはいたくなかったから、何ヵ月もかけて北京から寧市を目指してきてさ。普普は江蘇省の生まれだけど、もとの家には戻りたくないって言うし、おれもほかの場所は知らないから、ここに戻ってくるしかなかったんだよ。親戚のとこには行けない。おれたちが逃げたのを知ってるから、警察を呼んで連れもどさせるはずだろ。もともとは何日か寧市にいて、このあとどこに移るか考えようと思ってたんだけど、今日はほんとに運が悪くてさ、道ばたで――」そう言ったところで急に口を閉じ、黙りこむ。

「道ばたでなにがあったんだよ」

丁浩はすこし口ごもって、笑い声を上げた。「おれたちは大して金を持ってなくてさ、道ばたでなんか恵んでもらうしかなかったんだ」

「ええっ！」かつていちばんの友達だった小学校の同級生が、道ばたで物乞いをする境遇にまで落ちぶれていたとは想像もできなかった。

「話したら軽蔑されるのはわかってたけどさ、どうにもならなかったんだって」丁浩はうつむく。

「いや、軽蔑なんてぜんぜんする気もないって」

「へへっ、そうか?」丁浩(ディンハオ)は笑って、顔を上げた。「そうしたら、車が停まってさ。あの車は……普普(プープー)、なんて書いてあったっけ?」

「城管執法(都市管理関係の取り締まりを行う機関。横暴ぶりがしばしば問題になる)」普普(プープー)は冷ややかにその単語を口にした。

「そうそう、城管執法がよ、ここで物乞いはいけないから場所を変えろって言ってきたんだ。だからとりあえず出ていって、そのとき腹が減ってたから、近くの麺の店でなんか食おうと思ったら、食いはじめるまえにまたでかい車が来てさ。降りてきた野郎が、民政局から来たって言って、子供が二人物乞いをしてるって電話があったから、おれたちを収容所に連れていって保護者に連絡するって言い出して。どうにもならないよな、大人が何人も出てきて連れてかれて、おれも下手なことはできなかった。でもこのまま連れてかれて、おれたちが孤児院から逃げだしたって知られたら、また送りかえされるってことだろ?だからおれと普普(プープー)は途中で小便がしたいって嘘ついて、車を停めさせて、あいつらが待ってるあいだに急いで逃げだしたんだ。ちょうどおまえん家(ち)の近くに来て、住所は覚えてたからだめもとで呼んでみたら、まさかとは思ったけどおまえはまだここに住んでたってわけだ!」

説明を聞きながら、朱朝陽(ジューチャオヤン)の内心では当惑と不安がつのっていく。丁浩(ディンハオ)は小学校のときはいちばんの仲間だったとはいえ、何年も離れていてはその感情も消えかけている。

〝問題少年〟を二人家に上げてしまって、この場をどうすればいいのか。

　このまま追い出したら、なにか危険なことに遭わないだろうか？　家に居させるとしたら、これからどうしようか。かすかに眉をひそめ、歯切れ悪く言う。「それで……どうするつもりなんだよ」

　丁浩(ディンハオ)は両手を広げる。「まだ考えてない。おれは仕事を探しにいくかな、でも普普(プープー)はまだ小さいからな。背だって小さいだろ、おれより二歳下で、数えでまだ十二なんだから。学校に行けたら最高なんだけどな」

「そっちは？　学校は行かないの？」

「孤児院じゃ、勉強の時間がいちばん嫌(や)だったんだよ。ははっ、まえからバイトがしたかったんだ」

「でも、まだ働いていい歳じゃないだろ。だれも雇ってくれないって」

　丁浩(ディンハオ)は鼻で笑った。「言わなきゃわからねえって。見ろよ、これだけでかいのに、どっから見たら働けない歳だと思うんだ？」

　考えをめぐらせた朱朝陽(ジューチャオヤン)は、少々きまり悪そうに訊く。「じゃ……じゃあ、いまからどうするつもりなんだ？　っていうか……どこに住むつもり？　ええと……うちの広さはこんなものだし、その……見たとおりだけど」

　こちらの心配を見ぬいたようで、丁浩（ディンハオ）は笑う。「安心しろよ、ここに居座ったりしないから。でもよかったら、いったん一日か二日だけ泊まらせてもらって、休んでから出発ってのはできないか？」

「それは……」悩んでいるのが顔に出る。〝問題少年〟を二人家に泊めるのは、危険な行動だ。

　普普（プープー）が顔を上げて言った。「耗子（ハオズー）、もういいよ、行こう」

　丁浩（ディンハオ）は普普（プープー）に顔を寄せて、小さい声で言った。「さっきの車にかばんを置いてきちまって、大して金がないんだよ。どこにも……泊まれないかもしれない」

「大丈夫、なんとかなるから」普普（プープー）はあっけらかんと答える。

　丁浩（ディンハオ）は普普（プープー）に、それから朱朝陽（ジューチャオヤン）に目をやったあと、立ちあがって大声で笑った。「よし、じゃあこれで失礼するよ。朝陽（チャオヤン）、またな、仕事が見つかったらまた会いに来るから」

　朱朝陽（ジューチャオヤン）は渋い顔をしながら、二人を玄関まで送っていく。

「こんど仕事で金が入ったら、ケンタッキーをおごってやるからさ、ははっ。またな、朝陽（チャオヤン）！」丁浩（ディンハオ）はこちらに手を振ると、普普（プープー）を連れて向こうに歩きはじめる。数歩進んだところでまたこちらを向いた。「忘れるところだったよ、朝陽（チャオヤン）。かばんにサンザシ飴が入ってたんだった。北京で買ってきたんだぜ、一粒ずつ包んであって、きっと食ったことないだろ。おまえに会えたら食わせてやろうって、まえから言っててさ——」

普普（プープー）が冷たい目で見る。「かばんは車に置いてきたんじゃないの？」

あっと声を上げて、恥ずかしそうに頭をさすり、肩をすくめる。「じゃあ、また今度いつか食わせるしかないな。じゃあな、身体に気をつけろよ、拜拜（バイバイ）！」

「ちょっと——その——待って——」相手の言葉を聞いて、朱朝陽（ジューチャオヤン）は内心、多少のやましさに襲われていた。もとはといえば、小学校のとき丁浩（ディンハオ）はいちばんの友達で、登校も下校もいっしょ、何年ものあいだ、気づけばそばにいる間柄だった。あるとき、朱朝陽（ジューチャオヤン）が高学年の生徒にいじめられて、丁浩（ディンハオ）が出張ってきて代わりに取っ組みあいを演じたが、丁浩（ディンハオ）のほうがぶちのめされ、朱朝陽（ジューチャオヤン）は逃げだすということがあった。あとで丁浩（ディンハオ）から責めるような言葉は一言もなく、反対に、おまえが逃げなかったら二人ともぶん殴られてた、二人が殴られるより一人が殴られるほうがましだ、と言われた。かつての友情を思いだして朱朝陽（ジューチャオヤン）は思わず心を動かされ、二人が殺人犯の子供であることを一瞬忘れて、勇気をふりしぼって口にした。「今日泊まるところがないんだったら、うちに泊まりなよ。母さんは景勝地区で働いてて、何日に一回かしか帰ってこないから、明日も明後日もいないし、それまで泊まっていっていいよ」

「ほんとか？」願ってもない喜びなのがうっすらとうかがえる。

「うん、母さんの部屋には泊められないから、普普（プープー）はベッドで寝て、ぼくたちは床だけどいい？」

丁浩（ディンハオ）は朱朝陽（ジューチャオヤン）を見たあと、普普（プープー）のほうを向いた。「どう思う？」

普普（プープー）は無表情のまま数秒黙って、首を振った。「ひとに迷惑をかけたらよくない」

朱朝陽（ジューチャオヤン）は慌てて答える。「ほんとに大丈夫だから」

普普（プープー）はまたひとしきり黙っていたが、最後にうなずいた。「じゃあ、朝陽（チャオヤン）お兄ちゃんのお世話になる。もし気が変わったらあたしたちに言ってね。文句は言わないし、居座ったりしないから」

朱朝陽（ジューチャオヤン）の顔が赤くなった。

6

「普普（プープー）は麺を料理するの、ほんとに上手いな、ぼくよりずっと上手い」朱朝陽（ジューチャオヤン）は麺が入った碗を手に持っている。

「そうだ、孤児院のときは、いつも食堂のおばちゃんの手伝いをしてたしな」丁浩が言う。普普は表情なくその横に座り、ずいぶんと控えめに麺を口に入れ、お上品に咀嚼している。いまに至るまでほとんど口をきかず、人がなにを考えているかいっさい気にしていないように見えた。

　そのよそよそしい態度を前にして、朱朝陽は機嫌を取ろうとしてみる。「普普、麺はそれだけで足りるかな？」

「うん、足りる」普普はしれっと答える。

　そちらに視線を向けた丁浩が弁解してくれた。「いつもちょっとしか食わねえんだ。それに真昼だし暑いし、おれだってあんまり食欲がないからさ」食欲がないと口では言いながら、これでもう三杯目なのを朱朝陽ははっきりと見ている。

「それで……普普、そっちの家もおんなじような事情で、孤児院にやってきたの？」

丁浩が代わりに答える。「もちろんだろ、うちの孤児院にいるのは全員第一後見人がいなくて、ほかの後見人からも見捨てられたやつらだからな。ははっ、おれたちみたいな子供は国じゅうで百何十人かいるんだ」

「ああ……」翳りのない表情を前にして、朱朝陽には、自分が同じような経験をしたとしてこうやって笑い、他愛もないことのように話ができるか、どうにも想像がつかなかった。二人としばらく顔を合わせていた結果、殺人犯の子供だということはもう気にならなくなっていた。「ええと……じゃあ、普普の親のほうは、どういう理由だったわけ？」からん。言った瞬間、急に普普の箸が机に転がり、無表情に目のまえの碗を見つめている。

とっさに慌てて続ける。「ごめん、ごめん、訊くんじゃなかった」

普普はなにも言わず、箸をまた手に取って麺を一口すすった。

丁浩が笑い声を上げてみせ、手を振った。「大丈夫だって、おまえは仲間だから、訊かれたって大丈夫だよ。そうだよな、普普？」

むっつりとした表情の普普から答えはない。暗黙の許しが出たものだと考えて、丁浩はため息をつき、声を落として話しはじめる。「こいつのおやじは、かみさんと普普の弟を殺して、あとになって捕まって死刑になったんだよ」

「違う、お父さんは殺人なんてしてないもん！」ふいに顔を上げ、真剣な表情で丁浩を見た。「言ったよね、ほんとだよ、お父さんは殺してなんかない」

「でもさ……教導員だってみんなそう言ってただろ」

「違う、だれもわかってない。お父さんは死刑の一時間前に、あたしに会って、自分の口で言ってくれたんだよ。あたしには信じてほしいって。ほんとにお母さんのことは殺してない、お母さんと仲は良くなかったし、喧嘩もしたけど、あたしのことは愛してて、あたしがいるのにお母さんを殺すなんてありえないって」

朱朝陽（ジューチャオヤン）は困惑する。「じゃあどうして警察に捕まったんだ？　警察は間違いで逮捕なんかしないだろ」

「そんなことないの、あいつらは間違いで逮捕したんだよ、お父さんに濡れ衣を着せたんだって！　お父さんが教えてくれたんだもん、警察が眠らせてくれなくて、何日も問いつめられて、どうしようもなくなって認めたんだって。でもほんとに殺してなんかないんだから。あのときは七歳だったけど、はっきり覚えてるもん、あの日お父さんは言ってたの。なにを言ってももう遅いけど、あたしだけには知っててほしいって。ほんとにお母さんのことは殺してない、永遠にあたしのことを愛してる、死んだってずっとあたしのことは愛してるって」おそろしく真剣な表情だった。しかしひとつぶの涙も流すことはなく、目がうるんで周りに赤みがさすこともなかった。

朱朝陽（ジューチャオヤン）はおし黙る。そこに普普（プープー）が続けた。「朝陽（チャオヤン）お兄ちゃん、カメラは持ってる？」

「カメラ？　なんに使うの」

「お父さん、自分がいなくなったら、暇なときに写真を燃やしてあの世に届けて、あたしが成長してるのを見せてほしいって言ってたんだ。毎年お父さんの命日には写真を撮って、手紙を書いてるの。来月がお父さんの命日だけど、今年は写真を撮ってなくって」

「そうか」朱朝陽（ジューチャオヤン）は口を引きむすぶ。「カメラは持ってないな、写真館に行って撮るしかなさそうだけど」

「いくらあったら撮れるんだ？」丁浩（ディンハオ）が慌てて訊く。かばんを民政局の車に置いてきてしまい、いまは身につけているわずかな金で細々とやりくりすることを考えないといけなかった。

「十何元か……ぐらいかな」答える朱朝陽（ジューチャオヤン）も自信はない。

「十何元か……」丁浩（ディンハオ）は眉間にしわを寄せてポケットを探り、しばらくしてまた笑顔を浮かべた。「うん、ぜったいに撮らないといけないもんな、十何元なんて高くもないさ、はっは、普普（プープー）、金ならあるぞ」

「うん」普普（プープー）はうなずいて返す。

麺を食べ終えた三人は、またおしゃべりを始めた。結局は子供どうし、すぐにおたがい打ちとけて、大人たちならどこかで尻込みしてしまうのとは違っていた。ここ数年の身の上をたがいに話し、朱朝陽（ジューチャオヤン）の成績が学年一番だと知った二人は心からうらやましがった。続いて丁浩（ディンハオ）と普普（プープー）が、数カ月をかけて北京から寧市にやってきた道中のことが話題になったが、二人ともこの数カ月間のことを話したがっていないらしいのがうかがえた。まとめるなら、朱朝陽には想像もできない困難や事態が山ほどあり、二人は親切な人たちから金をだまし取ってきたし、ときおりスーパーで菓子を万引きしたこともあったという。

盗みをしたことがあると聞いて、それまでゆるんでいた朱朝陽の内心がまた張りつめだし、二人を泊めることにまた後悔の気持ちが生まれた。思わず母親の部屋に視線が向く。あそこの戸棚には何千元か現金があるから、あとでドアを閉めておこう、なんとしても気づかれないようにしないと。丁浩と普普を眺めまわすが、二人ともこちらの考えには気づいていないらしく、そう思うとほんのすこし気が落ちついた。

話が盛りあがっているところに、家の電話が鳴り、朱朝陽は母親の部屋に走っていって電話を取った。電話が切れたあと、数秒考えこみ、急いで引き出しのなかの現金を取り出し、サイドボードの裏に押しこんだ。それから毛糸を出してきて、部屋を出るときにドアを閉めながら毛糸をすきまに挟みこんだ。これで、ドアが開くと毛糸は床に落ちることになる。警戒のための策だ。

二人のところに戻ってきて、朱朝陽は言った。「いま父さんから電話が来たんだ、ちょっといまから来いだって。それで午後のあいだ……二人はどこにいる？」

丁浩はぽかんとしていたが、すぐに察して笑いながら言った。「大丈夫、おれは普普と外をぶらついて、おまえが帰ってくるまで待ってるからさ」

その答えを聞いて、朱朝陽（ジューチャオヤン）の心の重石が消えた。二人とも悪い考えなんて持ってなくて、自分のほうがかえって、小人（しょうじん）の心で君子の腹を測ってたってことか。

7

区役所から東に五キロ行ったところにある工業地区には、大小さまざまな規模の水産関係の冷凍工場が建ちならんでいる。地区の西寄りに、〈永平（ヨンピン）水産〉という中くらいの規模の工場があった。いまその事務所では煙草の煙が渦を巻き、高級品の〈中華〉の軟装（ソフトパック）ばかりが机に転がっている。朱永平（ジューヨンピン）は、近くで工場を経営している五、六人とともにトランプ遊びをしているところだった。

全員が手札を開くと、ひととおり見回した朱永平（ジューヨンピン）は大声を上げた。「総取りだ！」笑いながら、机に出ていた三、四千元の現金をのこらず手元にかき集める。

「今日の永平（ヨンピン）はやたらと引きがいいな、これで何連荘（レンチャン）だ？」楊根長（ヤンゲンチャン）という男が言う。

「一昨日は大負けだったからな、今日取りもどしてやらないと！」朱永平（ジューヨンピン）は嬉しそうに笑いながらトランプを切っている。

「これだけ勝ったんだから、あの息子にも分けてやれよ」方建平（ファンジエンピン）という男から言葉がかかった。

「分けてるさ」

「なにが分けてるだ」方建平（ファンジエンピン）は首を振って、鼻で笑う。「昨日、うちの麗娜（リーナー）と新華（シンホワ）書店に行ったら、あんたの息子が床に座って本を読んでるのに出くわしたぞ。なんでここで読んでるんだって訊いたら、外は暑いが新華書店はエアコンがあるからだとさ。どうだい、いっぱしの経営者が父親なのに、その息子は物乞いみたいな考えでエアコンにあたりに行ってるんだぞ」

かすかに顔を赤くした朱永平（ジューヨンピン）は、それでも言いかえす。「金ならやってるぞ。朝陽（チャオヤン）も母親もなかなかのけちで、金を使いたがらないもんだから」

方建平（ファンジエンピン）は配られたトランプを手に取り、ひねくり回しながら続ける。「ちびっとしか渡してないんだろうよ。麗娜（リーナー）はあんたの息子の隣の机だが、新しい服なんてめったに見なくて、おんなじような何枚かしか着てないと言ってたぞ。ここにいる父親は何千元、何万元とするブランド物を着て、いまの嫁も娘もきれいに着飾らせてるってのに、血のつながった息子は物乞いみたいな暮らしだものな。はっきり言うが、息子はいつになったって息子だ。離婚したって血のつながった息子なんだから、面倒は見なきゃならん」

楊根長も口を開く。「そうだとも、あんたの息子は全校一位の成績で、がんばりやの子だと建平の娘が言ってたぞ。おれたちの子供のなかでも、あんたのとこは出来がいいんだ」

「全校一位だって？」朱永平は思わず訊きかえす。

「おい、父親のくせに全校一位なのも知らなかったのか」方建平はせせら笑う。「あんたの物わかりの悪いお嬢さまなんて、小学二年でもう落第してる能なしだったよな。そっちは年じゅう宝物みたいにかわいがって、これだけ賢い息子のほうはほったらかしてるわけか。おれたちの子供のだれでも、あんたの息子の半分でも賢かったら笑いが止まらないけどな」

ほかの仲間もつぎつぎと朱永平を責めたてはじめる。

朱永平はばつの悪そうな顔になり、ぎこちなく返す。「何日かのうちに呼んで、金をやっておくよ」

方建平が言う。「何日も待たなくていいだろうに、今日は嫁さんもお嬢ちゃんも動物園に行ってるんだろう？　二人ともいないなら、息子をここに遊びに呼んだらどうだい。おれも、うちの麗娜の面倒を見てもらって成績を上げてくれるように頼もうかね。夏休みが終わったらもう中学三年生だしな」

楊根長（ヤンゲンチャン）が言う。「それだ、息子に連絡をするなといまの嫁さんから言われてるのはおれたちも知ってるし、いつもは嫁さんも娘もいるから息子に会うわけにはいかないんだろうが、今日は二人とも遊びに出てるんだから、うまい頃合いじゃあないか？　あんたの息子が建平（ジェンピン）の娘に勉強を教えてやったら、ひょっとすると教えてるうちになんだかいい感じになるかもしれんだろう。そのうち建平（ジェンピン）があの子の義父になって、建平（ジェンピン）のベントレーをあの子が乗りまわして、建平（ジェンピン）のどでかい工場もそれで朱（ジュー）家のものになったら、あんたはべらぼうな儲けだろうが」

一同が大笑いした。仲間からのからかいに抗えず、朱永平（ジューヨンピン）はうしろめたそうに携帯を手に取り、息子に電話をかけた。

8

「父さん、方（ファン）おじさん、楊（ヤン）おじさん、こんにちは。はじめまして、おじさん。おじさんも、はじめまして」父親の事務所に足を踏みいれた朱朝陽（ジューチャオヤン）は、礼儀正しく一人ずつ順番にあいさつをしていく。

楊根長（ヤンゲンチャン）が笑う。「ほら、物わかりのいい子じゃないか、これが学問も礼節も備えてるってやつだ。うちのぼんくらとは大違いだ」

朱永平（ジューヨンピン）はどことなく得意げに息子の頭をなでる。「おまえ、おじさんたちに水を汲んできなさい」

言われるままに朱朝陽（ジューチャオヤン）は動く。

方建平（ファンジエンピン）は手元からトランプを配りながら、視線を向けてくる。「朝陽（チャオヤン）、うちの麗娜（リーナー）はこの前の試験、クラスで二十何番かしか取れなかったんだ。あの成績じゃ二級高校にも落ちかねんだろ、席もとなり同士だし、ちょこちょこ勉強を教えてやってくれよ」

朱朝陽（ジューチャオヤン）はうなずく。「うん、そうします」

「そうか、方（ファン）おじさんから礼を言っておくよ」

「とんでもないです、方（ファン）おじさん」

その場の一同は何度もうなずく。中学生でこれだけ礼儀をわきまえているのはじつに感心だと考えている。

方建平（ファンジエンピン）がまた口を開いた。「ふだん、おやじから金はもらってるか？」

「ええと……もらってます」

「このあいだはいくらもらったんだ？」

「このあいだ？」困惑したように父親のほうを見る。

朱永平（ジューヨンピン）は慌てて弁解した。「まだ夏休みになったばかりだろ、まだ渡してないが、じきに渡すから」

方建平（ファンジエンピン）が訊く。「最後におやじから金をもらったのはいつだい？」

朱朝陽（ジューチャオヤン）はうつむく。「正月のときです」

「いくらだった」

正直に答えた。「二千元（約三万二千円）です」

仲間の口からそろって笑いが漏れる。

朱永平（ジューヨンピン）は顔を赤くして、手にしたトランプに目を落としながら弁明した。「正月は手元の金に余裕がなくて、あんまり渡せなかったんだ」

方建平（ファンジエンピン）が言う。「今日おやじさんは一万以上勝ってるんだ、あとで勝ったぶんをそっくりくれるぞ。そうだよな、永平（ヨンピン）？　どうせ嫁さんはいないんだ、賭けの金はわかりゃしない。おれたちだっていくら勝ったかなんて言わないし、負けだったと言ってやりゃあいいだろ」

ほかの仲間もそろってうなずき、そうするといいと口にした。

朱永平（ジューヨンピン）の答えは一つしかない。「そうするさ。おまえ、こっちに来て、父さんが今日はいくら勝つか見ていきなさい」

一戦が終わり、親が回ってきた楊根長（ヤンゲンチャン）がトランプを切っていると、事務所に二人入ってくる姿があった。前を歩く女は三十過ぎで、華のあるいでたちでとても若く見える。腕には翡翠（ひすい）のブレスレット、首には宝石を組み合わせたプラチナのネックレスを着け、革のバッグを提げて、ＢＭＷの鍵を指からぶらさげていた。後ろから付いてくる九歳の少女は不機嫌そうな様子だ。

「ああもう、くたくた」鍵を机に放り投げて腕をもむ。

「ずいぶん早く帰ってきたんだな」二人を目にした朱永平（ジューヨンピン）は慌てて立ちあがり、朱朝陽（ジューチャオヤン）を隠すように立つ。顔は気まずさに覆われている。

「このカメラ、もう古いのね。電池の充電がだめで、何枚か撮ったら電源が切れちゃって、すぐに帰ってくるしかなかったの。捨てちゃっていいから。四、五年は経ってるし、明日また新しいのを買いにいきましょう」デジタルカメラを机の上に放り出し、いまいましげな表情を浮かべる。

「ああ、じゃあもう帰るといいんじゃないか、おれたちはゆっくり遊んでるから」

女は、夫のトランプ遊びにそもそも興味はなかったが、今日は様子がどこかおかしいのに勘づいて、そのつもりで見ると、すぐにその背後に少年が座っているのに気づく。夫の息子の朱朝陽だというのは一目見てわかり、一瞬その顔に冷笑が浮かんだかと思うと、朱永平をにらみつけた。

もちろん朱朝陽は、これが父親を引っかけて奪っていった女であり、少女はこの女と父親のあいだに生まれたのだと知っている。口を引きむすんで視線をそらし、居心地悪そうに座ったまま、母娘のことが見えないふりをしていた。

楊根長はトランプを配る手を止め、仲間たちは顔に笑いを浮かべてこの光景を見ている。

少女も朱朝陽に目を留め、興味を引かれたように駆けよってきて、指さして訊いた。

「パパ、このお兄ちゃんはだれなの？」

「ああ……」気まずげな表情で、朱永平はしばし躊躇して言った。「こいつは方おじさんの甥っ子だ、今日は遊びに来てるんだよ」

「はっは！」トランプをしていた仲間たちはどっと笑いころげる。

楊根長がこらえきれずはやしたてる。「切れ者だ、こりゃあ切れ者だよ、われらが寧市に朱永平ありだ！」

「おいおいおまえら、笑うんじゃない」方建平が真面目くさった顔で言う。「切れ者野郎の言うとおりだ、朝陽はおれをおじさんと呼んでるんだから、おれの甥に決まってるだろうに」

女はかすかに面食らっていたが、すぐにその顔を冷笑がよぎった。

楊根長(ヤンゲンチャン)がにやにや笑いを浮かべながら少女に目を向ける。「朱晶晶(ジュージンジン)、この前の期末試験で落第したんだってね？」

少女は恥ずかしそうに朱永平(ジューヨンピン)の後ろに隠れ、父親の腕を引っぱってぐずる。「ちがう、ちがうもん、たまたまできなかっただけだもん……」

楊根長(ヤンゲンチャン)は朱朝陽(ジューチャオヤン)を指さした。「お兄ちゃんを見習うんだぞ、学校で一番だっていうんだから」

女の顔に不愉快そうな色が浮かんだが、次の瞬間には消えうせ、娘の手を引いて調子を合わせた。「そうね、ちゃんと勉強して、このお兄ちゃんよりもっと賢くならないとね、わかった？」もっとの一言をひときわ強調して言う。

「わかってる、わかってるもん！」少女は不満げだった。

方建平(ファンジエンピン)が口を開く。「おれの甥っ子を見てくれ、服が洗いすぎで真っ白になっちまってるんだ。そこの切れ者よ、服を買いにこの子を連れていってくれてもいいだろ。払ったぶんだけ、またここに来たときにおれに清算させてさ」

目くばせされた朱朝陽(ジューチャオヤン)は、どうすればいいかわからずぼうっとしていた。

「それは……」朱永平(ジューヨンピン)はいたたまれない様子だ。

「もう行きな、おまえの席は傑(ジェ)のやつが座るから」楊根長(ヤンゲンチャン)が言った。「建平(ジエンピン)の甥っ子の服はずいぶん着古してるんだ、ここは何着か買ってやるもんだろ。そうだよな、奥さん？」朱永平(ジューヨンピン)の妻に目を向ける。

経営者仲間を前にして夫の顔をつぶすわけにはいかず、女は素直に答えた。「ええ、ちょうど服を買いにいくつもりだったの。永平(ヨンピン)、朝陽(チャオヤン)も連れていきましょう。晶晶(ジンジン)、車に乗りましょうね、これからパパがあたしたちに服を買ってくれるの」

少女は嬉しそうに言う。「わかった、金光(ジングアン)百貨店に行く！」

女は朱朝陽(ジューチャオヤン)を一瞥して笑い、娘の手を引いて先に出ていった。

二人が出ていったあと、一同にたきつけられて朱永平(ジューヨンピン)は仕方なく言った。「おまえ、服を買いに連れていってやるぞ」

「うん」朱朝陽(ジューチャオヤン)は立ちあがったが、考えこんで首を振った。「父さん、行かないことにするよ。早く帰りたいんだ」

ほかの男たちが口々に後押しする。「行くって話になったのに行かない道理があるかい。大して時間がかかるわけでもないだろ、父さんが車で送っていってくれるさ、行ったらどうだ」

朱朝陽(ジューチャオヤン)は仕方なく、ゆっくりうなずいた。

息子を連れて数歩歩いたところで朱永平（ジューヨンピン）は足を止め、下を向いて小声で言いふくめる。

「おまえの妹は、兄ちゃんがいるってまだ教えられてないんだ。まだ小っちゃいのに、父さんが離婚したことがあるって聞いたら、よくないふうに尾を引くだろうよ、うん……だからおまえのことは方（ファン）おじさんの甥だって言ったんだ。このあとはとりあえず……その……おじさんっておれのことは呼ぶんだぞ、いいな？」

「うん」朱朝陽（ジューチャオヤン）はうつむいたまま、小さく答えた。

朱永平（ジューヨンピン）は机に出ていた金を手に取って数え、そこから五千元を抜いて息子に渡した。

「ポケットに入れておけ。出すんじゃないぞ、このあと、おれから金をもらったっておばさんには言うなよ」

「わかった」

詫びるように息子の肩を叩き、口をむすんで、振り返ると仲間たちに別れを告げた。悠然とした様子に見せようと、机からカメラを取りあげていじりまわす。「ちょっと年数が経っちまったからな、使えなくなってもしょうがない。捨てないとな」

ふと朱朝陽（ジューチャオヤン）は、普普（プープー）が写真を撮ろうとしていたのを思いだして、慌てて言った。「父さん、ほんとにそのカメラ、いらない？」

「ああ、そうだな、用なしだ」

「そうなんだ、じゃあ、ぼくにくれる？」

「カメラが欲しいのか？　今度新しいのを買ってやるぞ」

父親がほんとうにカメラを買ってくれる望みなど、みじんも持っていなかった。「ううん、いらないんだったらちょうだい、気が向いたときに撮ってみて遊ぶからさ」

朱永平(ジューヨンピン)はうなずいて、あっさり答えた。「いいぞ、まだ学校に通ってるのにどうせ専門的なカメラなんて持たせられないしな、欲しいんだったらこれで遊びなさい。箱に入れといてやる」

ＢＭＷのＳＵＶに乗りこんだが最後、朱朝陽(ジューチャオヤン)の心はいっときも休まらなかった。助手席に座ったままほぼずっとうつむいて一言も口にせず、ときどき何度か顔を上げて車内のバックミラーに目をやると、顔にうすく笑みを浮かべた女もこちらを見ていて、慌てて顔を下げた。そばに座っている三人の楽しげな談笑が、べつの時空からのように聞こえ、自分は完全なよそ者だった。

市内でいちばんの商業施設の金光百貨店にはすぐに到着し、意識してか偶然か、朱永平(ジューヨンピン)と朱朝陽(ジューチャオヤン)が並んで歩き、女は娘とともにその後を付いてくる。距離は縮まらず、二人はひそひそ話を交わしているようだった。

スポーツブランドの店の前を通りがかり、朱朝陽(ジューチャオヤン)は足を止めた。

息子に目をやって、朱永平（ジューヨンピン）が言う。「こういう服が欲しいのか？」

「ス……スニーカーが見たくて」

いまどきは中学生も早くから持ち物の競り合いを意識しているもので、ブランド物のスニーカーは大流行りだった。しかし朱朝陽（ジューチャオヤン）には縁がなく、ずっと普通の運動靴を履いていた。

学校で何人もの同級生が話題にしていた靴に目を奪われ、興奮して思わず声を漏らす。

「父さ――」

はっと気づくと同時に、朱永平（ジューヨンピン）が咳ばらいして、目をしばたいているのも目に入った。

慌てて言いなおす。「おじさん、この靴を見てみたいんだけど」

すかさず店員が親切に足のサイズを訊いてきて、靴を出してきて試し履きさせてくれた。

朱永平（ジューヨンピン）はそばに立っていたが、靴に片方だけ足を入れたとき、店の外で少女が騒ぎだした。

「パパ、早く来てよ、あのお洋服が欲しいの！」

「待ってろよ、朝陽（チャオヤン）お兄ちゃんの靴のほうが終わったらな」

「いや、やだよ、すぐに来てよ！　すぐに来てほしいの！」涙交じりの声になってだだをこねはじめる。

「うん、まったくうるさいな、わかったわかった、すぐに行くから」

朱朝陽が顔を上げると、少女の横には女が立っていて、娘と小声でなにか話しているのが目に入った。顔にはうっすらと勝者の微笑みが浮かんでいて、こちらは慌てて顔を伏せた。

「パパ、早く、早く来てよう！」少女は甘えた口調でだだをこねている。

「わかったわかった、行くよ。履けたか？」靴を履いた息子に目をやり、せわしげに訊いてくる。「大きさは合ってたか？」

「うん、ちょうどよかった」

「おう、ならこれでいいな、いいと思うぞ、これを買っていこう。お姉さん、いくらだい？」せかせかと金を支払う。

立ちあがった朱朝陽は、少女が騒ぎだしてから急いた様子になった父親に目をやり、口を引きむすび、そして言った。「靴が買えたから、服とズボンは今度にするよ。先に帰るからさ」

「ええと……この後送ってやろうか」

「大丈夫。自分でバスで帰るからいい」

「それはな……わかったよ」朱永平も、今日のこの気詰まりに早く終わりが来るのを望んでいた。

朱朝陽(ジューチャオヤン)は、袋に入れた古い靴を提げ、箱に入った古いカメラを手にして、黙りこんだまま百貨店の出口に向かった。朱永平(ジューヨンピン)は妻と娘のところに行って、朝陽(チャオヤン)は用事があって先に帰るから、自分たちはこのまま店を見ようとかどうとか説明していた。

出口の手前まで来たところで朱朝陽(ジューチャオヤン)が振りかえると、女が笑みを露わにしてこちらを見ていた。少女は気にくわない様子でこちらをにらんでいる。その次にはふざけた顔をして、目を合わせながらぺっぺっと唾を吐いてくる。

朱朝陽(ジューチャオヤン)は拳をきつく握りしめ、力いっぱい歯を食いしばって、建物を出ていった。

9

家の階下まで来たところで、朱朝陽(ジューチャオヤン)は壁にもたれて話している丁浩(ディンハオ)と普普(プープー)に気づいた。丁浩(ディンハオ)は眉間にしわを寄せ、不安を抱えているように見え、普普(プープー)は変わらず冷え冷えした無表情だった。二人がこちらに気づくと、たちまち笑顔に変わった丁浩(ディンハオ)が普普(プープー)を連れて駆けよってきた。

「どうした？　ずいぶん早く戻ってきたんだな」丁浩(ディンハオ)が訊いてくる。

「ああ……べつになにも。たまたま早くなっただけだよ」

普普（プープー）が見つめてきて、すこしして口を開いた。「むしゃくしゃしてるみたい」

「ええ……そうかな？　絶好調だけど」わざと笑い声を上げて、いまの気分を隠そうとする。

「むしゃくしゃしてるのか？　おれにはわかんないけどな」丁浩（ディンハオ）が興味を引かれた様子で見てくる。

丁浩（ディンハオ）には答えず、普普（プープー）は朱朝陽（ジューチャオヤン）の目をじっと見ていた。「泣いてたの？」

「そんなわけないだろ！　なんでぼくが泣くんだよ！」

丁浩（ディンハオ）も目を見て気づく。「おい朝陽（チャオヤン）、ほんとに泣いてたのか？」

冷静な声で普普（プープー）は言う。「あたしたちが急に来ていやな気分になったんだったら、はっきり言っていいからね。あたしたちは責めたりしないから」

丁浩（ディンハオ）が言葉に詰まり、うなだれる。「えっと、すまん。自分勝手すぎたよ。なんにも言わないで、急に押しかけてきたんだもんな。おれたちみたいなのは、どんなやつのとこに行っても面倒を起こすからな、えっと、朝陽（チャオヤン）、もう行くからさ。迷惑はかけれない。また会おうな」

そのまま二人が立ち去ろうとすると、朱朝陽（ジューチャオヤン）はふいに心にぽっかりと穴が開いたような気分になった。急にだれかに話をしたくなって、二人が数歩歩きだしたところを慌てて呼びとめた。

「違うって、二人とも誤解だよ、丁浩（ディンハオ）たちのことじゃない」

普普（プープー）がうっすらと眉をひそめ、半信半疑で見てくる。「あたしたちのことじゃないの？　ほかの人のことなのかな。だれかにいじめられてるんだったら、耗子（ハオズー）に言ってよ。けんかだったらめちゃくちゃ強くて、孤児院でだれも敵わなかったんだから。もう怖くないからね」

「そうだぞ、おれはけんかがめちゃくちゃ強いんだ。朝陽（チャオヤン）、安心しろよ、だれかにいじめられてるんだったらおれが出ていってやる」丁浩（ディンハオ）は得意満面で言ったかと思うと、柄の悪い口調を混ぜながら、これまでの華々しい暴力沙汰の経歴を得々としゃべりはじめた。まとめるなら、だれだろうと朱朝陽（ジューチャオヤン）をいじめたやつはこの丁浩（ディンハオ）をいじめたのと同じことで、そして丁浩（ディンハオ）を敵に回したらいけない、あっという間にぶちのめしてやるということだった。

ふだん学校では勉強にばかり精を出して、性格もおとなしい朱朝陽（ジューチャオヤン）にほとんど友達はいなかったし、腹を割って話せる相手はなおさらいなかった。二人がここまで気にかけてくれているのを知った朱朝陽（ジューチャオヤン）は、たちまち温かいものがこみあげてくるのを感じ、今日起きたすべてをそっくりそのまま二人に語って聞かせていた。ただ一つ、ポケットに入っている五千元のことは言わなかった。まだ二人への警戒心が残っていて、五千元の誘惑をちらつかせたくなかったから。

話を聞いた丁浩（ディンハオ）は言う。「なにがあったって、おまえはそのおやじの息子なわけだろ。おまえにかまわないで、娘のほうをかまうってどういうことだよ？」普普（プープー）に視線を向けて、早口でつけ加える。「男女平等はわかってるぞ。つまりよ、大人ってのはだいたい息子のほうをかわいがるもんだけど、なんでおまえのおやじはそうじゃないんだ？」

普普（プープー）がばかにしたように口を挟む。「そうとも限らないよ。ひいきするやつってわんさかいるから。おんなじような子供でも、一人はほったらかしで、もう一人は死ぬほど大事にするってこともあるよ」

朱朝陽（ジューチャオヤン）はしょげて首を振る。「母さんが言ってた。父さんはあのアマにびびってて、あいつがいると魂を抜かれて、好きなように引きまわされて、あいつが言ったことはなんでもするんだって。それに父さん、チビアマのことは前からやたらかわいがってるし。あいつもすごい甘ったれなんだ。父さん、何年か前まではよくこっそり連絡をくれて、お金を渡してくれたけど——おばあちゃんから聞いたんだけど、ぼくのことで何回もあのアマとけんかして、電話の履歴まで調べられてるから、ここ何年かはぜんぜん連絡をくれないんだ」

丁浩（ディンハオ）は憤懣（ふんまん）やるかたない様子で拳を握りしめる。「そのクソアマと娘のチビアマ、そんなことしてるのか、まったく胸くそが悪(わり)いな。そいつらがいなかったら、おまえのおやじも母ちゃんと仲良くできたはずなのにな。ううんと……でも、そいつらがおまえをいじめてて、それで……どうしたら力になってやれるんだろうな、わからねぇ」

その肩を叩いて、朱朝陽(ジューチャオヤン)は苦笑いを浮かべる。「いいって、だれだって力にはなれないんだよ。あっ、そうだ、普普(プープー)、カメラがあるんだ。電池の充電がうまくいかなくて、ほんのちょっとしか使えないって父さんが言ってたけど、何枚か写真を撮るくらいなら充分だと思って。あとでぼくたちで写真を撮って、写真屋に持っていって印刷するんだ。気に入ってくれる？」

普普(プープー)はかすかに顔を赤らめてうつむく。「ありがとう、朝陽(チャオヤン)お兄ちゃん」

丁浩(ディンハオ)が言う。「朝陽(チャオヤン)はほんとにいいやつなんだ。そうだよな、普普(プープー)」

「うん」

二人にそう言われて、朱朝陽(ジューチャオヤン)はひどく気恥ずかしくなった。

普普(プープー)が口を開く。「朝陽(チャオヤン)お兄ちゃん、そのクソアマは大人だからあたしたちもなんにもできないけど、チビアマはどこの学校か知ってる？」

「知らない。小学二年生だって言ってたけど」

「学校がわかればどうにでもできるよ。今度学校に行って、そいつをぶって仕返ししてやる」

「いいこと思いついたぞ。そのときおまえは表に出てこないで、どれがチビアマか教えてくれればいいんだ。そいつを持ちあげてごみ箱に放りこんで、蓋を閉めてやるんだよ。はっは、そしたらそいつを泣かせてやれるな」

その策謀を聞いて朱朝陽（ジューチャオヤン）は、憎い少女がごみ箱に放りこまれてびいびい泣いている姿が目の前に現れたかのようで、一気におかしくなって笑いころげた。

普普（プープー）が鼻で笑った。「それで満足しちゃうの？　全身裸にして、便所のうんこに服をぶちこんでやればいいんだ」顔には憎々しげな表情が浮かんでいた。

朱朝陽（ジューチャオヤン）はすこし驚いて見かえす。自分より二つ下の女の子のほうがもっと無慈悲なことを考えてるなんて。でもほんとにそこまでできたら最高だろうな。

普普（プープー）の声が真剣になる。「あたし、弟がいたんだけど、お母さんは弟が生まれたらあっちに優しくして、あたしにはかまってくれなかったから、あいつらが憎くてしょうがなかったんだ。あたしに優しかったのはお父さんだけだったの。朝陽（チャオヤン）お兄ちゃんのとこは、ちょうど反対だよね。お父さん、こっちには冷たいのにチビアマには優しいんでしょ。それでお母さんは優しくしてくれる」

「じゃあいま、弟とつながりはあるの？」

「ふん」普普は唇をゆがめた。「死んじゃったよ、お母さんといっしょに。あいつ、お母さんが隠れてほかの男と作った外種の子で、お父さんと血がつながってなかったんだって。それでだれかが、あの二人を殺したのをお父さんになすりつけて、お父さんは死刑になったんだから、あいつらが憎くてしょうがない！　もっかい死なせてやれないのが悔しくてしょうがないの！」

朱朝陽は、わが身のことのように感じてうなずいた。これまでつんと澄ましていた普普が急にしゃべりだしたのはなぜか、話を聞くうちにわかった。あのチビアマへの仕返しにここまで肩入れするのも納得できる。

でも、そういう仕返しがほんとにできるかというと――たぶんこうやって仲間内で冗談を言って、うさ晴らしして終わるんだろう。

10

夕食が済むと、丁浩と普普は待ちに待った様子で浴室に行き、シャワーを浴びた。数カ月間の放浪生活では、毎日身体を洗えるわけではなかった。

すこしして、三人は腰を下ろして話を始めた。朱朝陽（ジューチャオヤン）と丁浩（ディンハオ）が床に座り、普普（プープー）一人がベランダの近くにいて、二人からいやに距離を取ろうとしているように見えた。なんだか妙だと朱朝陽（ジューチャオヤン）はうっすら感じたが、深く訊くことはしない。

「耗子（ハオズー）、二人ともどうして孤児院から逃げてきたの？」

「それはな」丁浩（ディンハオ）は普普（プープー）に目をやって、答えた。「あそこのやつらがめちゃくちゃで、とにかく我慢できなかったんだよ」

「めちゃくちゃって？」

「まあ、むかしからひどかったわけじゃないんだよな。まえの院長のばあさんはおれたちみんなによくしてくれて、自分の孫みたいに扱ってくれたんだ。おととしにばあさんが引退して、いまの院長に代わった。男で、クソデブのやつ」

普普（プープー）が鼻を鳴らして、話に入ってくる。「それで、気持ち悪いエロおやじ」

「エロおやじ？」

丁浩（ディンハオ）がむっつりとうなずく。「そうなんだよ。普普（プープー）を触ってくるんだ」

「触る、って？」いまどき、だいたいの中学生は性の知識を豊富に持っているというのに、朱朝陽（ジューチャオヤン）はふだんあまり同級生と付きあいがなく、男女の知識はいまひとつわからなかった。テレビでよく見る、手をつないだりキスをしたりがせいぜいで、クラスの男子がセックスの話をするのを多少耳にしてはいたが、それもあやふやだった。

こちらも性徴が始まったばかりで男女のことに大して恥じらいがない普普（プープー）は、真正面から話した。「あたし一人だけ部屋に連れこんで、上の服とズボンを脱がせてきて、触ってくるの」

「な……なんだよそれ」

「ちょいちょいあいつもズボンを脱いで、おちんちんをあたしの口に突っこんでくるんだ。めちゃくちゃ臭いし、あいつのおちんちん、もさもさ毛が生えてて、何回か食べちゃった。すごく気持ち悪くて、毎回吐きたかった」我慢できなくなってえずきだす。

「なんでちんちんなんか口に入れてくるんだろ？」

「わかんない」

朱朝陽（ジューチャオヤン）は丁浩（ディンハオ）のほうを向く。「知ってる？」

「おれか？　ううん……」妙な表情を浮かべた丁浩（ディンハオ）は、なにひとつ知らない様子の二人を前にして、へらへらと笑って首を振った。「とにかく、まともなことじゃねえよ。そしたら、クソデブがまた普普（プープー）を呼んだんだよ。その前に普普（プープー）から話を聞いてたから、助けに行ってあいつがズボンを脱ぐ前に乗りこんでやったら、あいつがぶち切れてさ。小屋にまる一日閉じこめられて、なにも食わせてもらえなかった。あのクソデブ、おれがそのうちでかくなったらぜったいに帰ってぶち殺してやるぞ」両手をもみ合わせ、戦いにうずうずしているのを露わにする。

普普（プープー）が言いそえた。「あたしだけじゃなくて、ほかの女子も連れこんでるんだ。女子はいっぱいあいつに触られてる」

丁浩（ディンハオ）が口を挟む。「李紅（リーホン）は自分から行ってるぞ。クソデブから菓子を買ってもらって、特別扱いされてるし、クソデブの嫁になりたがってやがる」

「ふん、好きにすればいいんだ。とにかくあたしは嫌（や）だったの、もうあそこは無理だったの」

「おれもだよ。前にこっそり遊びに出かけたら、帰ってきたとこをあいつに見つかって殴られて、おれが金を盗んだって言いがかりをつけられた」

朱朝陽（ジューチャオヤン）は首をかしげる。「なんで金を盗んだことになったんだろ」

「おれはゲーセンに行ってたんだけどさ、教導員の金を盗んだんじゃねえかって濡れ衣を着せてきたんだよ。じゃなかったらなんで金があったんだって」

「ええと……それじゃ、なんで丁浩（ディンハオ）は金を持ってたんだ？」

「外から優しい人らがおれたちに会いに来るんだけど、そのときもらった金を取っといたんだよ。ほかのやつらはみんな渡しちまって、クソデブはその金で菓子を買ってやるとか言ってたけど、毎回何百、何千と渡してるのに、なんか買って食わせてくれた覚えはないしな。だからおれは渡さないで気づかれないように隠して、抜け出してゲーセンに行ってたら、金を盗んだってクソデブが言ってきやがった」

朱朝陽（ジューチャオヤン）は訊く。「じゃあ、こうやって逃げてきて、孤児院の人は二人を探してるのかな？」

二人は同時にうなずく。丁浩（ディンハオ）が言う。「探してるだろうな。前にばあさんから聞いたけど、孤児院の子供はみんな役所に記録があって、偉い人が数を確かめに来るんだってさ。それで、逃げ出したあと北京の狭い宿に泊まってテレビを見てたら、おれたちを探してる最中だってニュースがやってた。おれたちの写真も映ってたし、クソデブもテレビに出て、戻ってきてくれって、泣きながらわざとらしい芝居をしてたよ。あいつらに捕まりたくないんだ。もし連れもどされたら、クソデブにどんなことをされるかわかったもんじゃない。それにさ、ははっ、逃げる前におれたち、こっそりクソデブの仕事部屋に行って財布を盗んできたんだ。たっぷり四千いくらも入ってて、あの金がなかったら何日かでにっちもさっちもいかなくなってただろうな。あの金のおかげで逃げ出す気になれたし、ここまでずっとやってこられたわけだ。だからさ、なにがあっても帰るのは無理なんだよ、勝手に逃げ出してしかも財布を盗んでいったんだから、きっとクソデブにぶちのめされちまう」

「逃げ出してこなかったら、ひょっとして一生孤児院にいることになってた？」

丁浩(ディンハオ)が答えた。「それも違うんだな。出ていけるのは十八歳になったらで、そしたら出たくなくても追い出されるんだよ。でも十八歳までまだ何年もあるだろ、おれも普普(プープー)も待ってられなかったんだ。あの中じゃ牢屋みたいな暮らしでさ、いつも遊びになんて出れないし、おれたちのとこの孤児院は特別に扱いが厳しいみたいで、ぜったいに勝手に抜け出せないようにしてくるんだ」

普普(プープー)が冷たく言う。「あたしたちの親が殺人犯だからだよ。あいつらもそういう目で見てる。あたしたちが外に出たらなんかしでかすと思ってる」

そこに、ぷっ、ぷっと何発か屁の音が聞こえ、直後に異臭が鼻に届き、朱朝陽(ジューチャオヤン)は顔をしかめた。「耗子(ハオズー)、屁をするのになにも言わないのかよ」丁浩(ディンハオ)は普普(プープー)のほうを見て、普普(プープー)は表情をくもらせて軽く顔をそむけた。丁浩(ディンハオ)は唇を曲げて笑った。「わかったよ、次は屁が出る三分前にぜったい言うからさ」

たちまち三人は笑いころげた。

笑いがおさまると、また浮かない表情に戻った丁浩(ディンハオ)がため息をついた。「おまえがうらやましいよ。おやじと母ちゃんは離婚してるけど、いちおう家があって、学校に通ってて、いくらでも友達がいてさ、おれたちみたいにみんなに見捨てられて、これからの行き先もわかんないのとは大違いだ」

場の雰囲気が急に辛気くさくなって、朱朝陽（ジューチャオヤン）は丁浩（ディンハオ）と普普（プープー）の表情をうかがいながらむりに笑った。「うらやましがることなんかないよ。ぼくだってろくなもんじゃない、学校じゃいつも嫌な目にあってばっかりなんだから」

「どいつがいじめてくるんだ？ ぶちのめしてやる」丁浩（ディンハオ）がまた腕を構える。

「女子だよ。女を殴れる？」

「女だって？」丁浩（ディンハオ）はきまり悪そうに笑った。「まともな男は女とけんかはしないんだよ。女だったら殴れねえよ、普普（プープー）にやらせようぜ、へへ、でもおれたちより二つ下だから、おまえの同級生の女子には負けちまいそうだな」

普普（プープー）は口をゆがめる。

朱朝陽（ジューチャオヤン）はため息をつく。「殴ってもしょうがないよ。あいつの父さんは派出所にいるんだから、だれも殴るなんてできないって。殴れば解決するような話でもないし」

浮かない顔で、葉馳敏（イエチーミン）が何度も教師の前で濡れ衣を着せてきた件をひととおり話して聞かせた。

顔をしかめた丁浩（ディンハオ）が言う。「そいつの言いがかりなのに、先生は信じてくれないのか？」

皮肉げに鼻を鳴らして答える。「大人は片方の話しか聞かないんだよ、女子からの話はとくにそうなんだ。ブタぐらいの頭しかないんだから」腹が立って拳を握りしめる。「大人のほうからしたら子供なんていつまでも単純で、嘘をついてても一瞬で見ぬけるみたいに見えてるんだ。子供が悪知恵を働かすことなんてまるっきり考えもしないんだよ、自分だってむかしは子供だったのにね」

二人も同感らしくうなずいていた。

「大人からしたら、生まれたばっかりの赤ん坊から学校に行ってる十何歳までまとめて子供に見えてるんだよ。ほんの何歳かの子供だったらたしかに単純で、嘘だってすぐに見破れるけど、十何歳かになったらもう子供も単純じゃなくなるのに、あいつらはそのまんまだと思ってるんだから」

普普（プープー）が口を開く。「大人はもっとひどいよ。朝陽（チャオヤン）お兄ちゃんはクラスの女子にはめられたけど、あたしとこの耗子（ハオズー）は大人に何回も濡れ衣を着せられてるんだから」

「そうなの？」

丁浩（ディンハオ）が勢いよく鼻を鳴らし、うなずいた。

普普（プープー）が続ける。「お父さんが死刑になったあと、叔父さんが引きとってくれることになったの。でも何週間もしないときに、学校の女子と放課後にけんかになって、人殺しの子供だってばかにされたからとっくみあいになって、そいつは泣いて逃げてったんだ。その日の夜に、ため池で家族がそいつを見つけたの。溺れ死んでた。そしたらあたしが突き落としたんだって言って、叔父さんの家まで押しかけて殴られそうになってさ。警察まで来て、あたし派出所に連れてかれて、まるまる二日閉じこめられたし、あいつを押してなんかない、なんでため池に落ちたのか知らないって言ったのにみんな信じてくれなかった。結局、証拠がないって言って警察からは解放されたけど、そいつの家のやつらがまたちょっかいを出してきて、叔父さんのお嫁さんがもうあたしを住ませられないって言いだして、結局あたしを孤児院送りにしたんだ」

「それは……」朱朝陽（ジューチャオヤン）はおずおずと尋ねる。「その女子のこと、ほんとに突き落としたの？」

普普（プープー）は失望したような目を向けて、口をゆがめた。「違うに決まってるでしょ、何発かぶったら帰ったもん。なんで落ちたのか、あたしだって知らない」

丁浩（ディンハオ）が言う。「おれの親が捕まったときだって同じだ。じいさんのいるとこに戻ったけど、親戚みんなから嫌がられて一人で外で遊んでたら、店のおっさんからおれが万引きしたって言われたんだ。ぜったいにおれじゃないし盗んだものも見つかんなかったのに、とにかくおれが盗んだってことにしようとしてくるし、おっさんの子供には一発殴られてさ。

その日の夜にそいつの家の窓ガラスを石で割ってやって、そしたら捕まって、おれも結局孤児院に送られちまった」

三人の子供の顔にはみな、憤懣（ふんまん）と諦観が刻まれていた。この社会全体のありあまる不公平がその身に降りかかっているかのように。

しばらくして、朱朝陽（ジューチャオヤン）がわざと上げた笑い声が鬱々とした雰囲気を破った。「こんな話はやめようよ。カメラを見てみよう、夜のうちに充電して、明日普普（プープー）の写真を撮ってあげるから」

「使い方、わかるの？」普普（プープー）が期待のこもった目で見てくる。

首を振って返す。「いや、ちょっと勉強しないと。デジカメはパソコンにつなぐんだったかな、ベッドの下に古いパソコンがあるんだけどさ。前に母さんが職業訓練を受けてたときに役所から送られてきて、キーボードの練習に使ってたんだけど、まだ動くかな」

三人はパソコンを引っぱりだしてきて延々と格闘したがそれでも動かせず、最後には隣に住んでいる年長の若者に助けを求めて、どうにかパソコンを動かし、カメラとも接続できた。若者はいろいろな操作をざっと説明してくれ、もともと頭のいい朱朝陽（ジューチャオヤン）はたちどころに習得できた。

パソコンを操作してカメラに保存されていたファイルを開くと、大量の写真が現れた。

すべての写真に父親と例の女、その娘が写っていて、一家はひどく親密そうで、どれを見ても父親は娘を抱きかかえてキスをしていた。

朱朝陽（ジューチャオヤン）はぜんぶひとまとめに削除してしまおうと思ったが、普普（プープー）が慌てて言ってくる。

「ぜんぶ消すんじゃなくて何枚か残しといてよ、あたしたちがチビアマの顔を覚えといて、今度もしチャンスがあったら仕返ししてあげるから」

朱朝陽（ジューチャオヤン）は写真の仲睦まじい一家に目を落とし、今日の午後の忘れようもない記憶をよみがえらせて、力いっぱい歯を食いしばり、写真を削除する操作を止めた。

しばらくかけて気を取りなおし、普普（プープー）に尋ねる。「明日、どこに写真を撮りにいきたい？」

「ええと……きれいなとこに行けるといいかな」

「きれいって、どういうところ？」

「あたしもわかんない、朝陽（チャオヤン）お兄ちゃんはどう思う？」

すこし考えて答える。「三名山（サンミン）に行こうよ。母さんが三名山の入場口で働いてるから、お金なしで入れる。あそこの景色はいいよ、明日みんなで遊びに行かない？」

「いいぞ、山登りなんてずっとしてないし」丁浩（ディンハオ）は興奮して声を上げる。

普普（プープー）は窓の外に視線を向けた。「山に遊びに行った写真、お父さんが見てくれたらきっと喜ぶね」

第四章　煩悶

11

朱 朝 陽（ジューチャオヤン）が住む地区から三名山（サンミン）まではバス一本では行けない。三人の子供は早起きして、まず市の中心部までバスに乗り、それから二時間バスに揺られて三名山景勝地区に到着した。

朱 朝 陽（ジューチャオヤン）は、入場口に立っているずんぐりと太った人影を遠くから指さして説明した。

「あれが母さん。待ってて、ぼくが行って母さんに話をしてくるから」

母親の周 春 紅（ジョウチュンホン）のところに駆けよっていく。

「あれっ、どうして来たの？」

「友達と遊びに来たんだよ」遠くに立つ丁浩（ディンハオ）と普普（プープー）を指さす。「片方は小学校の同級生で、途中から杭（ハン）市に転校してったんだけど、何日かこっちに遊びに来てて。もう一人はその妹。

そうだ、母さん——」急いでポケットから五千元を取りだして、人目に付かないように握らせる。「昨日父さんから呼ばれて行ったら、五千元くれたんだ。受けとっておいてよ」

「らしくもない、どこの良心が働いてこんなにくれたんでしょう？」周春紅（ジョウチュンホン）はポケットに金を入れる。

朱朝陽（ジューチャオヤン）は軽くうつむいた。「昨日は行ってみたら、いっしょにトランプをしてたおじさんたちが、多めに渡せって言ってくれたんだ。でも、あの嫁と娘に出くわしちゃって」

周春紅（ジョウチュンホン）は心配そうに尋ねる。「なんて言ってたの？」

「なにも。娘のほうがぼくを知らなくて、だれなんだって訊いてきて、父さんは……方建平（ファンジエンピン）おじさんの甥だって言った」ひどく小さな声だ。

息子の姿を見ていると、周春紅（ジョウチュンホン）はうるんだ目の周りが赤らんだが、ぐっとこらえて冷たく鼻を鳴らした。「朱永平（ジューヨンピン）のやつ、そんなことよく言えたね！　父親としてそんなふうになるなら、死んでもらったほうがましじゃない」

朱朝陽（ジューチャオヤン）は口を引きむすんでなにも言わない。周春紅（ジョウチュンホン）は話題をそらして、息子の服をつまんだ。「服が汚れてる、洗ってないんでしょう。ほんとは明日休みだったんだけど、昨日李（リー）さんのお父さんが倒れて入院になって、あたしと王（ワン）さんがこのまま代わりに入らないといけないから、もう何日か帰れないの。今日帰ったら洗濯しなさい、わかった？」

「わかった、洗っとく、うん。じゃあみんなで山に登ってくるね」

「行ってきなさい。帰ったら友達に外でご飯をおごってあげて。だれかが遊びにきたら多少はちゃんともてなして、人様からけちだと思われないようにね。お金はあるでしょう？」

「まだ何百元かあるから大丈夫だよ。母さん、何日か帰ってこないんだったら、そのあいだ友達を泊めていっしょにいてもいいよね？」

「ええ、好きにしていいからね」周春紅（ジョウチュンホン）はふだんからあまりやかましくは言わず、息子のことはずっと信頼しきっている。しかも息子はかなりのがんばりやで、小学校で学習を始めて以来、干渉せずとも成績がトップクラスを保っているのは母親としても誇りだった。

朱朝陽（ジューチャオヤン）は二人の仲間に手招きし、やってきた二人は礼儀正しくおばさん、こんにちはとあいさつした。周春紅（ジョウチュンホン）の横で切符を切っている王（ワン）は小声で、この普普（プープー）って子はほんとにきれいね、磁器のお人形さんみたい、朝陽（チャオヤン）のお嫁さんになってくれたらいいのに、と言い、周春紅（ジョウチュンホン）は笑いながら相手を叩いた。一方で普普（プープー）の耳にもこの話が届いたが、にっと笑って、おどけた顔をしてなにも言わなかった。

三人の子供はにぎやかに山を登っていき、それぞれの悩みはたちまち頭から消えた。この日は七月の第一水曜日、休日でも祝日でもなく、観光シーズンも外れていて、あたりに観光客はいくらもいなかった。三人はふざけあいながら道を進み、あっという間に山の中腹の広場に到着して、端にある東屋(あずまや)で休むことになった。

「毎日こうやって遊んでられたらいいのにな!」そう声を漏らした丁浩(ディンハオ)は身体を伸ばし、東屋の外の広々とした空を見上げた。

普普(プープー)は眼下に開けた風景を見渡して、思わず笑みまで浮かんできた。「朝陽(チャオヤン)お兄ちゃん、ここの景色はどうかな?」

「すごいね」

「ここで何枚か撮ろうかな」

「いいよ、まず立ってみて、試し撮りしてみるから」

そう言われるとすぐ、真面目くさって背筋を伸ばし、チョキにした両手を頭の上に持ってきてまぶしい笑みを浮かべる。

「ウサギそっくりだな、ははっ」朱朝陽(ジューチャオヤン)はカメラのあちこちをいじり、丁浩(ディンハオ)は後ろからその操作を眺めている。

何枚か撮って、画像を表示させてできばえを見てみると、背景は美しく、普普(プープー)もかわいく写っていて、三人とも満足だった。その次は角度を変えて撮りはじめる。

今度カメラを向けたのは広場の正面側だ。いま広場に姿が見えるのは若い男が一人と五、六十歳の老夫妻だけだった。何枚か続けて撮ったあと、確認してみると良く撮れていた。

「どうかな？」

「きれいに撮れてる！　これ、大好き」

「耗子、そっちもちょっと撮る？」

「おれはいいって、写真は興味ないし」

「うん……じゃあ、二人のビデオを撮ってあげるよ」

「これって、ビデオも撮れるの？」普普は興味津々だった。

「そうだよ、録音だってできるし、ほら、もう始まってるよ。二人とも、カメラに向かってちょっと話してみて」

「なんて言えばいいの？」普普が言う。

「ははっ、見てろよ」丁浩がわざとらしく演技を始める。「ご覧のみなさまこんにちは、ニュースのお時間になりました。みなさんご存じ、アナウンサーの丁浩氏がお届けします。まずは今日のトップニュースから見ていきましょうかね、三人の天才中学生が三名山に遊びに来ました、そして、そして……」

「そして、なにがあったんだろうね」朱朝陽が笑いながら訊く。

普普が言う。「丁アナウンサー、続きは？　なにもないの？」

「そして……そして……」恥ずかしそうに頭をかくが、続きの言葉が出てこない。

しかしそこに突然、胸を引き裂かれるような〝うわあっ〟という悲鳴が二つ重なって聞こえ、三人は飛びあがった。そろって広場のほうに目を向けると、そこに立っているのはさっきも見た若い男一人だけで、老夫妻の姿が消えている。

数秒後、山の下からずん、と鈍い音が何度か響き、男は城壁から身を乗り出して、下に向かい声を張りあげた。「お義父(とう)さん！　お義母(かあ)さん！——お義父さん！　お義母さん！」振り向いて、広場の奥に並んでいる土産物屋に向かって駆け出し、どなった。「早くだれか！　だれか助けてください！　義父(ちち)と義母(はは)が落ちたんです！」

朱朝陽(ジューチャオヤン)は慌ててカメラをしまい、三人はいっせいに走り出した。

12

すぐあとには、近くにいた人々が駆け寄ってきて、景勝地区の職員たちは電話をかけながら急いで崖の下に救助に向かっていた。三人の子供もほかの人々と同じように、城壁から身を乗り出して下方を眺めた。

「うわ、高いぞ！　どこにいるかもわかんないな、助かるのか？」丁浩は息をのむ。

「死んでると思う」朱朝陽は軽く縮みあがっていた。この高さから下を眺めていると、本能的な恐怖といえそうなものがこみあげてくる。

城壁をなでながら普普が言う。「変だね、こんなに幅があるのに、なんで落ちたんだろ？」

この場所の城壁は五十センチほど幅があり、安心して腰かけられたので、観光客はよくここに座って写真を撮っていた。もちろん近くには景勝地区が設置した〝注意してください〟という標識があったが、これまで城壁から落下する人間は出ていなかった。

丁浩が言う。「外側に座ってたのかもな。戻ろうと思ったらうっかり足が滑ったんだ」

普普は首を振る。「そんなことある？　外に向いて座るなんてだれがやるの、しかもお年寄りなのに」

朱朝陽はどんな説明がありえるか考えていた。「たぶん、片方がなにかの発作で後ろに倒れて、その勢いでもう一人も道連れになったんじゃないかな、ううん……どっちにしても運が悪かったね」

そうしていると、崖の下では職員たちが捜索のため、斜面を下って木の茂みに入っていくのがはるか遠くに見えた。すかさず丁浩が二人に声をかける。「行くぞ、おれたちも見にいこう」

普普（プープー）が口をゆがめた。「見てどうするの？」

「こんな高いとこから人間が落ちたらどうなるか、見たことないしさ」

朱朝陽（ジューチャオヤン）は軽蔑の視線を向ける。「きっとぐちゃぐちゃになってて、気持ち悪いよ」

「そうそう、たぶん血だらけだって」普普（プープー）のほうも興味がない。

丁浩（ディンハオ）は人一倍好奇心が強かった。「下りてみようぜ、おまえたちは近寄らないで、おれだけ見に行けばいいだろ」

言いつのられて二人はうんざりし、しかたなく朱朝陽（ジューチャオヤン）は答えた。「わかったよ、ぼくは母さんのところで手を貸せることがないか訊いてみる。こんな大事件が起きたら、働いてる人は死ぬほど忙しいと思うから」

三人が山を下り、入場口のところにやってくると、周春紅（ジョウチュンホン）が同僚たちと顔を合わせて人死にの話をしているところだった。

「母さん、落ちた人は見つかったの？」

「下りてきたのね。早く帰りなさい、これから片づけがあるし、やることが多いから」

「見つかったの？」

周春紅（ジョウチュンホン）は舌打ちする。「さっき見つかったの。警備員が運び出してるところ」

「おばさん、あの人たち、どうなったんですか」丁浩（ディンハオ）が尋ねた。

そばにいた男の職員が、にやにやと笑いながら子供たちを脅かしてきた。「二人ともぐちゃぐちゃにつぶれてるぞ。おっと、ついさっき入っていった警備員、二人とも吐きに出てきたな」

そう話していると、駆けつけていた景勝地区詰めの警官とともに警備員たちが崖下の林から姿を現した。全員の手で、ビニールシートで包まれたものを二つ運んでいる。シートには血がこびりつき、みなひどい表情で、胃からこみあげてくるものを無理にこらえ、急いで死体を運び出してしまいたい様子だった。

その後ろには、朱朝陽（ジューチャオヤン）たちが山の上で目にした男がいた。涙で顔じゅうを濡らし、早足で警備員と警官のあとを付いていきながら、すすり泣きつつビニールシートに向かって呼びかけていた。「お義父さん！　お義母さん！」その姿を目にするとみな我がことのように身につまされ、不運な死者を思ってあちこちでため息が漏れた。

三人は足を止めてこの光景を眺めていた。永遠の別れをまだいくらも経験せず、命のはかなさやその手のことをさほど考えたこともない子供たちの胸にあるのは、野次馬としての好奇心だけだった。もうしばらくして、三人は周春紅（ジョウチュンホン）に別れを告げ、家に帰ることにした。景勝地区の事務所の前を通りがかったところで、例の男と警官、警備員や職員たちが集まって立っているのに出くわす。この後の手はずを、このまま火葬に回すか、それとも家に連れかえって葬儀を行うかと話しあっているところで、男は何ヵ所か電話をかけたあと、斎場に送りましょうと泣きながら言った。話が決まり、一同はビニールシートの包み二つを景勝地区のピックアップに積みこみ、パトカーがそれに続いて、男は近くに停めていた車に歩いていく。

「ＢＭＷだよ、だいぶ金があるんだな」朱朝陽（ジューチャオヤン）が舌打ちする。

実のところ、張東昇（ジャンドンション）が乗っているのは中国製のＢＭＷで大した値はしないのだが、朱朝陽（ジューチャオヤン）には国産車も輸入車も見分けがつかず、とりあえずＢＭＷのエンブレムが目に入ったから金持ちだと思ったのだった。普普（プープー）はその場に立ったまましばらくＢＭＷを眺めていて、そのうち車は動きだし、三人の視界から消えた。

三人の子供は、これも遊びに出た先でのひと騒動でしかないと考えていた。このとき三人はまだ、今日のできごとが今後の自分たちの運命を根底から変えてしまうと知らない。

13

両目を充血させた徐静(シュージン)は、派出所の調停室に案内されたところで足をもつれさせ、転びそうになった。後ろを歩いていた張東昇(ジャンドンション)が慌てて支えるが、次の瞬間、徐静(シュージン)は腕をよじり、夫の手から逃れた。いっときでも触れていたくないかのように。

張東昇(ジャンドンション)はわずかにたじろいで、眉根を寄せて徐静(シュージン)に目をやったかと思うと、直後、低く嗚咽(おえつ)を始めた。「すまない……ぼくだ、ぼくがお義父さんとお義母さんに目を配っていなかったからなんだ。ほんとうにすまない」充血した目から二筋の熱い涙があふれだす。

徐静(シュージン)は冷たく鼻を鳴らし、心を動かされた様子もなく顔をそむけると、唇を嚙んで目に涙を溜めながら天井を仰いだ。

その姿を見て、室内にいた警官は慌てて二人に座るよううながし、水を汲んできて、顔を拭く濡れタオルを渡した。

「ありがとうございます」タオルを受けとった張東昇(ジャンドンション)は感激した様子でうなずいて返し、目元をぬぐった。

今回の一件を担当することになった中年の警官はため息をついた。「こんなことが起きて、我々もつらく思いますよ。ご両親はもう斎場に着いたんでしょう? 職務上、今回の景勝地区の事故は届出を出すことになってるんでね。今日のもろもろが片づいたら、明日か明後日、どこかお二人の時間が空いたところで景勝地区の担当者を呼んできて、事後処理の手続きを協議したらどうかと思うんだが、お二人とも、どうでしょうかね？」

張東昇（ジャンドンション）は妻のほうを向き、静かな声で意見を尋ねる。「徐静（シュージン）、どう思う？」

傷心にとらわれたままの徐静からはなんの答えもない。

警官はしかたなく張東昇（ジャンドンション）に視線を向けた。「張（ジャン）さん、なにがあって今日の事故が起きたんです？」

張東昇（ジャンドンション）はすすり泣きながら話しはじめる。「楽しい休日だと思っていたんです——ぼくは教師をやっていて、ちょうど夏休みに入ったところだったし、お義父さんたちはまえからどこか行きたいと言っていたから何日かまえにネットで行き先を探してみて、三名山がちょうどいいと思ったんです。家からも近くて、朝に出発すれば午後に帰ってこられるからと二人にも話して。二人も三名山に観光に行きたいと言ってくれましたし。ぼくは昨日、徐静（シュージン）から二人の世話を託されたんです。お義父さんは高血圧、高血糖、高脂血症の〝三高〟ってやつで、山登りで身体に障らないか心配したけれど、本人は大丈夫だ、ちょっと鍛えるのもいいだろうと言って、それが……まさか……悪いのはぼくだ！」

悲痛な様子で、両手に顔をうずめる。

「三高？」その情報に注意を引かれた警官は眉間にしわを寄せ、すかさず訊いた。「その高血圧はひどかったんでしょうか？」

張東昇（ジャンドンション）はまた顔を上げて、答えた。「高血圧だったのは義父だけで、義母はずっと健康でしたし、義父の血圧もあの歳だと思えばそれほどでもなくて、ふだんめったに薬は飲みませんでしたね」

「そうか」もう一人の警官がノートに手早く話を書きとめ、続けて訊いた。「それで、なにがあって二人は山の上から落ちたんです？」

「途中の広場に着いたところで休憩することにしたら、義母から、夫婦の写真を何枚か撮ってほしいと言われたんです。遠くの風景を入れようと思ったら城壁が邪魔になったので、義父が義母を城壁に座らせて、こっちのほうがうまく写ると言ったんです。それでぼくは下を向いてカメラをいじっていたら、ほんの数秒後です、二人がうわあっ、て叫ぶのが聞こえて、顔を上げたら向こう側にあおむけに落ちていくのが見えました。ぼくが……ぼくが悪いんだ……ぼくが……」心苦しそうに言葉をつまらせる。

妻の徐静（シュージン）が泣きながら口を開いた。「どうしてお父さんたちを城壁に座らせたの！ あの人たちの……あの歳で、どうしたら城壁に上がるなんてことになるの？ あなたが、きっとあなたが――」

その言葉を張東昇（ジャンドンション）がすぐにさえぎった。「そうだ、そうだよ！ ぼくが……ぼくが悪いんだ、ああやって落ちてしまうなんて考えもしなかった。あそこは幅があって、とても落ちるようには見えなかったんだ。二人がどうして落ちたか、いくら考えてもわからないんだ」警官に視線を向ける。

警官が助け船を出した。「つまりですね、徐(シュー)さん、三名山にある古い城壁は幅がかなりあって、高さも低いので、ふだんから大勢がそこに座って写真を撮っているが、いままで何事もなかったんです。あの城壁はとても安全に見えて、座ったら落ちるだなんてだれも思わなかったんです。これに関して旦那さんは責められませんよ、ほかの人たちと同じで予想していなかったんですから」

徐静(シュージン)は震えながら言う。「なら、あの人たちはどうして落ちたの？」

張東昇(ジャンドンション)は泣いていた。「ぼくもわからない。ほんの数秒のことで、あんなことが起きるなんて考えもしなかったんだよ」

警官がありえそうな説明を口にする。「我々も登って確かめてみましたがね、城壁は幅があって、本来ならあそこに座っても落ちるはずはない。ひょっとすると、お父さんは山に登って高血圧がひどくなって、城壁に腰かけたあと、めまいを起こして後ろに倒れこみ、反射的にお母さんをつかんで、その結果二人とも落下してしまったのでは。さっき、お父さんのポケットから高血圧の薬も見つかったんです。最近、降圧剤は飲んでいたんですかね？」

「わ……わかりません、張東昇（ジャンドンション）に訊いてください」

張東昇（ジャンドンション）が口を開く。「徐静（シュージン）は仕事が忙しくて、ふだんはどちらかというと、ぼくのほうが主になって面倒を見てたんです」

たちまち警官からの張東昇（ジャンドンション）の印象がぐんと上向いた。娘婿のほうが実の娘より親切に面倒を見るとは、このごろそんな若者はなかなかいない。

張東昇（ジャンドンション）は続ける。「しょっちゅうお義父さんには言っていたんです、降圧剤を飲むようにって。なのにいつも、具合が悪いとは感じないし、薬はできれば飲まないほうがいい、なんであれ薬を飲むのは良くないんだって言って。そうだ、ここ最近降圧剤を飲んでれば、きっと……きっと、間違ってもこんなことにはならなかったのに！」

警官はしきりにうなずき、内心での張東昇（ジャンドンション）への印象はいっそう良くなった。

まもなく、事故経緯の届出手続きは完了した。警察の事故調査報告書には、登山のあと急に座って休んだ老人は、激しい運動の直後に休憩を取ったことできわめて血圧上昇を招きやすい状態になっており、ほどなく後ろに向かって昏倒、反射的に妻の身体につかまってしまい、二名はそろって崖から転落した、と記された。

それから警官たちは口々に、あまり心を痛めすぎず、家に戻ったら事後処理を進めるように、もう起こってしまったことで取りかえしはつかないのだから、自分の身体に気をつけて、といったたぐいの慰めの言葉をかけてきた。この件に関して、事故地点のそばには注意喚起の標識が立っていたわけだから景勝地区にほとんど責任はないが、道義から考えて、五千元の見舞金が出るかもしれない。詳しいことは派出所が景勝地区の管理部門とやりとりするという。

娘よりも手厚く義父母の世話をしていた娘婿が殺人犯だとは、だれ一人として思っていない。

しかしそれもすべて張東昇（ジャンドンション）の予定のうちだった。この殺人のため、一年近く計画を練ってきたのだ。この方法で義父母の命を絶ったとしていっさいの危険はなく、どれほど優れた刑事が現れても役に立たないと見通していた。なぜなら、これが殺人で、自分が義父母を突き落としたと証明するすべはないからだ。そのうえ今日の自分の演技はうまくいって、全員の同情を買うことができた。徐静（シュージン）はべつかもしれないが、それももはや気にすることはない。

徐静（シュージン）もじきに消えるからだ。

14

「人間の脳みそって、何色か気になるか？　黄色って書いてある本もあったし、白って言ってるのもあったんだよな」朱朝陽（ジューチャオヤン）の家に戻ったあとも、丁浩（ディンハオ）は意気揚々と今日のできごとをしゃべりつづけていた。

これには朱朝陽（ジューチャオヤン）も普普（プープー）もうんざりして、噂好きにもほどがあるとこぼした。今日の一件を目の当たりにしたのは三人ともで、丁浩（ディンハオ）の持っている情報がどこか違うわけでもないのに、大ニュースのつもりで延々はったりをきかせて話してくる。もしあの場に出くわしたのが丁浩（ディンハオ）一人だったなら、このニュースを何十ぺんも繰りかえさないと気が済まず、真夜中になるまでやめないだろう。

二人は丁浩（ディンハオ）に大嘴巴（吹聴屋）と包打聴（詮索屋）、二つ新しくあだ名を付けて、これからは秘密があってもぜったいこいつには知られないようにしようと言いあった。でないと、丁浩（ディンハオ）に聞かれたら町じゅうに知られてしまう。

遊びに行った先で深刻な事故が起きたといっても、子供たちの気分にはいっさい影を落としていなかった。写真を撮ってきた三人は、家に戻るとすぐに、待ちきれないようにパソコンを出してきて、カメラに接続して確認を始めた。

写真は大満足の出来で、おのおのが大人っぽく写ってみたり、おどけたりしている光景を見ながらお互いに面白がり、けらけら笑って、つんと澄ましてばかりだった普普(プープー)も今日はいつになく楽しそうに笑っていた。写真を見おわって、最後に撮ったビデオを再生することにする。ビデオが始まると、さっそく丁浩(ディンハオ)がニュースを読みあげるアナウンサーの真似をしていて、朱朝陽(ジューチャオヤン)は大笑いしながら言った。「北京に何年もいたから、標準語がずいぶんうまくなったんだね」

「当たり前だろ、おれは将来記者になりたいんだから」

「へえ、あれだけ吹聴しまくるんだからアナウンサーのほうがお似合いだよ」と朱朝陽(ジューチャオヤン)はいやみを言う。

普普(プープー)が口を挟んだ。「記者は勉強ができないと。たぶんだめでしょ、朝陽(チャオヤン)お兄ちゃんだったらいいけど」

丁浩(ディンハオ)はたじろいで、顔から笑みが消える。「そうだな、成績は悪いし、それに……これから学校にも行けない」

その瞬間、愉快な雰囲気は形のない刷毛(はけ)を使ったかのように、跡形もなくぬぐいさられた。

すぐに朱朝陽(ジューチャオヤン)が話題をそらした。「母さんが、今日はケンタッキーをおごってあげろって言ってたんだけど」

「おっ、そりゃいい!」丁浩もすかさず勢いよく笑いだして、やたらと大声で笑い、みなの気分に影を落とすやりとりを帳消しにした。「おれも普普も食べたことないんだ。でもケンタッキーなら何回も泊まったぜ、あそこは二十四時間営業だし、追い出されないし」

「よし、じゃあいまから行こうよ」

そう言ってビデオを止めようとするが、その視界の外で、普普の表情が一変していた。

「待って――」かすかに眉をひそめ、身じろぎもせずにひどく集中してパソコンの画面に見入っている。

「どうした?」朱朝陽がけげんに思って訊く。

普普の視線はパソコンから離れない。「このビデオ、ちょっと巻き戻しできる?」

「もちろんいいよ」いくつか操作する。「どこまで巻き戻す? ここ?」

「そう、ここから始めて」おそろしく真剣に、食いいるように画面を見つめる。

それに二人が困惑の視線を向ける。「なんだよ?」

普普は唾を飲みこみ、いっさい表情が動かない。そのまま映像が終わりまで流れ、長い沈黙のあと、冷えきった声で一言吐き出した。「あいつが殺したんだ」

「えっ?」二人は面食らう。

朱朝陽からマウスを受けとって、映像をさっきの位置まで戻す。一時停止をクリックして、冷え冷えした声で言った。「あそこにいた二人、勝手に落ちたんじゃない。ＢＭＷに乗ってたあいつに突き落とされたんだ」

「なんだって！」その言葉を理解した二人は、口をあんぐりと開けた。

再生をクリックすると、ふたたび画面が動きだす。今度は朱朝陽（ジューチャオヤン）と丁浩（ディンハオ）にもはっきりと見えた。自分たちの背後、やや向こうで、あの男が城壁に座った老人二人の足をつかみ、いきなり頭上まで跳ねあげるように動いた。二人は反射的に手を宙に突き出したが、男はその手を逃れ、思いきり奥に押し出すような動作で一息に二人を逆さに突き落とした。

あわせて一、二秒しかかからない行為だった。

しかし、ビデオがまた終わりに達するまで朱朝陽（ジューチャオヤン）と丁浩（ディンハオ）はその場に立ちつくし、ぽかんとして動かなくなった画面を見つめていた。

「あいつが殺したんだ」普普（プープー）は冷ややかな表情で、ふたたびそう口にした。

朱朝陽（ジューチャオヤン）の心臓は、悪夢から目覚めたかのように激しく打っていた。「な……なんだよこれ！」

あることとないことしゃべり通しだった丁浩（ディンハオ）もこのときは無口になり、口をぽかんと開け、声を失っていた。朱朝陽（ジューチャオヤン）はひどい狼狽と、味わったことのない恐れを感じていた。ここまでの重大事を経験したのは初めてで、まして人が人を殺すのを見るのは初めてだった。

ニュースで殺人について聞くのと、間近で行われた殺人を目の当たりにするのは完全な別物で、あの男が一、二秒ほどで二人を一息に山から突き落とす場面を映像ごしに目にしたいまはなおさら、完璧に呆気にとられていた。

拳を握りしめ、舌をもつれさせながら言う。「なにを……これはなにをすればいいんだろう？　さっきの雰囲気だと、景勝地区にいた人たちはだれも殺人だって気づかないで、うっかり落ちたんだと思ってるんだろうね。知ってるのはぼくたちだけで、どうする？　どうすれば——ぼくたちから通報しようよ」

丁浩（ディンハオ）が度を失った様子でうなずく。「そうだそうだ、いますぐ通報するぞ。大ごとだ、えらい大ごとだぞ！」

朱朝陽（ジューチャオヤン）は急いで母親の部屋に入り、電話まで駆けよって、震える手で受話器を取りあげた。「これは……このまま一一〇番にかける？　な……なんて言えばいいんだ？」警察相手にどう言葉をつなぎ合わせ、一連のできごとをわかりやすく説明すればいいのか、とっさに困ってしまった。それに子供三人が殺人があったと通報して、警察が信じるかというのも気になった。真剣に扱ってもらえるだろうか？　それとも、子供のいたずらだと思われて説教を食らうだろうか。

ほかの二人からはなんの提案もない。

考えたすえに、受話器を丁浩（ディンハオ）に差し出した。「耗子（ハオズー）、口が回るだろ、話してよ」

丁浩（ディンハオ）は一歩後じさる。「うまくしゃべれないって。それか普普（プープー）、おまえが話せよ」

普普（プープー）は平然と首を振った。

朱朝陽（ジューチャオヤン）は言う。「じゃあ……じゃあぼくがこのまま正直に話すよ。警察が子供の通報なんて信じないってことは？」

丁浩（ディンハオ）が答える。「信じないんだったら、直接派出所に行って通報しようぜ」

「うん、そうだ、じゃあかけるよ、ほんとにかけるからね」

朱朝陽（ジューチャオヤン）は勇気をふりしぼって、一一〇番を押し、呼び出し音が何度か鳴ったあと、すぐに女性の声が聞こえた。「もしもし」

「もしもし……ぼくは――」ぎこちなく言いかけたかと思うと、突然目のまえに腕が伸びてきて、そのまま電話を切ってしまった。

普普（プープー）がこちらを見て、首を振る。「いまは通報しないで。ちょっと考えようよ」

「考えるって？」朱朝陽（ジューチャオヤン）は困惑して見返し、そわそわしながら言う。「ひ……人が死んでるのに！」

表情のない普普（プープー）は言った。「通報したら、カメラは警察に渡そうと思ってる？」

「当然だろ」

「じゃああたしと耗子(ハオズー)は？」

「それが？　なにがあるんだ？」

「警察はビデオに写ってた人間に話を訊くはずだよ、あたしも耗子(ハオズー)も警察に呼ばれて、あたしたちの身元を調べたら、孤児院から逃げ出してきたってばれる。そしたら送りかえされて、孤児院に戻ることになる。あたしたちは死ぬよりつらい目に遭う」

丁浩(ディンハオ)は言葉を失い、息をのんで、慌てて言った。「そうだ、朝陽(チャオヤン)、待てよ、ちょっと考えろ、考えるんだよ。言っただろ、なにがあっても帰るのは無理って。だめだ……このまま通報はだめだ」

「じゃ……じゃあどうするんだ？」

そこに、ふたたび電話が鳴った。朱朝陽(ジューチャオヤン)は受話器を取ろうとしたが、丁浩(ディンハオ)と普普(プープー)に目をやって、手を伸ばすのをためらい逡巡する。電話のベルは鳴りつづけ、音が部屋に漂い、一秒一秒がひどく遅く過ぎていく。朱朝陽(ジューチャオヤン)は指を擦りあわせながらおろおろしている。

そのとき、普普(プープー)が受話器を取りあげ、電話の向こうの担当者にのどかな声で話しはじめた。「おばさん、ごめんなさい。さっきはたまたま、間違えてかけちゃったんです」

夏休みだからって無駄にいたずら電話をしないこと、一一〇番は遊びの道具じゃないんだから、などと電話ごしに説教を受ける。普普(プープー)はしきりに謝った。

電話を切ると、二人を見つめて言った。「もうちょっと考えてみようよ。おなかすいたから、さきにご飯にしていい？」

15

店のすみに腰を落ちつけた三人は全家桶（ファミリーバーレル）を囲んでいる。朱朝陽（ジューチャオヤン）は串に刺さったとうもろこしを手に取ってかじってみたが、まったくおいしくない。苦りきった顔で二人を見た。「通報しなかったら、あいつが殺人犯だってだれにもわからないで、あいつはこのまま逃げきるんだよ」

普普（プープー）が言う。「でもあたしも耗子（ハオズー）も写ってる。警察があたしたちの身元に気づいたら、ぜったい孤児院に知らせて、あたしたちを北京に送りかえすよ」

「だけど、殺人犯がおとがめなしなのをただ見すごすわけにもいかないだろ？」

眉を持ちあげて答える。「死んだのは悪い人かもしれないじゃない」

「おじいさんもおばあさんも、悪い人に見えなかった」

「見てもわからないでしょ」

一対一では話が進まない。丁浩（ディンハオ）に視線を向けるしかない。「どう思う？」

丁浩（ディンハオ）は心から困った様子で口に肉を詰めこみ、もごもごと話す。「おまえの言うとおり、殺人犯を逃げきらせるわけにいかないし、普普（プープー）の言うとおり、通報したらおれたちは送りかえされるよな。うん……それじゃ、もう何年かしたら通報するってのはどうだ？　そしたらおれたちは満十八歳になって、孤児院に送られる心配はしなくていいし、殺人犯だって捕まるし」

「それも手だね」朱朝陽（ジューチャオヤン）は眉間にしわを寄せ、すぐに首を振った。「でも、それでビデオを何年も持っておくっていうのは、なんだか……怖いな」

不服げに普普（プープー）が返す。「なにが怖いの？　あたしたち三人以外、このことはだれも知らないんだよ。あとで警察から、なんですぐに通報しなかったんだって訊かれたら、あのときはビデオを見ても後ろの様子には気づかなくて、見かえしたら偶然見つけたって言おうよ」

「ううん……でも、そんなに何年もビデオを持ってたら、その間になにが起こるかわからないし」びくびくしながら答える。

三人はしばらく黙りこみ、おのおの食べつづける。

小さいパンを食べおわった普普（プープー）が、ふいにかしこまって二人を見つめた。「べつの方法もあった」

朱朝陽（ジューチャオヤン）はそれに飛びつく。「なに？」

すこし間があって、普普（プープー）はゆっくりと言った。「このビデオを利用しちゃえばいいんだよ」

「どうやって」朱朝陽（ジューチャオヤン）は困惑する。

目をわずかに細くし、低い声で言う。「あの人殺しにビデオを渡すの。でも、そのまえにあたしたちは、あいつからお金を取る」

「えっ！　ビデオをあいつに売るってこと？」朱朝陽（ジューチャオヤン）は口をあんぐりと開ける。

うなずいた普普（プープー）は、ひどくおとなびた顔をしていた。「あいつはBMWに乗ってたんだから、きっと金持ちだよ。いまはあたしも耗子（ハオズー）も暮らしの見通しが立たなくて、大急ぎでお金が必要なんだ。だから、いちばんの方法は、このビデオをあいつに売って、何年分かのあたしたちの生活費をせしめるの。生きてくにはぜったいお金がないとって、耗子（ハオズー）も言ってたよね？」

「ああ……でもそれ……」

「朝陽（チャオヤン）お兄ちゃん、もらったお金は三人で山分けだよ、あたしたち三人の秘密、あたしたちが言わなかったらだれにもわからない。もちろんお金が手に入ったら銀行に貯金して、そんな大金を持ってるっておばさんに気づかれないようにしてね、気づかれたら説明できないんだから」

その考えを聞かされた朱朝陽（ジューチャオヤン）は仰天して呆気にとられ、しばらくしてようやく口がきけるようになった。「そんなことしたら恐喝だって。しかも殺人犯を恐喝するんだよ。それは犯罪なんだから！」

「耗子（ハオズー）、どう思う？」

丁浩（ディンハオ）は頭をかきむしって、混乱しているらしかった。「ほんとにうまい具合にあいつから金をぶんどれるんだったらいい考えだよ、でも思うんだけど、人殺しと取引なんかして危険じゃないのか？」

普普（プープー）は口を引きむすぶ。「このビデオはあいつの命取りなんだから、きっと金で買おうって思うよ。でも……これ、自分勝手だけど」朱朝陽（ジューチャオヤン）に視線を向ける。「あたしたちは間違いなくお金が必要だけど、朝陽（チャオヤン）お兄ちゃんはそこまでお金がいるわけじゃないでしょ、もしそれでもいいなら……そう、お金が手に入ってもどうにかして隠しといて、そのまま大きくなるまで手を付けなかったら、気づかれなくていいかな」

朱朝陽（ジューチャオヤン）は黙りこくっていた。殺人犯と恐ろしい取引をするなんてまったくもってごめんだ。自分たちが殺されたらどうする？　そうならなくても自分たちの行為は、一つには証拠の隠蔽（いんぺい）で、もう一つには恐喝で、それに考えかたによっては殺人の共犯をつとめることになる。

小学校に入ってから中学に通ういままで、自分は立派な生徒だった。学校ではひたすら殴られる側でけんかを売ることもなく、清廉潔白で立派な生徒と言ってよかったのに、いきなり犯罪者という立場と結びつきそうになり、それどころか殺人犯との結びつきができてしまった。学校の内外にいる不良たちですらこんなことにはならないはずで、とても受けいれられなかった。

昨日丁浩（ディンハオ）と普普（プープー）を引きとめたことを心から後悔した。あれは大間違いだった。この二人は殺人犯の子供で、孤児院から脱走してきた、自分とはまったく違う世界の人間だ。家族のいない二人は、他人にどう思われるかも気にしなくていい。はたから見ればそのへんのちんぴら以上のろくでなしだ。何カ月かの放浪のあいだにひととおりの悪事は済ませていて、犯罪をもう一つ重ねたってどうでもいいにちがいない。

でも自分は、ずっと立派な生徒だった。昨日から数えて、二人がやってきたせいで百元は使っている。すこしのこづかいしかない、毎月いろいろひっくるめて何百元かしか使えない中学生からしたらばかにならない数字だ。このまま二人と過ごしていたらどんなことになるか予想もつかない、と思った。

最善の手は、どうにかすきを見て警察にこっそり話をし、二人は孤児院から脱走してきたと伝えて送りかえしてもらうことだ。でもそれだときっと耗子（ハオズー）と普普（プープー）には恨まれて、そうなるともう友達とは思ってもらえなくて、自分は殴られる。ひょっとするともっと過激な仕返しが待っているかもしれない。即座に送りかえされたとしても、また脱走してこないとも限らない。脱走はしなくても、十八歳になって孤児院を出た二人が恨みを覚えていて仕返しに来るかもしれない。そういえば丁浩（ディンハオ）は、成長したら孤児院のクソデブをひどい目に遭わせると言っていた。しかもけんかのことばかり話しているわけで、根に持つたちなのがわかる。

そのことも恐ろしかった。

気づけば自分は、抜き差しならない窮地に立っている。

二人が現れたことで、朱朝陽（ジューチャオヤン）は果てのない煩悶に巻きこまれていた。

第五章　波乱

16

とぎれとぎれの会話が続き、夕飯の時間はだらだら長くかかってやっと終わった。

それぞれの考えを抱えながら三人はケンタッキーを出る。時間はまだ早く、街はにぎわっていたが、朱朝陽（ジューチャオヤン）はこのあたりで遊んでいこうという気にはまったくならず、早く家に帰ることばかり考えていた。しかし数歩歩きだしたところで、普普（プープー）が突然ぎくしゃくと足を止め、顔をこわばらせた。「先に帰ってて、もうすこししたらあたしも帰るから」

すぐに丁浩（ディンハオ）が言う。「金は持ってるか？」

「十何元か。あとからバスで帰るね」

丁浩（ディンハオ）が訊く。「道は覚えてるのか？」

朱朝陽（ジューチャオヤン）のほうを見てくる。「えっと……朝陽（チャオヤン）お兄ちゃん、どのバスに乗ってけばいい？」

けげんに思って見かえす。「なにしに行くんだ？」

丁浩(ディンハオ)が割って入ってくる。「ほっとけ、一人でちょっとぶらつかせとけよ。朝陽(チャオヤン)、おれたちもうちょっとこのへんにいてさ、ほら、向かいの新華(シンホワ)書店でちょっと本を見て、普普(プープー)も用が済んだら合流するってのはどうだ」

「でも……普普(プープー)一人でなにをするんだ？」不安でしかたがない。もしや一人でなにか恐ろしいことをしでかさないかと気がかりだった。

「大丈夫だって、行こうぜ」朱朝陽(ジューチャオヤン)を強引に引っぱっていきながら、丁浩(ディンハオ)は普普(プープー)に言う。「済んだらこっちに来いよ、おれたちは本屋で待ってるから」

普普(プープー)はうなずいて、すぐに姿を消した。

行ってしまうと、朱朝陽(ジューチャオヤン)はにわかにいらだちはじめた。「いったいなにしに行ったんだよ」

「ああ、それか……」どこか歯切れが悪い。

じれったくて声を荒げる。「言えよ！」

「わかったわかった、話すから。でもおれが言ったって言うなよ」

「言われなくてもわかってるよ、約束するよ」

安心したようにうなずく。「あいつ、なんで普普（プープー）っていうかわかるか？」

「名前じゃないの？」

口の端を持ち上げて、楽しそうに笑う。「普普（プープー）なんて名前のやつがいるかよ」

「じゃあどうして？」

「ええとな……」丁浩（ディンハオ）はうしろめたげな様子で口を開いた。「あいつ、小さいときに病気をして、それからずっと胃腸がおかしいんだよ。飯を食って三十分ぐらいしたら屁が出ちまうんだ。ぷう、ぷうって屁が出るから、そのうちどっかのやつが普普（プープー）ってあだ名を付けてさ。ほら、昨日の麺もちょっとしか食ってなかっただろ、たくさん食ったら屁が出るからだよ」

「そういうことか」朱朝陽（ジューチャオヤン）は合点が行った。「それで昨日の夜にしゃべってたときも、ぼくたちから妙に離れて、ベランダのそばに一人で座ってたんだ。あのとき何回も屁のにおいがしたから、ずっと耗子（ハオズー）の仕業だと思ってたよ」

丁浩（ディンハオ）が笑い声を上げる。「しょうがないだろ、あいつはおれの妹分なんだから、兄貴分のおれがかばって、自分の屁だって言わなきゃいけないんだよ。で、ぜったいにあいつには言うなよ。あいつは女子で、おれみたいに面の皮は厚くないんだから」

「自分の面の皮はわかってるのか」普普（プープー）が一人で姿を消したのが、ビデオの件と無関係だとわかって安心した。

丁浩（ディンハオ）は気安い調子で、頭一つ小さい朱朝陽（ジューチャオヤン）の肩に腕を回してくる。「あいつが飯を食ったら屁をこくって最初に聞いたときはおれもさんざん笑ったけど、あいつが嫌そうにしてるの見て、かわいそうだって思ったんだよな」

朱朝陽（ジューチャオヤン）はうなずく。「そうだよ、ほかのやつらからさんざん言われてるんだろうし、ほんとにすごくかわいそうだって。でも、兄貴分のくせになんでほかのやつらと同じで普普（プープー）って呼んでるんだ？ このあだ名は侮辱だろ」学校では何人かの男子から〝矮卯泡（ちびを作った卵子）〟と呼ばれている身としては、もともとあだ名にいい感情はなかった。

「しょうがないだろ、あいつだってこれで慣れてるって言ってきたんだから」

「ふうん、ならいいのか。本屋で待ってようか」

17

その新華書店は区内でいちばんの規模の大型書店で、まるまる三階を使った広い店だった。店内にはエアコンがきいていて、この季節にはひときわ快適に思えた。

店に入ると、丁浩（ディンハオ）はすぐさま子供向けの読み物の棚を眺めはじめたが、朱朝陽（ジューチャオヤン）はそういう文学、物語のたぐいにまったく興味がなく、いちばん気になるのは参考書だった。棚五つを埋めている中学校の参考書のまえに立つと、スーパーにやってきた婦人のように気分が晴れやかに浮きたった。棚のまえの大きな台にはさまざまな模擬問題集が平積みされているが、そっくり買って解きとおしたいと心から思う。かたっぱしから本の目次に目を通していると、三十分が過ぎても時間の流れはみじんも感じない。長々と選んだすえに一冊手に取ったのは数学オリンピックの例題集で、そばの棚のまえ、空いた場所を選んで床に腰を下ろし、読みはじめた。

それから三十分後、作文の参考書を手にした普普（プープー）が横に腰を下ろし、小声で言った。

「戻ってきたよ。耗子（ハオズー）は怪談に夢中になっちゃって、まだ帰る気ないみたい」

朱朝陽（ジューチャオヤン）も帰りたくはなかった。ここで本を読むほうが家でテレビを見ているよりずっと面白いし、なんといっても、二人から殺人犯を脅迫する件を聞かされるのがどうしても嫌だった。できるかぎりあと回しにしよう。「もうちょっとここにいようよ。店が閉まるのは九時で、それでもまだバスはあるし。まえにも夏休みに一人で暇なとき、よくここに来て一日じゅう居座ってたんだ」

「へえ、そういう暮らしもいいな」普普（プープー）がうらやましそうな目を向けてくる。

ということで、三人とも書店で本を読むことになった。しばらくして、向こうのほうから聞きおぼえのある声が朱朝陽（ジューチャオヤン）の耳に入ってきた。

「晶晶（ジンジン）、担任の先生が言ってた本はどこにあるかな？ お店の人に訊きにいくかい」

「パパ、四大名著だよ、『西遊記』でしょ、す……水なんとか伝でしょ、あと……」

『水滸伝』と『紅楼夢』と『三国志演義』だな。いやあ、おまえの担任は小学二年生に四大名著なんて買わせるとはな、おれだって読んだことがないのに」

「ちがうよ、先生は、いまは読んでもわかんないけど、たぶんいつか読むって言ってたの。四大名著ってどういうのか、見てみたいんだもん」

「ははっ、いいぞ、パパが買ってやるからな。四大名著なんて言わないで、四十大名著だって買ってやる。それだけ勉強が好きだったら、将来はきっと成績もずばぬけてよくなるだろうな」

聞きなじんだ声を耳にして、朱朝陽（ジューチャオヤン）ははっと顔を上げ、前方の人影に向けて反射的に言葉がこぼれでた。「父さん——」しかしすぐさま口を閉じる。

横の普普（プープー）は気になった様子で、顔を上げてこちらを見てきた。

息子を見た朱永平（ジューヨンピン）は慌てて目をしばたいてきて、それから口の前に一本指を立て、なにも言わないようにと伝えてくる。

その一瞬、朱朝陽（ジューチャオヤン）は唾を飲みこみ、なにも言えなかった。

朱永平（ジューヨンピン）は、歩きつづけていた娘の肩に手をかけ、振り向かせた。「四大名著は上の階だからな。晶晶（ジンジン）、パパが上の階に連れていってやる」

「わかった。そうだ、なぞるお手本が付いてる漢字帳も買わないといけないの。習字の先生が、明日持ってきてって言ってたよ。このまえ、買うの忘れちゃったんだ」

「そうか、あとでいっしょに買ってやるからな」

二人は向こうに歩いていき、娘の手を引いた朱永平（ジューヨンピン）はまっすぐ階段を目指して、振り向くことはない。階段の踊り場まで来たとき、息子に顔を向けてちらりと目をやったが、はるか向こうから名残り惜しそうに息子がこちらを凝視しているのに気づいて、咳ばらいをすると力なく顔をそらし、娘の手を引いてまた階上に向かった。

朱朝陽（ジューチャオヤン）は別の世界に行ってしまったかのように、身動きもできず、気を取りなおすこともできずにいた。

「あれがお父さん？」

そう普普（プープー）に落ち着きはらった声で訊かれ、ようやく現実世界に引きもどされる。答えは返さずにただうなずくだけで、深々とうなだれた。いま普普（プープー）は、どんな顔で自分を見ているんだろうか。同情か？　哀れみか？　それともいつものように我関せずの表情か？

「本がぐちゃぐちゃになってる」そう言うと普普は前を向き、作文の参考書をまた読みだした。

朱朝陽ははっとする。気づけば本の一ページを右手で握りしめていた。

18

その夜、家に帰った朱朝陽はほとんど口を開かず、普普もこのときは殺人犯との取引の計画を持ち出さず、一人なにも知らない丁浩だけがしきりにビデオのことはどうするのかと訊いてきたが、二人とも話をうやむやにごまかした。

次の朝、目が覚めると、丁浩は今度はどこに遊びに行こうかと考えはじめた。この何日かでぞんぶんに遊んでやろう、何日かして朱朝陽の家を出たら、チャンスなんてなかなかないかもしれないと言う。毎度ながら痛ましい台詞だった。朱朝陽は、普普と耗子がまた人殺しを脅す話を出してくるのを恐れて、外に遊びに行けば時間がつぶれる、と考えていた。何日かして母さんが帰ってきて、二人が出ていったら当然ながらその話は出ない。この先ビデオをどう扱うかは、そのときにまた考えよう。

朱朝陽（ジューチャオヤン）は、少年宮（シャオニエンゴン）（青少年を対象にした公立の文化施設）に行こうと言い出した。区立の少年宮は遊園地も併設されていて、面積も広く、しかも遊園地の施設の料金がかなり安く、たとえばジェットコースターはたったの三元だった。ただしこれまで行ったときは毎度、長蛇の列に並ばないといけなかった。

少年宮に遊園地があると聞いて、当然丁浩（ディンハオ）は小躍りした。めったに娯楽に触れてこなかった普普（プープー）も行きたがったが、また朱朝陽（ジューチャオヤン）の金を使うと考えると、ひどく申しわけなさそうだった。対して朱朝陽（ジューチャオヤン）は、一日遊んでも何十元かだし、友達同士なんだから——ほんとうに腹を割って話せる友達は学校には一人もいなくて、たぶんこの二人だけだろうし、もう何日かしたら二人は出ていってしまって、また同じような機会があるとは限らないんだから、と思っていた。そのうえ、数十元の金でこの二人の口をふさいで、いま頭に浮かんでいる思いつきを薄れさせ、脅迫の話を持ち出すのに気が引けるようになってくれるなら、それ以上のことはない。

区立の少年宮は六階建ての大きな建物で、建設は八十年代末のこと、二十数年が経って、何度か外装の修繕はしていたが、それでもどこか古ぼけて見えた。

遊園地は少年宮の建物の表側にある。建設当初に植えられたたくさんの木が、長い年月を経て空に届かんとする大樹に育ち、七月になったいまでも、木の陰になる遊園地ではすこしも暑さを感じなかった。園内には電車やメリーゴーラウンド、エンジン付きの丸いゴムボートや小ぶりなジェットコースターなどが並んでいる。児童が対象の施設ということで、長年料金は変わらず良心的だったが、ただし料金が安いせいで夏休みのあいだはほとんど毎日、大勢の大人たちが子供を連れて来園し、どの乗り物にも順番待ちの長い列ができていることだけが唯一の問題点だった。

少年宮の大きな建物は、一階は入場無料の科学館、二階が卓球場と図書館で、三階より上の部屋はいろいろな団体が借りて使ったり、講座が開かれたりしていた。

バスを降りた三人が遊園地に足を踏みいれると、人で埋めつくされた光景を目にした瞬間、このまま駆け出していきたい衝動に襲われた。丁浩（ディンハオ）は喜び勇んで歩いていくが、普普（プープー）が突然足を止め、朱朝陽（ジューチャオヤン）の服を引いて、通りのあるほうを見るようにうながしてくる。言われた方向に視線を向けた朱朝陽（ジューチャオヤン）は、ゆっくりと唇を噛んだ。視界には朱晶晶（ジュージンジン）とその母親の姿があった。晶晶（ジンジン）の手を引いていた母親は、娘にリュックを渡し、なにか言いふくめている。晶晶（ジンジン）はぶすっとしている様子で、あっちに行けと手を振っている。そして母親は娘を置いて、道端に停めていた赤いＳＵＶに乗りこんだ。

一方、朱晶晶（ジュージンジン）はリュックを背負って、少年宮の建物に歩いていく。その姿が人ごみのなかに消えてから、朱朝陽（ジューチャオヤン）は口を引きむすんで普普（プープー）に声をかけた。「行こう、ジェットコースターに乗せてあげるから」

普普（プープー）がけげんそうに見かえしてくる。「仕返ししたくないの？」

うつむいてため息を漏らした。「どうやって。ぼくになにができるんだよ」

そこに、二人が付いてこないのに気づいた丁浩（ディンハオ）が引きかえして声をかけてきた。「どうした？　行こうぜ、向こうじゃもうおおぜい並んでる」

普普（プープー）が口を開いた。「朝陽（チャオヤン）お兄ちゃんが、チビアマを見つけたの」

「ああ、見つけたってべつにいいだろ、気にするなよ、ほら、遊びにいくぞ、考えこまないでさ」

朱朝陽（ジューチャオヤン）はうなずいた。

仏頂面で普普（プープー）が言う。「朝陽（チャオヤン）お兄ちゃんのために恨みを晴らしてやるとか言ってなかった？　遊びってなったらなんでぜんぶ忘れちゃうの？」

「ああ……言ったけど」すこしばつが悪そうに、頭をかく。「でも……なにするんだ？」

普普（プープー）は冷たく一言言った。「ぶちのめしてやる」

丁浩（ディンハオ）がぽかんとする。「ここで？　いやいや！　こんだけ人がいるのに子供を殴るなんてまずいだろ？」

「あいつの親はさっき出ていって、いまはチビアマ一人だけであそこに入っていったの。

あたしたちも付いていってさ、それで隙を見てすみに引っぱりこんで殴ってやったら、朝陽（チャオヤン）お兄ちゃんの恨みが晴れる」

とたんに血がたぎるのを感じたが、数秒間考えたあと、首を振ってその考えを捨てた。

「あいつ、殴られたらきっと父さんに言いつけるよ。そしたら……そしたらまずいことになる」

普普（プープー）は自信ありげにうすい笑みを見せてくる。「顔を出さないで、遠くで見てればいいから。耗子（ハオズー）が小突きにいくんだよ、あいつは耗子（ハオズー）のこと知らないんだから、お父さんに言いつけるのは無理に決まってるでしょ」

「なんでおれが」自分を指さして口をあんぐりと開ける。「立派な男のおれが、たった何歳かの女子を殴るなんてやばいだろ」

「女子じゃないよ」普普（プープー）が言いなおす。「チビアマ」

「はいはい、チビアマだって、こんなでかい男が殴るのは面子（めんつ）が立たないってもんだ」

「朝陽（チャオヤン）の恨みを晴らすって言わなかった？」

「ああ、でも……」

普普（プープー）はさえぎる。「わかった、結局あんたたち男の面子ってやつでしょ、殴ったってあたしたちのほかはだれも知らないのに。いやならあたしがやってもいいけど、横で手伝ってね。あいつが逆らったら、いっしょに殴ってよ」ほっそりした手を握りしめる。

「それはさ……朝陽(チャオヤン)、どう思う？」丁浩(ディンハオ)が問いかけるような目を向けてくる。

「ぼくは……」混乱しながら考えをめぐらせる。

朱 朝陽(ジューチャオヤン)が二歳のときに両親は離婚した。あの女が父さんを引っかけなかったら、幸せで金もある家族がいたはずなのに、いまは？　学校ではずっとみじめな気分だった。子供たちはなにかもめごとがあるとたいてい相手の両親のことを持ちだすからで、そのたびに自分は黙って怒りをのみこむしかなかった。

模範的な家族がいたら、陸(ルー)先生もしつけが悪いから道を踏みはずしたなんて思わないはず。母さんはこの十何年か、いろいろなみじめさをこらえてきた。何年かまえには会社が倒産して失業して、そのうち役所が失業者の面倒を見てくれてやっとのことで景勝地区の入場口の仕事を見つけたけど、週のだいたいは家にいられないから、自分の面倒は自分で見ないといけない。母さんと買い物に出たら、ほんの何毛かのために値切りを始めるけど、あの女はきっと、何毛かのためになんやかやしゃべることなんてない。ほんとなら母さんはＳＵＶを運転して、ぼくは車に乗っていたはず。でもいまは、母さんが持ってるのは自転車だけで、自分も車に乗る場面なんてない。

なにもかもあの女のせいだ。ぼくのだったはずのものが、みんなあいつにひっくりかえされた。ぼくが手にしていたはずの暮らしはいま、そっくりあいつの娘のものになっている。昨晩、朱晶晶(ジュージンジン)の手を引いて階段を上がっていった父親の姿が頭のなかに浮かんだとき、拳を固く握りしめ、心が決まった。「あいつを見つけに行こう。とりあえず二人が先に行って、チビアマにぼくが仲間だって気づかれないようにしないと」

それからそっと普普(プープー)の袖を引いて、心の底から言った。「ありがとう」

相手はほとんど表情を動かさず、こともなげに答えてくるだけだった。「あたしも同じだから」

そして、普普(プープー)と丁浩(ディンハオ)が先になって少年宮に入っていく。朱朝陽(ジューチャオヤン)は一人、なにも知らぬ様子で静かにその後ろを歩いた。

19

朱朝陽(ジューチャオヤン)は少年宮には何度も来たことがあってこの場所は知りつくしており、朱晶晶(ジュージンジン)はどうやらなにかの習い事に来たように見えたから、一階か二階にはいないだろうと二人には伝えていた。

二人の後ろ十メートルほどを付いていきながら、どちらに向かうかをそっと指で示していった。三人はまっすぐに三階まで上がり、朱朝陽(ジューチャオヤン)は一人男子便所に隠れて報告を待つ。普普(プープー)は昨日朱晶晶(ジュージンジン)を目の当たりにして顔を覚えていたので、先頭になって丁浩(ディンハオ)と探しに出ていった。

講座を受けにきた生徒のふりをして、教室を一つひとつ後ろからちらっとのぞきこんだが、三階では見つからなかった。すぐに四階に上がり、同じ段取りで進めたが、四階にも朱晶晶(ジュージンジン)はいない。五階にもいない。結局、三人は最上階の六階に来た。

これまで見た階には人がいくらでもいたのと比べると、六階ははるかにがらんとした様子で、廊下には一人の姿もなかった。六階で開かれている講座はないのだろうと思って、朱朝陽(ジューチャオヤン)が階下に向かおうとしたとき、普普(プープー)が言った。「あそこの教室で声がした気がする。待ってて、見にいってくるから」

こそこそと探りに行って、すぐに引きかえしてくると、いちばん奥にある教室を指さした。「あいつ、やっぱりいた」

朱朝陽(ジューチャオヤン)は不安になって訊く。「おおぜいだった？」

「そんなには。ぜんぶ見てきたけど、この階はあの教室しか授業してないよ。筆の習字をやってるみたいで、女の先生が一人と、おんなじような歳の小学生が十何人か、字の練習をしてる」

うなずいて返した。「習字なんてやるやつは大していないしね。でも先生がいるんだったら、教室に入りこんで殴るわけにはいかないな。どうやったら呼びだせるだろう？」

普普（プープー）が答えた。「ちょっと待っていようよ、そのうちトイレにかならず出てくるから。一人で出てくるんだといいな、でないとちょっとめんどくさい」

「よし、ぼくたちは階段の角のとこで待ってよう。今日の運しだいだな」

すこし緊張した様子で丁浩（ディンハオ）が言った。「これ、どんなふうにやってやればいいんだ？どんくらいだ？　手かげんはしてやるか？」

朱朝陽（ジューチャオヤン）はすこし考えた。「怪我させるのはだめだからね。泣かせてやれば充分」

普普（プープー）が鼻を鳴らした。「泣かせればいいの？　ぬるすぎるんじゃない」

朱朝陽（ジューチャオヤン）が答える。「じゃあどうする？」

冷たい声が帰ってきた。「いいこと思いついたの。怪我は残さないけど、いまから死ぬんじゃないかってぐらい泣かせて、一生忘れられないようにさせてやる」

気がはやりながら尋ねる。「なにするんだ？」

「あいつの顔、便所のうんこに突っこんでやる」

丁浩（ディンハオ）が大仰に表情を変えた。「そんなこと思いつくなんて、天才じゃねえか」

朱朝陽(ジューチャオヤン)は目を輝かせ、提案を反芻(はんすう)して、興奮で手を叩きそうになった。「めちゃくちゃいい手だよ！」

普普(プープー)が冷たく笑う。「あとひとつだけ心配なんだけど」

勢いこんで訊ねた。「なに？」

ゆっくりと答える。「便所にうんこがあるかな？」

朱朝陽(ジューチャオヤン)は吹き出して笑った。「お安い御用だよ、いますぐ便所でたっぷり出してくるって」嬉々として便所に向かった。

そう言って便所に入っていくらもしないうち、丁浩(ディンハオ)と普普(プープー)は向こうの教室から少女が出てくるのに気づいた。普普(プープー)は目をぎらつかせて、そちらを指さしながら丁浩(ディンハオ)に伝えた。

「チビアマが出てきたよ」

「こっちに来るぞ、便所に行くみたいだな」

「そうだよ、しかも一人だ。二人で通せんぼして、いまから男子便所に連れこもうね」

教室があるのは廊下のいちばん奥で、便所は階段の近くと、端と端に離れていたので、便所のまえまで来た朱晶晶(ジュージンジン)は、階段口で待ちうけていた丁浩(ディンハオ)と普普(プープー)の目のまえにやってくる形になった。

朱晶晶(ジュージンジン)が女子便所に入らないうちに、そのおさげ髪を引っぱって普普(プープー)がひと声かけた。

「止まれ」

朱晶晶はひゃっ、と声を上げたが、振り向いてずっと背の高い二人が目に入ると、不機嫌そうにしながらもおびえて尋ねる。「なにしてるの？」

普普はせせら笑った。「あんたが気にくわないの」そう言いながら、また髪をつかんで思いきり引っぱる。

「きゃあっ、なにするの！」朱晶晶が悲鳴を漏らした。

「痛くしてるんだよ。どんな気分？」

「あんたたち！　だれなのよ！　なにするの！　助けて、助けてよ！」

叫び出しそうな様子を見て、だれかに気づかれないかと思った丁浩が慌てて口を手でふさぐが、朱晶晶は反射的に思いきり咬みついてきた。痛みに悲鳴を上げ、血まで出てきたのを見て慌てて手を放す。朱晶晶は急いで向こうに逃げ、教室に引きかえそうとするが、普普はそんな隙を与えずまたその髪をぐいとつかんだ。

とたんに朱晶晶は痛みで涙を流しはじめ、かと思うと振りかえって二人に向かいぺぺっと唾を吐きかけた。丁浩は手を血が出るまで咬まれて、爪ほどの幅に肌がえぐれ、赤白混じった肉がむきだしになっている。みるみる血相を変えて、朱晶晶の頭やら顔やらを手かげんなしで何発か張りとばせば、朱晶晶は声を詰まらせてきれぎれに泣きわめきだした。

しかし教室は遠く、しかもそもそも騒々しい少年宮ではどこに行っても子供たちの泣いたり笑ったり暴れたりの声が聞こえていたから、教師が物音に気づくことはなかった。

ちょうどそこに、朱朝陽（ジューチャオヤン）が便所から出てきた。

「耗子（ハオズー）、普普（プープー）、どうだ？　あいつ――」

表の騒ぎが耳に届いてはいたが、騒がしい少年宮でははっきり聞こえず、二人がほかのだれかともめているのだとばかり思って、こんなにすぐ朱晶晶（ジュージンジン）をとっつかまえているとはみじんも考えていなかった。出てきたときにはうまい具合に丁浩（ディンハオ）と普普（プープー）にさえぎられ、朱晶晶（ジュージンジン）の姿は見えていなかった。次の瞬間、丁浩（ディンハオ）と普普（プープー）が朱晶晶（ジュージンジン）を押さえつけているのがまえぶれなく目に入った。便所に戻って身を隠し、こちらを見られないようにしようと思ったそのときには、がっちりと目が合っていた。

「あっ！　あんた、あんただ、みんな仲間だったのね！　あんたが言ったから、こいつらが叩いてきたんだよね！」朱晶晶（ジュージンジン）はたったの九歳だが、九歳ともなれば子供の知能は成熟に近づく。三人のつながりを目にして、たちまち答えにたどり着く。

「ち……違うよ」朱朝陽（ジューチャオヤン）は口ごもりながら、急いで顔をそむけた。

朱晶晶（ジュージンジン）は泣くのをやめ、怒りにまかせて指を突きつけてくる。「ママが言ってたよ、あんたはパパとでぶ女の、私生児、で、もう会わないようにってママがパパに頼んだんだよ。

だからこいつらに言って、あたしを殴ったんだ、そうでしょ！」

一瞬、その場が静まりかえったように感じた。つぎの瞬間、朱朝陽（ジューチャオヤン）の身体を流れる血がのこらず頭に上り、顔を真っ赤に染めて、二歩進みでると額に指を突きつけてどなった。

「おまえこそあのクソアマの私生児なんだ！　ぼくが父さんの息子なんだよ！」

朱晶晶（ジュージンジン）は利かん気が強く、小さいころから甘やかされて育って、殴られたことなどない。二人に袋叩きにされていきり立っているところで、朱朝陽（ジューチャオヤン）を前にしたいまも、幼さゆえ恐怖がなんなのかも知らず、怒りにまかせてさらに盾突いた。「ママはあんたが私生児だって言ってたもん。親がちびっちゃいからあんたもちびすけで、そのうちきっとあたしのほうが大きくなるって言ってたもん。パパはママに約束したんだよ、私生児のあんたにはもう会わないって。お金ももう一銭もあげないって、これでも文句あるの！」

普普（プープー）が急に手を伸ばし、朱晶晶（ジュージンジン）の顔を全力で張り飛ばした。ぎゃっ、と声が上がり、本格的に泣きわめきはじめる。おさげ髪を朱朝陽（ジューチャオヤン）はつかみ、そのまま男子便所に引っぱっていく。普普（プープー）と丁浩（ディンハオ）もあとを付いていった。

便所に入って、朱晶晶（ジュージンジン）を連れた朱朝陽（ジューチャオヤン）は便器には向かわず、まっすぐ窓まで引っぱっていって、抱えあげ窓に身を乗り出させた。朱晶晶（ジュージンジン）が懸命にあがいても、年齢が違いすぎ、背丈も違いすぎて、窓枠に持ちあげられたまま動けない。

朱晶晶（ジュージンジン）は両足をがっちりと窓枠に突っぱり、両手は必死に窓枠をつかみながら、口ではなおもしぶとく悪態をついている。「あんた、いかれてる！　放して、放してよ」まずいことになっていると思った丁浩（ディンハオ）が、慌ててやってきて止めに入る。「下ろしてやれよ、なにするつもりなんだよ。やべえことになるぞ」

一時怒りが頂点に達して朱晶晶（ジュージンジン）を脅しつけようとしただけで、ほんとうに突き落とそうという気はなかった。丁浩（ディンハオ）に引きとめられて理性を取りもどし、勢いをゆるめる。朱晶晶（ジュージンジン）の身体をつかんで、このまま落ちてしまわないようにはした。冷たい声で言う。「ぼくが私生児だってもう一回言ってみろ、すぐに突き落とすからな」

しかし朱晶晶（ジュージンジン）はかけらも気にせずにわめきつづけた。「あんたが私生児、あんたが私生児だもん！　助けて、助けてよ！」窓の外に助けを求める姿を見て、外の人々に気づかれないよう朱朝陽（ジューチャオヤン）はその身体を慌てて室内に引きもどし、唇を指でつまんでどなりつけた。

「まだ言いはるつもりか！」

朱晶晶（ジュージンジン）はぶんぶんと首を振り、口を開けて朱朝陽（ジューチャオヤン）の指に一生懸命咬みつこうとしたが、指をすばやく引っこめてあやういところで咬まれずに済んだ。普普（プープー）が冷たく言う。「こいつ犬だから、咬んでばっかなんだよ。耗子（ハオズー）の手なんて血が出てる」手を出して血が流れる傷口を見せながら、丁浩（ディンハオ）は吐きすてる。「この子犬、こんなでっかく皮を咬みちぎりやがった」

朱朝陽(ジューチャオヤン)が無情な声で言う。「チビアマ、もういっぺん咬んでみろ」

「いかれてる、いかれてる、いかれてるよ！」首を振り、延々と口ぎたなく泣きわめく。

朱朝陽(ジューチャオヤン)が顔を一発張りとばすとまたわあわあ泣きはじめたが、それでも変わらず観念の言葉は口にしない。息を荒くした朱朝陽(ジューチャオヤン)は胸で怒りが燃えさかっていたが、ほんとうに突き落とせるわけでもなく、急にこの場をどう収めるかがわからなくなった。

普普(プープー)がそっけなく鼻を鳴らした。「頑固な子犬だけど、こいつをこらしめる考えがあるよ。耗子(ハオズー)、こっち来てよ」

近寄ってきた丁浩(ディンハオ)の耳元でこそこそとなにか伝えると、丁浩(ディンハオ)は苦い顔をした。「やばいだろ」

普普(プープー)は毅然と言う。「言われたとおりにやるの！」

なにを思いついたのかと朱朝陽(ジューチャオヤン)が気になっていると、丁浩(ディンハオ)がズボンのなかに手を入れ、しばらくまさぐって、陰毛を何本かつまんで出してきた。朱晶晶(ジュージンジン)の口元をぐいとつかむ。

「開けろ！　咬んでみろよ、血を出させてみろよ！」頬を全力で左右から握りつぶし、むりやり口を開けさせたすえに、陰毛を喉の奥に押しこんだ。

朱朝陽(ジューチャオヤン)は内心で驚愕する。自分は発育が半端で下の毛はまだ柔らかいのに、丁浩(ディンハオ)が抜いてきた毛は黒々として太かった。困惑しながら普普（プープー）を見る。ここまで非道なことを普普（プープー）が思いつくとは夢にも思わなかった。

さすがにこの手は効いて、たちまち朱晶晶（ジュージンジン）は咳きこみ、えずきだすが、口を丁浩（ディンハオ）に押さえられて吐き出すこともできないで、一瞬にして強情な抵抗をきれいさっぱり捨て、よだれを垂れ流しながら全身を震わせ、泣いて頼みこんだ。「あたしが悪かったから、お兄ちゃん、お姉ちゃん、お願いだから、放してよ、もう変なこと言わない、うぐっ——悪かったから、もう変なこと言わないよ……」

丁浩（ディンハオ）が、血のにじむ手の歯形を見ながら言う。「子犬、まだおれを咬むか？」

「しない、もうしない」

普普（プープー）が勝者の表情を浮かべ、冷たく笑う。「やっと自分が悪いってわかった？　ごめんなさいって言ってよ」

しゃくりあげながら言う。「ごめんなさい、ごめんなさいって、放して、ね、お願いだから……」

鼻を鳴らして、普普（プープー）が言う。「朝陽（チャオヤン）お兄ちゃん、この感じだったらもうばかにしてくることはないよ。放してあげようよ」

丁浩（ディンハオ）もなだめにかかる。「こらしめたらおとなしくなったんだ、こんなもんだろ。はあ、おれの手はひどいもんだけどな」

ついさっきまで朱朝陽は怒り狂っていたが、それでも限度はわきまえていた。相手の勝ちほこった威勢がすっかり消えうせたのを見ると胸の怒りもおおかた晴れていて、にらみつけながら言う。「ほんとうに悪いってわかったか。だったら放してやる」

朱晶晶は殊勝にうなずいた。「お兄ちゃん。あたしが悪いってわかった。放してよ」

〝お兄ちゃん〟と呼びかけられて、朱朝陽ははからずも心を動かされていた。結局のところ、朱晶晶と自分は片方だけとはいえ血がつながっているわけだ。それでも一言脅しつける。「覚えとけ、おまえが私生児で、ぼくは違うんだ！　これから一言でも変なこと言ったら、また殴るからな」そう口にしながら、言いきかせるようにもう一発殴った。

大して力を入れたわけではなかったが、朱晶晶はおびえきってしまい、朱朝陽がもう一発頬を張ろうとしているのを見たとたんに首を縮こめてふたたび泣きわめきだした。

「助けてよ、謝ったのにまだ殴るんだ、うわあっ……パパとママに、言いつけてやる！」

「おまえ──」言葉に詰まる。相手の言葉に不意打ちを受けて、頭から水を浴びせかけられたかのように全身が跳ねあがり、その瞬間、世界が動くのをやめた。つぎの瞬間、朱朝陽は吼えた。「死んじまえ！」

怒りにまかせて全力を振りしぼり、一息に朱晶晶を窓から放り出した。丁浩が手を伸ばして止めようとしたがもう遅かった。直後、どん、と地面からすさまじい音が響いた。西瓜が高くから落ちたかのように。

第六章　大事件

20

朱朝陽は全身を震わせ、その場に立ちつくしていた。

丁浩と普普は窓辺に駆け寄り、窓ガラスに手を当てて下をうかがった。

朱晶晶はあおむけに地面に横たわっていた。縮こまった手足が引きつり、頭の後ろから大量の血があふれだしていた。

そうしていると、地上からは悲鳴が聞こえてきて、四方八方から駆け寄った人々が朱晶晶をとりかこみ、数秒して、おおぜいが顔を上げてこちらを眺めだした。

普普は丁浩を窓のまえから引きはがす。

歯の根の合わない丁浩は、朱朝陽のほうを見た。「これ……ど……どうするんだ？」

朱朝陽は黙りこくり、身じろぎもしない。

それを見た普普（プープー）は、朱朝陽（ジューチャオヤン）の手を取って、決然と言った。「とにかく逃げてから考えよう！」

男子便所の出口まで来ると普普（プープー）は外をうかがい、この瞬間は廊下に人影がないのを見ると、すぐさま二人を引っぱって階段口に走り、早足で階下に向かった。一気に二階まで駆けおりると、もとから混んでいたそこでは人がつぎつぎと下りの階段に押し寄せて、外の騒ぎを見物しにいこうとしていた。心ここにあらずだった朱朝陽（ジューチャオヤン）が突然足を止める。二人を隅に引っぱっていき、口を引きむすんだ。「ぼくはたいへんなことをしでかしたんだ。二人は先に行って。巻きこみたくない」

すぐに丁浩（ディンハオ）が訊く。「おまえはどうするんだよ」

むりやり笑顔を作る。「この騒ぎに二人は関係ない。ぼくが招いたことなんだ。先に帰っててよ」

丁浩（ディンハオ）が普普（プープー）の手を引くが、普普（プープー）は動かずに、重苦しく訊いてくる。「怖くなったの？」

「怖い？」朱朝陽（ジューチャオヤン）は鼻で笑った。一瞬のうちに何歳も歳を取ったかのような表情だった。「きょう、チビアマを痛めつけたときに顔は見られてたんだから、きっと父さんに言いつけられてた。そもそもおしまいだったんだよ、うさ晴らしをしておいて、いまさら怖くなることなんかないさ。どっちにしろ――そういうことだよ」

普普（プープー）が訊く。「これからどうするつもりなの」

「自首するよ」

丁浩（ディンハオ）が首を振りながらため息をつき、低い声で言った。「そしたら、おまえの母ちゃん、一人になるぞ」

言われた朱朝陽（ジューチャオヤン）はぎくりとして、あごを震わせ、とたんに目をうるませて、うつむき、黙りこんだ。

普普（プープー）は眉間にしわを寄せ、考えこんでいる。「チビアマが死んだのかもわかんないよね。もし生きてたら……」その目に絶望がにじみでる。「そしたら……もうほんとにおしまい……」言うと、すっと軽く目を細めた。「あれで死んでたら……だれもあたしたちを見てない……」

すかさず丁浩（ディンハオ）が言った。「いますぐ下に行って、どうなってるか見ようぜ」

首を振る。「だめ。もし死んでなくて、あたしたちが行って気づかれたら、そこですぐ捕まっちゃうよ」

朱朝陽（ジューチャオヤン）はあごに力を入れる。「やっぱりぼくが行くよ。なんにしたってぼくがやったことなんだ、捕まるのはぼくが最初だよ。二人は違うんだよ、あいつとはぜんぜん関係がないから何者なのか気づかれてなかったし、ほかのだれからも何者なのか知られてない。

ぼくが捕まっても、二人には逃げる時間があるよ。うん、これで決まりだ。いまから下に行って見てくるから、そこの窓のところで見てて。もしぼくが捕まったら、慌てないで人ごみに隠れて出ていくんだ。知ってるやつはだれもいない。すぐにほかの街に逃げるんだよ」

三人はひととおり話しあったが、朱朝陽（ジューチャオヤン）の言うことは正しかった。朱晶晶（ジュージンジン）が生きているなら、朱朝陽（ジューチャオヤン）はどうやっても逃げきれはしない。しかし丁浩（ディンハオ）と普普（プープー）の場合は、そのうち警察が捕まえに来るとしても今日明日のことではなく、ほかの場所に逃げられる時間がある。最悪の場合を考えるなら、方法はこれしかなかった。普普（プープー）と丁浩（ディンハオ）は急いで窓辺に向かい、窓に張りついて騒ぎを見物するたくさんの子供たちを苦労してかきわけ、朱朝陽（ジューチャオヤン）が姿を現すのを待った。

地上ではおおぜいの人々が、死んでる、助からない、などと口にしていた。朱晶晶（ジュージンジン）の身体はまだぴくぴく震えてはいたが、その勢いもかすかになり、少年宮（シャオニエンゴン）の職員たち数人がそれを囲んで、ほかの人間が近づけないようにしている。子供を連れて遊びに来ていた大人たちは無惨な光景を嫌がり、どんどん子供の手を引いて立ち去っていて、表を通りがかった人々と肝の据わった少年たちだけがいまもひしめきあいながら騒ぎの中央を目指していた。

身体の小さい朱朝陽（ジューチャオヤン）は人の群れに遠くはばまれ、割って入ることもまるでできない。朱晶晶（ジュージンジン）の生死もわからず、じれったく思いながらそわそわしていた。かなりの時間が経ったころ、人の群れの向こうからかん高い悲鳴が耳に届いた。「晶晶（ジンジン）、なにがあったの、晶晶（ジンジン）！　目を覚ましなさいよ、ママはここよ！　晶晶（ジンジン）！　晶晶（ジンジン）！　あぁっ……」

かすかに眉をひそめた。晶晶（ジンジン）の母親がやってきたのは間違いない。顔を合わせるのを避けたくて、人のいない場所に歩いていき、少年宮の二階のほうを見あげると、普普（プープー）と丁浩（ディンハオ）のいる場所はわかった。二人も自分のことを見ていて、口の端に笑いを浮かべた普普（プープー）が、手を出してまる印を作って見せてくる。朱朝陽（ジューチャオヤン）は少年宮の裏口のほうを指さして、一人歩きだした。二人も阿吽（あうん）の呼吸で裏口に向かった。出口のまえで、三人はふたたび落ちあう。普普（プープー）が冷たく言った。「チビアマは死んでたよ」

「ほんとう？」朱朝陽（ジューチャオヤン）は目を見開く。嬉しさからか、悲しみからだろうか。

普普（プープー）は続ける。「きっとそうだよ。あたしも耗子（ハオズー）も上からしっかり見てたもん、あの人たちがチビアマを起こしたら、頭のうしろがまるごとへこんでて、どんなに触っても動かなかったんだよ。救急車が来たときだって、抱いて起こしてもぴくりとも動かなくて、医者はちょっと見ただけで行っちゃったし。一階に下りるときに警察が来てたんだけど、階段を上がりながら、死人が出たとか、なんで死んだのか調べないととか言ってたよ」

丁浩（ディンハオ）は不安そうだった。「そうだよ、やけに早く来やがった」

朱朝陽（ジューチャオヤン）は絶望してため息をついた。「死んだ、死んだんだよ。これでぼくだっておしまいだ、すぐに警察が捕まえに来るんだ」

普普（プープー）がばかにしたように答える。「怖がらなくていいの、だれが突き落とすとこを見てたの？　あたしたち二人だよ。あたしは言わない。耗子（ハオズー）は、どうなの？」

「おれか？」言われた瞬間、身体をこわばらせる。「人として、兄弟を売るなんてありえねえだろ。ぶちのめされたって言いやしない、おれがやったって言ったとしても、兄弟を売ることはしないって」

普普（プープー）がじろりと見ながらうすく笑った。「でもおしゃべりだよね」

「おい……おれだって加減はわかってるんだ、安心しろ。朝陽（チャオヤン）、兄弟だろ、これは義理の話だぜ」この年頃の子供こそいちばん男らしくふるまいたがるものだ。大声で笑って図抜けた豪気さを見せつけながら、朱朝陽（ジューチャオヤン）の頼りない肩を叩き、いま自分に立派なひげがあってなでてたらもっとさまになるのにな、と心中で考えていた。

二人の友達の答えを聞いた朱朝陽（ジューチャオヤン）は、すこしばかり心が落ちつき、どうにか笑顔を見せた。「こうなったのには変わりないんだ、運を天に任せよう。さて、帰ろうか」

そう言うが早いか、空からごろごろと雷鳴が聞こえ、直後にみなは豆粒大の雨に襲われた。少年宮から出てきた傘を持っていない人々が、つぎつぎと走って散っていく。三人も急いでバス停まで走っていき、そのまま家に戻った。

バスのなかで立っていた朱朝陽（ジューチャオヤン）は、窓の外のどしゃ降りの雨に見入りながら、今日起きたすべては夢だったように感じていた。顔を上げて、二人の連れのほうを見ると、丁浩（ディンハオ）はいつまでもうつむいて、不安を抱えている様子だった。大きい図体や率直な性格の見かけによらず、実際には臆病者だ。いまはきっと震えあがって、考えがせめぎあっているんだろう。

普普（プープー）のほうはしれっとした顔だった。いつ見てもこうだ。朱朝陽（ジューチャオヤン）が見ていることに気づき、笑いかけてくる顔もなんの心配もないように見えた。朱朝陽（ジューチャオヤン）はどうにか苦笑を浮かべると、顔をそらし、また窓の外を覆いつくす雨に視線を向けた。

21

ひどい大雨で、地面の血痕は薄れながらも大きく広がっていた。

救急車が現場に到着してまもなく、死亡の判断が下された。頭部がひどく砕けていて神仙にも手のほどこしようがない。現場は、つづけて到着した警察に引きわたされた。

警官たちはその場の状況から、転落したのはおそらく四階以上からで、でなければここまでひどいありさまにはならないだろうと考えた。落下地点を見下ろす位置にはちょうど各階の便所があり、すぐに四階以上の便所を調べはじめる。最初の判断では女子便所から落ちたのだろうと結論づけていたのに、四階、五階、六階の女子便所をひととおり探しても、それらしい痕跡は見つからない。

その後警官たちは、期せずして六階の男子便所の窓辺から不審な足跡と、衣服の繊維を発見した。

少女。男子便所。

警官たちは不穏なものをひしひしと感じて、急いで派出所（日本警察の「派出所」よりも規模は大きいことが多い）の刑事中隊に応援を要請した。隊長の葉軍（イエジュン）は部下とともに六階の男子便所まで上がってくると、すぐさま窓辺の足跡を採取した。そして車内に運ばれ寝かせられていた朱晶晶（ジュージンジン）の靴と照合したところ、完全に一致していた。その瞬間、警官たち全員が背筋が寒くなるのを感じた。少女が男子便所から転落したとなれば、どう見ても偶然の事故とは考えにくい。

直後、雨合羽を着た検死官の陳（チェン）が六階まで駆けあがってきて、合羽を脱ぐ間もなく葉軍（イエジュン）をわきに引っぱっていき、切迫した声で言った。

「葉（イエ）さん、女の子の口内から陰毛四本が見つかった」

「なんだって！」葉軍(イエジュン)はとたんに目を見開いた。そして、みるまに眉根を深く寄せ、怒りから握りしめた拳の関節が音を立てた。「少年宮で女の子の暴行殺人だと？」

「ああ、かなりの非道だよ。さっき分局（大規模な市の場合、市公安局〔市警本部〕の下に区ごとの分局があり、その下に派出所がある）に知らせて、分局の専門家が駆けつけてもっと詳しく死体を調べているところだ。とんでもない事件だぞ、この地区でここまで非道な事件は起きたことがない」

　この地区の治安は長いこと落ちついていて、一年のうち刑事事件として取りあげるのは百件にもならず、その大部分も窃盗や強盗、傷害事件といったところで、死亡事件はたいがい一けた、少女の強姦事件など起きたことがなかった。だが今回は強姦にとどまらず殺人事件、しかも重要なのは、犯人はよりによって少年宮で、白昼に少女を暴行し殺したという点で、思わず怒りがこみあげてくる。

　憤りを露わにした葉軍(イエジュン)は、自分の娘が中学に通っていて、よく少年宮に遊びに来るのを思い出していた。ここは子供たちの楽園だったのに、ここまで非道なことが起きるとは。事件を解決できなければ、きっと社会からすさまじく厳しい反応が返ってくるにちがいなく、今後保護者たちは子供を少年宮に行かせないだろう。葉軍(イエジュン)は歯ぎしりした。「どんな方法を使おうと、なんとしてもこの畜生を引きずり出してやる。皮を剝(は)いでやらなきゃこのおれの気が済まない」

そこに、検視道具一式を持った刑事がやってきた。陳(チェン)検死官は雨合羽を脱ぎ、葉軍(イエジュン)や数名の警官も同時に慣れた手つきでビニールのキャップと手袋、靴のカバーを着け、検分のため男子便所に入っていった。

毎日多くの人々が出入りする公共の便所ゆえ、床の足跡は入りみだれ、そのうえ古い建物の少年宮では床はコンクリートのままで、靴痕を採取するには向いていなかった。ひととおり調べると、ぼやけた足跡をいくつも発見できたが、なかにはさきに足を踏みいれた警官や技術員のものもあって、手がかりとして役立つ足跡は見つからなかった。

続いて、便所の個室の扉をひとつずつ開けていき、一同が入念に調べたが、ひとつの手がかりも見あたらず、朱晶晶(ジュージンジン)の足跡やほかの証拠品も見つからず、朱晶晶(ジュージンジン)は個室に入っていないというのが明白になった。そのうちひとつの個室の便器には流されていない大便が残っていたが、特別なところもないこの大便が事件と関係しているとはだれも考えなかった。

そのあたりをいくら調べても手がかりは見つからず、結果、刑事たちは希望をすべて窓辺に託すしかなくなった。外ではどしゃ降りの雨が降っていたが、証拠が雨に洗われないよう保護するため、さきに来た警官が外側に傘を広げて掛けていたから、窓辺に残っていた朱晶晶の靴跡はほぼ損なわれずに残っていた。

陳検死官はすぐ、窓枠の内外の数ヵ所に不自然な指紋があるのを見つけ、急いで採取を始めた。窓ガラスにも数人分の指紋が大量に見つかり、これもすべて採取していく。窓の下の壁はタイル張りでなくコンクリート造りだったから、指紋が残ることはほぼありえなかった。それからも便所のなかを繰りかえし入念に検分していったが、発見できた手がかりはそれだけで、検死官による現場の検分はこれで一段落となった。

夜になると、各方面でおおかた基本的な情報収集が済み、刑事隊は派出所で小規模な会議を開いた。

まずは検死官の陳が事件の状況を説明した。朱晶晶は六階の男子便所から転落して死亡しており、口内からは陰毛が発見され、髪は乱れて、目元は泣きはらして赤くなり、殴打された痕跡もあった。ただの事故でありえないのは明らかだった。きわめて非道なたぐいの少女暴行殺人事件だった。便所の窓ガラスと窓枠、どちらからも朱晶晶の指紋が大量に見つかっている。サッシの角からは数ヵ所、朱晶晶の服がこすれて残った繊維が採取できた。転落にいたる過程については、二つの可能性があった。一つは何者かに窓辺まで抱えあげられ、突き落とされたというもの。二つ目は凌辱を受けたとき、恐怖でみずから窓枠によじ上り、飛びおりたというものだ。窓ガラスからはそれ以外の指紋も大量に見つかっていて、あらためて確認すると、比較的新しい指紋はすくなくとも十数人分あったが、そのなかに犯人がいるのかは判断しきれない。とはいえ常識的に考えれば、朱晶晶が転落したあと犯人は窓に近づいて下をうかがったはずで、ガラスに残った指紋には犯人のものが含まれているのだろう。朱晶晶の顔の周辺には殴打の痕跡が多数あり、口内には陰毛があったが、下半身は凌辱を受けていなかった。これを考えるに、犯人は直接に強姦におよぶのではなく、口での性交を迫ることにしたらしい。

これを聞いた刑事たちの胸中に義憤の情があふれかえる。九歳の少女に口腔性交を強要するなど、鬼畜の所業でしかない。

怒りをおし殺しながら、葉軍が尋ねる。「朱晶晶の口内から、犯人の精液は見つかったのか？」

陳は首を振った。「いいや、分局の鑑識員が口内のサンプルを採取していったがね、精液は検出できなかった」

「それは……犯人は射精まで行かなかったのか？」

「射精しなかったとしても、陰茎が勃起すれば少量の精液が分泌されるんだよ。鑑識の話だと朱晶晶が吐き出したか、飲みこんだかで、これからさらに口内の液体を採取して、鑑定を行う予定らしい。いまいちばん腑に落ちないのは、犯人がなぜこうまで図太く、少年宮の便所に入ったとたん女の子を襲ったかだよ」

刑事の声が上がる。「異常者にちがいないな」

陳(チェン)は説明を始める。「異常者かどうかはべつとして、公共の便所で少女に暴行するなら相手を個室に連れこむものだろうが、わたしたちが個室を一つひとつ入念に調べてもそれらしい痕跡は見当たらなかった、ということは朱晶晶(ジュージンジン)は個室には入っていないんだ。つまり、犯人は便所に入ってすぐ朱晶晶(ジュージンジン)に乱暴したんだよ。少年宮の六階に人は少なかったとはいえ、便所の広い場所で大っぴらにそんなことを始めたら、だれだろうと小便に来た瞬間に気づかれる。犯人の度胸も大したもんだろう」

疑問点が出たが一同の意見はまとまらず、犯人は大胆不敵な異常者だと言って結論にするしかなかった。

陳(チェン)検死官がまた口を開いた。「そのほかに、朱晶晶(ジュージンジン)の歯からは皮膚組織と微量の血液が見つかった。間違いなく犯人のものだろうな、朱晶晶(ジュージンジン)は犯人に咬みついて、出血させているんだ。皮膚組織は生殖器のものではなさそうで、考えるとすれば手じゃないかと思う。犯人はたぶん、咬みつかれてその屈辱で腹を立て、あの子を突き落としたんだろう。分局の鑑識が急いでDNAを抽出しているところだ」

きわめて重要な、絶対的な手がかりではある。しかし中国にDNAのデータベースはなく、ＤＮＡひとつで犯人を見つけだすことはできない。ただし疑わしい人物が浮上すれば、このＤＮＡと照合して合致した場合、完全に容疑を固めることができる。

物証に関しての討議が終わり、現場の検分を担当した刑事たちもおのおの手がかりを整理していく。

朝の九時半、朱晶晶（ジュージンジン）の母親の王瑶（ワンヤオ）は（中国では結婚後も姓は変わらず、子供には片方の姓が引きつがれる）少年宮での習字の教室に娘を送っていくと、その場を離れて買い物に行き、あとから娘を迎えにくる予定になっていた。朱晶晶（ジュージンジン）が通っていた教室は六階の突きあたり、便所からはいちばん遠い部屋を使って開かれ、この日の朝、六階で開かれていたのはこの習字の教室ひとつだけだった。受講していたのは全員が小学生、計十数人で、みな同じくらいの年頃だ。教師を務めた女の記憶では、当時は子供たちに練習帳でなぞり書きをさせながら、横を歩いて指導していたという。朱晶晶（ジュージンジン）が便所に行きたいと申し出て、その直後に今回の事件が起きた。一人の子供の記憶では、騒ぎのまえに便所のある方向から泣き声が聞こえたという——朱晶晶（ジュージンジン）の声かは断言できないが——しかし少年宮はもとから騒がしく、教室では字の練習を続けていてだれも見にいくことはなかったらしい。

少年宮は建設されたのがかなり古く、建物全体でも監視カメラが設置されているのは一階のロビーのみ、そのほかの場所にはいっさいいない。そして建物にはおおぜいの人がいたが、朱晶（ジュージンジン）が転落する様子を目撃していた人間はおらず、落下してから多くの人々が上に視線を向けたが、だれもその先に人影は見ていなかった。ひょっとするとそのときも犯人は窓のまえにいたが、六階の窓は地面からの距離が離れすぎていて、犯人が頭を突き出さないかぎりは、地上の人々が見上げても窓の向こうの人影は目に入らなかったのかもしれない。

　しばらく議論が続いたが、全員が渋い顔をしている。現在得られた手がかりは、事件解決を目指すには大きく不足していた。解決のかなめとなるのは一階のロビーの監視カメラだ——犯人が少年宮に出入りした以上、かならずこの監視カメラに姿が映っているからだが、夏休みの期間にあたるこの日、少年宮はそうとうな混みようで、朝のあいだに建物に出入りした子供や大人は数えきれず、あまさず調査するのはとても簡単とは言えなかった。

　事件はひどく影響重大で、派出所には市公安局と区分局のどちらからも捜査協力と監督のために人員が派遣されていて、この人間のくずを早急に捕らえる必要があった。

　考えをめぐらせた葉軍（イエジュン）は一同の意見を総合して、まずは朝に少年宮を訪れた子供たちや保護者、教師たちに連絡をとって話を聞き、手がかりがないか探ることにした。明日には懸賞の告知を出すことを上層部に申請し、証人を募ることになる。それと同時に、一階ロビーの唯一の監視カメラを調査し、不審な成人男性や男子学生を洗い出すことも決まった。

22

朝に降りだした大雨は、夜になってもいっこうに止む気配がない。天気予報によれば、このまま明日まで強い雨が続くらしかった。

外では雨粒が窓ガラスを打ち、気まぐれな緩急でばらばらと音を立てて、屋内では朱 朝陽（ジューチャオヤン）が呆然と座ってテレビを見ていた。丁浩（ディンハオ）はあの一件以来長いこと黙りこんでいたが、そうしているうち、ネットにはつながらない例のパソコンに一人で遊べるゲームがいくつかあるのを偶然見つけ、それからたちまちゲームの世界にすっかりのめりこんでしまった。心の底から引きこまれ、おそろしい熱中のしようで、朝のできごとも完全に忘れてしまい、朱晶晶（ジュージンジン）に咬まれた手でマウスを握っていても痛みはないように見えた。普普（プープー）は、朱 朝陽（ジューチャオヤン）の本棚にあった読み物の本を静かにめくっている。

それぞれが一人の考えにふけっていた。

そのまま夜が来て、普普（プープー）が顔を上げて壁のデジタル時計に目をやると、もう八時になっている。二人が食事のことを持ち出さないのをまえにして、かるく首を振った。「耗子（ハオズー）、朝陽(チャオヤン)お兄ちゃん、麺の支度してこようか」

「それでいいぞ、どうもな」丁浩(ディンハオ)は振りかえりもせず、いまもパソコンのゲームにかじりついている。

「うん」朱朝陽(ジューチャオヤン)も同じように、心ここにあらずで答えを返した。

その場に立ったまま、普普(プープー)は冷たく鼻を鳴らして、軽蔑したように首を振った。「朝陽(チャオヤン)お兄ちゃんも、深く考えることないんだよ。だれの仕業か警察が知ってたら、ここに来るのは時間の問題だし、知らないんだったら、なおさら悩まなくていいんだから。つまり、どんだけ考えたって結果は変えられないんだし、それよりちょっとは楽しくして、なにも起きなかった気でいたほうがいいよ。最悪の結果でも――結局警察に見つかったって、まだ子供なんだから。子供の犯罪で銃殺刑にはならないんだよ」

普普(プープー)にとって、銃殺刑以外に恐れるものはなかった。

「子供の犯罪で、銃殺刑にはならない」朱朝陽(ジューチャオヤン)はぼんやりとそう繰りかえし、しばらく放心していたが、直後突然床から跳ねあがって、本棚に駆け寄り、大量の教科書のなかから『社会政治』の一冊を抜き出した。記憶に残っていたページを慌てて探し出し、何度も確認して、振り向いて普普(プープー)を見ると、興奮した様子で肩をつかんだ。「ぼくはまだ十四歳じゃない、十四歳じゃないんだ！」

普普（プープー）はけげんそうだ。「それがなんなの」

すぐさま答える。「十四歳未満には責任能力がないんだよ、ぼくは刑事責任を背負わなくていいんだ」

丁浩（ディンハオ）がゲームからこちらに注意を向け、振りかえって訊いてくる。「どういうことだよ？」

「ぼくがやったって警察が気づいても大丈夫なんだよ。ぼくが満十四歳になるのは来年の一月で、いまはまだ十四歳になってないから、罪を犯しても大丈夫なんだ」

丁浩（ディンハオ）は信じられない様子で首を振り、自分でも数えてみた。「おれは十四歳までまだ四カ月あるし、普普（プープー）なんてまだ二年あるけど、おまえの話だと、おれたちが表に出て人を殺してもなんともないってことだよな」

「とにかく牢屋には入らないよ。少年犯管教所に入るらしいけど」

丁浩（ディンハオ）は困惑している。「管教所に入るんじゃ、牢屋とどう違うんだよ」

「よく知らないけど、とにかく牢屋には入らないんだって。管教所だったら、たぶん義務教育は受けられて、十八歳になったら出られるんじゃないかな」

「それ、孤児院のおれたちとおんなじじゃないか？」

「それは知らないよ」朱朝陽（ジューチャオヤン）の顔からは、久しく見なかった朗らかさが透けて見えた。

「どっちにしても、要するに刑事責任は負わせられないんだって」

普普(プープー)が笑った。「ほらね、最悪の結果だって管教所で何年か暮らすぐらいなんだもん、気楽にしててぜんぜんいいんだよ」

うなずいて答えるが、直後に眉をひそめた。「でもだれかに知られたら、刑事責任は背負わなくてよくても、ぼくはおしまいだよ」

丁浩(ディンハオ)が訊きかえしてきた。「なんでだ？」

「ぼくがチビアマを突き落としたって父さんが知ったら、ぼくは終わりだよ。管教所に入れられて、母さんは一人になって、きっとひどいことになる。クソアマたちにいじめられるかもしれない」

「平気だ、安心しろよ、だれもわかりゃしないって」丁浩(ディンハオ)は適当に気休めを口にすると、また集中してゲームにはげみはじめた。

普普(プープー)もなだめる言葉をかけたあと、三人の麺を茹でにいってしまった。

料理ができあがったが、丁浩(ディンハオ)はあくまでもパソコンを離れずにゲームを進めながら食べはじめ、普普(プープー)と朱朝陽(ジューチャオヤン)はともにテレビを見ながら食べた。さきほどよりもずっと晴れやかな雰囲気だった。

ちょうどそのとき、電話が突然鳴りだして三人はたちまち動きを止めた。もう夜の八時四十分なのに、こんな時間にだれからの電話だろう。
朱朝陽(ジューチャオヤン)は歯を食いしばりながら立ちあがり、一歩ずつゆるゆると母親の部屋に向かう。そばには普普(プープー)が付いていき、丁浩(ディンハオ)もゲームの手をいちど止めて振り向き、緊張した様子でこちらを見つめていた。

電話のベルは急(せ)かすように鳴りつづけている。朱朝陽(ジューチャオヤン)は電話機をにらみつけ、何度か拳を握ったりゆるめたりしたあと、勇気をふるって受話器を取った。「もしもし？」

「朝陽(チャオヤン)、あたしだけれど」聞こえたのは母親の周春紅(ジョウチュンホン)の慌てた声で、そこには他人の不幸を喜ぶ笑みも交じっていた。「あんたの父親とあの女の子供が、今日死んだらしいの、知ってる？」

「死……死んだ？」どう返せばいいかわからなかった。

「職場の付(フー)さんが言ってたの、付(フー)さんの兄弟が朱永平(ジューヨンピン)の工場で働いてるらしくて。あの子供、今日、少年宮の上の階から落っこちて死んだらしいの、それだからあの女はえらく泣いてるし、朱永平(ジューヨンピン)もえらく悲しんでるって。あんたのことはいつもほったらかしなのに、あの娘(むすめ)が死んだら、お義父(とう)さんが死んだみたいに泣いちゃって」。言ってすぐ、よくないことを言ったと思った。朱永平(ジューヨンピン)の両親は孫の朱朝陽(ジューチャオヤン)のことをかわいがっているのに、いまの言葉は息子の祖父を呪うに等しかった。慌てて続ける。「おっと、おじいちゃんは元気だからね。朱永平（ジューヨンピン）の良心は灰をかぶってるから――でもよかった、これであの男の子供はあんた一人だし、こうなって悪いことはないでしょうから」

「うん」朱朝陽（ジューチャオヤン）はそう答えた。

息子の反応がおかしいのに気づいて、周春紅（ジョウチュンホン）はすこし考えこんだ。「どうしたの？　あのお友達は家にいる？」

「いるよ」

「けんかでもしたの？」

「ううん、仲良くやってる」

「じゃあなに？」考えをめぐらしてまた言う。「今日はどこか遊びにいったの？」

朱朝陽（ジューチャオヤン）は考えこんだが、母親をだましたくはなくて、正直に答えた。「朝、少年宮に行ったよ。午後は家でゲームをやってた」

「あんたたちも少年宮に行ってたの？　あの子供の一件の騒ぎ、見てた？」

「見たよ、子供が落ちてきた。あの子だって知らなくて、そのあと帰ったんだよ」

「あら、それじゃ怖くなったんじゃない？」息子の異変に答えが見つかった。

「うん……ちょっとね」

「大丈夫大丈夫、怖がらないの、今晩は三人でいっしょでしょ、男の子なんだから動じないで」

「うん、いっしょにゲームするから」

「いいわ、三人でいるならあたしも安心ね、もう何日か帰れないから、自分の面倒はちゃんと見なさいよ」

「わかった。母さん、安心してよ」

電話を切って、朱朝陽（ジューチャオヤン）は長々と息をついた。

第七章　壊れた愛情

23

厳良（イエンリアン）が新しい携帯を買って、SIMカードもふたたび手に入れたのは次の日になってのことだった。

昨日徐静（シュージン）から受けとったメッセージのことを思い出して、バックアップを取ってあった電話帳から番号を表示させ、あらためて電話をかけた。「静（ジン）、昨日は携帯をなくしてしまったんだ。なんの用だったんだい？」

「ああ、なんでもないんです、うん……じゃあ、そういうことで」電話に出た徐静（シュージン）は、そそくさと通話を切ってしまった。

厳良（イエンリアン）は眉をひそめる。狐につままれたような気分だった。しかし三十分後、こんどは徐静（シュージン）から電話がかかってきた。

電話の向こうの声は低く、わずかな緊張も感じられた。「厳(イエン)おじさん、さっきはくわしく話す時間がなかったけれど、その、うちの父と母が大変なことになったんです」

「大変なこと？」

「二人とも……亡くなったの」

「亡くなった？」厳良(イエンリアン)は眼鏡を押しあげた。「どうしたんだ、元気だったのに突然……」

「一昨日、七月三日に、張東昇(ジャンドンション)があの人たちを三名山(サンミン)に連れていったんだけれど、山で崖から落ちて、それで死んでしまって」そう話す声は涙交じりだった。

慌ててなぐさめの言葉をかける。「うん、泣かないで。それにしても不運なことだが、不運が振りかかってくるのは、どうにもならないものだよ。葬式はいつなんだ？　その日はわたしも出席するよ」

「厳(イエン)おじさん」しばらく間があったあと、続ける。「もし時間があれば、すぐにでも来てくれませんか」

「ほう、わたしがなにをすればいいんだ？」ずいぶん奇妙に思えた。徐(シュー)家とはしょせん従兄弟の間柄で、徐静(シュージン)の両親の側には同じ生まれの兄弟姉妹がいて、葬儀の段取りなど型どおりのこまごましたことはそちらで進めるはずだ。しかも自分はこうしたことにはまったく向いていない。せいぜい葬儀の日に告別に出席し、せいいっぱい親戚としての義務を果たすぐらいのものだろう。

電話ごしにしばし沈黙が流れたあと、話が続く。「二人が死んだのは、事故じゃないんじゃないかと疑ってるんです」

厳良(イエンリアン)はかすかに眉をひそめて、ためらいながら尋ねた。「だとしたら、なんなんだ?」

徐静(シュージン)は深々と息を吸いこんで、短く漏らした。「殺人です」

「殺人?」口をあんぐりと開ける。「なんでそんなことになるんだ？　きみの両親に恨みを持って殺すなんて、だれの話なんだ」

「張東昇(ジャンドンション)です」

「張東昇(ジャンドンション)?」厳良(イエンリアン)はとまどって咳ばらいをした。「きみたち、うまくいってなかったのか？　そうだな、急にこんなことが起きて、妙な考えが浮かんでくるのも無理はないよ。でも静(ジン)、思いつきでそんなことを言うものじゃない。ともかくきみたちは夫婦で、これからも二人で過ごしていくのに、そんなことを考えていると東昇(ドンション)が知ったらきっとひどく苦しむよ」

「いえ、あの人とやっていくつもりはもうないんです。わたしから何度も離婚を切り出していて——きっとそう、裏では恨みを溜めていて、だから父と母を殺したんです」

厳良（イエンリアン）は眉をひそめる。張東昇（ジャンドンション）と徐静（シュージン）の結婚生活が崩壊の瀬戸際まで来ているとはいっさい知らなかった。自分の記憶は四年前にとどまったままで、そのころ二人は結婚したばかり、しかも徐静（シュージン）の両親の反対をはねのけて結婚したのだった。徐静（シュージン）の両親は、張東昇（ジャンドンション）が農村の生まれで育ちに恵まれていないのを最初から嫌がっていて、張東昇（ジャンドンション）の仕事も気にくわず、家柄が雲泥の差だと言い張っていたのだが、二人は心から愛しあっていたし、徐静（シュージン）も強情な女子だった。張東昇（ジャンドンション）を相手と決めると、そのまま手続きを進めて結婚証を手にしてしまった。手遅れになってからの事後報告、生米が飯に炊かれてしまったようなもので、両親も娘に無理強いはできず、最終的には結婚に同意するしかなかった。かつてはみなの反対も気にせず、激しい反対を押しきっていっしょになった二人が、たった四年で道を分かつことになるとは。

しかし、なにがあったにしても張東昇（ジャンドンション）が義父母を殺したとは信じられない。言えることは限られていた。「両親は東昇（ドンション）に殺されたと疑っているんだね。警察はなんと言っているんだ？」

「警察が提出した報告書では、不運な事故だったと。でも……そう言ってるのは張東昇（ジャンドンション）一人だけなのに」

厳良（イエンリアン）は苦笑した。「警察の結論も信じられないのに、自分がそうと信じたいただの思いつきだけは信じるのかい？」

徐静（シュージン）はまたすすり泣きはじめ、震える声で言う。「厳（イエン）おじさん、いま、家にいるのが怖いんです、張東昇（ジャンドンション）がわたしも殺すんじゃないかって。さっき電話をもらったときはあの人が横にいて、わたしが連絡を取ったって知られたくなかったから切ったんです。助けてくれるのはおじさんだけなんです、とりあえず会って話しましょう。もし時間がないのなら、今日杭（ハン）市まで会いに行きますから」

「会って話す？　わたしになにができるんだ」

「父と母が張東昇（ジャンドンション）に殺されたのかどうか、明らかにできるのはおじさんだけです」

きまり悪げに返す。「ううん……もうわたしが警察官でないのは知ってるだろう。警察の経験と能力を信じたほうがいい、そこが提出した報告書はきっと信用できるはずだよ」

電話からしばらく言葉は返ってこず、長い沈黙のあと、徐静（シュージン）は声を詰まらせながら言った。「おじさんもわたしを信じてくれないんですか？」切れ切れに泣き声を漏らしはじめ、そのうちにさらに痛ましい泣き声になっていった。

しかたなく口を開く。「わかった、静（ジン）、ひとまず泣きやんでくれ。会いにいくよ、それでいいんだろう？」相手の泣き声がしだいに収まっていく。「ありがとうございます、いつ来てくれますか？　こっちで場所を言いますから。でも、なにがあっても張東昇（ジャンドンション）には言わないでくださいね、事件を調べてもらうのを頼んだって。そうしたら、どんな狂ったことをしでかすかわかりません」

厳良（イエンリアン）はしかたなく話をのむ。今日はちょうど時間があるから午後には行く、向かうまえに電話をすると答えた。

24

「厳（イエン）おじさん！」喫茶店で顔を合わせるが早いか、徐静（シュージン）は気の高ぶりのまま厳良（イエンリアン）の胸のなかに飛びこんできて、大声で泣きだした。

押しとどめる暇もなかった厳良（イエンリアン）は、反射的に相手の肩を叩いてみたが、きまりの悪さを露わにしたまま顔を上げてあたりを見回すと、店員がこちらを見ているのに気づいた。いまいましいその店員は、いかにもわざとらしく顔をそむけはしたが、横目でこちらをうかがっているのもありありとわかった。こいつが想像している筋書きはきっと、中年男が二号を作って、泣いて結婚をねだられるやつだ。

高級インテリと称される身として、これまで品行には気をつけてきた厳良は、慌てて徐静の身体を引きはなし早口に言った。「落ちついて、落ちついて！」隙を見て離れると向かいに腰を下ろし、距離を保つ。

テーブルを挟んでなぐさめの言葉をかけていると、徐静の気分もどうにか落ちつきはじめ、飲み物を口に入れるとすすり泣きながら話しはじめた。「厳おじさん、父と母を殺したのは張東昇じゃないかとわたしは疑ってるんです。お願いだから信じてください」

あきらめ半分に厳良は口を開いた。「警察は事故の報告書を作ったんだろう？」

「昨日作りました」

「きみは見たのか？」

「見ました、でも、なにもかも張東昇の話でしかないんです」バッグから事故報告書のコピーを取り出して、厳良に渡す。

ひととおり目を通して、答えた。「どこから見ても、ごくふつうの偶然の事故だよ。妙なことを考えないほうがいい」

「いや、そんな甘い話じゃないんです！」顔を上げた徐静は、ひどく真剣な面持ちだった。

「わたしはずっと張東昇のことを甘く見てました。いま振りかえってみたら、すさまじく知恵の回る男だったんです。去年の九月にわたしが離婚を言い出したら、あいつはすごく怒って、何度も大げんかをしました。でも何日かしないうちに急に人が変わったみたいになって、けんかもしなくなったし、態度もやたらとおとなしくなってなんでもわたしの意見に従うし、しかも父と母にも親切に接しだしたんです。家のなかの仕事はなにもかもあいつがまっさきに済ませるし、二人にあれやこれや買ってあげていたし、週末になるたびに二人を遊びだとか買物に連れ出して、ずいぶんと喜ばせてました。わたしが二回目に離婚を切り出したら、父と母をあいつは呼んできて、いっしょになって思想教育をしてきたんです。いったいどんな手を使ったんだか知らないけれど、とにかく二人ともあいつの側で、母まであいつの味方になって、離婚しちゃいけないどころか早く子供を作るように言ってきて。あいつは子供を作るって方法でわたしを縛りつけて、離婚させまいとしてたんです」

厳良（イエンリアン）は気のないふうに鼻を鳴らす。「きみから離婚を切り出されて東昇（ドンション）ははじめは腹を立てたが、そのうち冷静になったら、言い争いを続けても無駄で、きみへの態度を良くするしかないと気づいたんだろうさ」

「いや、おじさんはうちのことをわかってません。結婚するときにはじめ父も母も反対したせいで、結婚してからもあいつからは通り一遍の態度で、世間話をするぐらいだったんです。母はしょっちゅう内緒話で、張東昇（ジャンドンション）はいつまでたってもよそ者みたいな感じがするし、ぜんぜん気にくわないって言って、わたしが一人で突っ走ったのを責めてきました。でもわたしが離婚を切り出したら張東昇（ジャンドンション）は人が変わって、手を尽くして機嫌を取るようになって、まえとは別人みたいだったんです。頑固な性格で、人にへいこらするはずがないのに。いまやっとわかった——あいつはあのときから殺人のことを考えて、二人に取り入りはじめたんです。二人の信用を得たからこそ、三名山に観光に行く機会ができて、事故のふりをして崖から突き落とせるから」

厳良（イエンリアン）は冷たく返す。「東昇（ドンション）は以前からきみの両親を殺す計画を立てていて、二人に親切にしたのも殺人のためだと。警察にその話はしたのか？」

徐静（シュージン）は首を振った。「いえ、きっと警察は信じてくれません」

無遠慮に一笑に付した。「警察が信じないのはきみもわかっているんだな」

言葉に詰まった徐静（シュージン）の目がまた静かに涙をたたえていく。低い声で言った。「厳（イエン）おじさん、あいつを教えてたことがあるのは知ってます。こういう話をしたら気分が悪いでしょうね」

厳良（イエンリアン）は答える。「あれがわたしの学生で、人柄も知っているというのはいまは措いておこう。きみは、両親は三名山で東昇（ドンション）に突き落とされたというが、そうだとしたらだれも目撃者はいないのか？　警察が調べるはずだろう」

「だれも見ていませんでした。一昨日は水曜日だし、オフシーズンで、山に観光客はほとんどいなかったんです」

冷たい声で続ける。「そう考えないと気がすまないなら、こちらもどうしようもないな。考え方を変えてみるといい。いいかな、離婚したいのはきみのほうか、それとも東昇(ドンション)のほうか？」

「わたしが離婚したいんです」

「そうだな、つまりあいつはきみと離婚などしたくない、そうだね？」

「そういう話になるでしょうね」

「きみと離婚したくはない、きみの両親も離婚はするなと忠告している、なのにその二人を殺す——東昇(ドンション)は頭がおかしいのかい？」

反論を許さない口調だった。頭がおかしいのは張東昇(ジャンドンション)でなく徐静(シュージン)のほうだというほのめかしだ。

徐静(シュージン)は口を引きむすぶ。「きっとあいつは、わたしも殺します」

「ははっ、あいつは連続殺人犯だったのか。どうしてきみまで殺すんだ」

厳良(イエンリアン)の態度を目にした徐静(シュージン)は、この厳(イエン)おじさんは自分の教え子のほうを信じて、どう見てもわたしのことは信じていない——そう気づき、すすり泣きながらうなだれた。「わたしへの仕返しと、それと、うちのお金を独り占めしようとしているんです」

「家の金を独り占めするために人を殺したと？」拳を握りしめ、歯ぎしりする。「いよいよ、きみは妙なものにとりつかれたんだろう」

厳良（イェンリァン）の顔ににじむ怒りを目にし、徐静（シュージン）は泣きながら話した。「こんな話をしてもだれも信じないはずだってわかってる、でも事実なんです。わたしたちはあっちが入り婿で、結婚のときに父と母の指示で婚前契約書を作ったせいで、ここ何年か、向こうが稼いだお金も母の指示どおりわたしの口座に入って、向こうはお金がないんです。もしこのまま離婚したらなにも残らない。だからわたしたち全員を殺すつもりなんです」

厳良（イェンリァン）は声を荒げた。「張東昇（ジャンドンション）は芯から努力家の男なんだ、わたしはよく知っているんだよ！ あのときききみを愛して、結婚したいと思っていなかったら、大学で研鑽を続けるチャンスを捨ててまで、学部を出てすぐに仕事に就くはずがないだろう？ 寧（ニン）市まで行くはずがないだろう！ きみを愛して、結婚したいと思っていなかったら、婚前契約書まで作って、なにひとつ手に入らない、とんだ名汚しの入り婿になどなるはずがないだろう！ あいつはそこまで身を捧げたっていうのに、きみはどうだ。入り婿になって結婚したのはきみの家の金のため、命を奪って金を手に入れる予定のためだって言うんだ、なにがあったらそんな話が頭に浮かぶんだ？」

徐静がひとこと言いかえす隙すらなかった。相手の表情を見つめながら厳良は言葉を切り、長いため息をついて、柔らかい口調になる。「両親を失ったんだ、急にここまでの打撃を受けて、精神が不安定になるのも無理はない。でもいずれにせよ、そんなわけのわからないことは考えてはいけないし、考えが通らないよ。思いかえしてみなさい、きみが両親の強い反対を押しきって、強い意志で東昇との未来を選んだということが、きみたちが愛しあっていて、愛情に支えられていたのを証明しているんだ。結婚生活が始まったらあれこれ反りが合わないことは出てくるだろうが、きみたちは愛しあっているんだ、いずれ乗りこえられるさ。これからきみたちが仲良く暮らしてくれるのをわたしは心から望むんだ、どうだい？」

徐静は苦笑しながら首を振った。「無理です。張東昇とは暮らしていけません」

「どうして？」

うつむいて、小さな声で言う。「べつの人を愛しているんです。わたしの浮気です」

「なんだって！」目をみはり、唖然としながら訊く。「どういうことなんだ」

「厳おじさんが怒るだろうとはわかってました。でも愛は、理性だけで抑えられはしないんです。張東昇と結婚したときだって、ほんとうは一時の熱に浮かされていたんです。結婚してから折にふれ、わたしたちは根本から違う人間だって思ったんです。張東昇が農村で身につけた習慣、考えかたのいろいろが、わたしにはのみこめなかった。そのうちいまの彼氏と知りあって、この人とこそいっしょになるべきだったと思いました。後悔したし、苦しかったです。でもこれから数十年を生きていくのに、愛していない人と数十年を過ごすのは無理でした。わたしは生まれつき甘やかされて育って、ずっとわがままをしてきたのはわかってます、こんなことがいけないのもわかってます、でもしょうがないんです。張東昇（ジャンドンション）には離婚を切り出すしかありませんでした」

厳良（イエンリアン）はぽかんと相手を見つめている。「東昇（ドンション）は、浮気のことは知ってるのか？」

「感づいてはいると思います」

「それでもきみのことを赦して、ともに暮らしていこうとしているんだな？」

徐静（シュージン）は鼻で笑った。「表向きは赦しながら、心のなかでは仕返しの計画を立てはじめたんですよ。だから父と母を殺したんです。それで罪が明るみに出るのを恐れて、遺体の火葬を急いだんです。わたしは厳（イエン）おじさんに来てもらって、もっとくわしく調べるまで待つつもりだったのに、あいつは一昨日、ことが起きてすぐに火葬しようとしたんですよ。わたしはずっと反対して昨日まで遅らせたけど、最終的にはむりやり二人の遺体を火葬にして、警察からの提案だって言うんです」

厳良（イエンリアン）はすこし黙りこんだ。「両親は高いところから転落したんだね」

「百何十メートルかあったと」

厳良(イエンリアン)は続ける。「そんな姿になってしまったらどう考えても、早く火葬にして、早く安らかに眠ってもらったほうがいい。まさかそんな遺体を冷蔵庫に入れて親戚に見せるのか？ 東昇(ドンション)のやったことは納得がいくよ、こんなことまで疑うのかい」

徐静(シュージン)は絶望して首を振った。「厳(イエン)おじさん、ここでどんな話をしても信じてもらえないのはわかりました。証拠はありません。ただの、女のわたしが張東昇(ジャンドンション)を見たときの直感です。もし……もしそのうち、ある日わたしが事故で死んだら、きっと張東昇(ジャンドンション)の仕業です。そうなったら、わたしを信じてくれますね」

厳良(イエンリアン)は苦笑して首を振った。徐静(シュージン)の姿を見ていると、憐れには思ったが腹が立ってもいた。それとともにむしろ、自分の教え子だった張東昇(ジャンドンション)のほうに同情していた。もしあのときの、恋愛のための選択がなかったら、いまごろは博士号を取っていたはずだ。あれだけの才能があれば、前途は果てしなく開けていたのに。

第八章　脅迫

25

朱晶晶（ジュージンジン）の一件があった翌日も雨は降りつづき、三人の子供は家で過ごしていた。丁浩（ディンハオ）はすっかりゲームのとりこになり、朱朝陽（ジューチャオヤン）と普普（プープー）はおのおの本を読んでいる。

一晩経って頭が冷えると恐れも薄れはじめ、三人が昨日の件を口に出すことはなくなった。夕飯は相変わらず簡素きわまりない麵で、食べおわった丁浩（ディンハオ）はまたパソコンのまえに戻ってゲームを続けようとしたが、このときは普普（プープー）が止め、真剣な顔で言った。「耗子（ハオズー）、何日かして朝陽（チャオヤン）お兄ちゃんのお母さんが帰ってきたら、あたしたちは出ていかなきゃいけないんだよ。これからどこに行くか、いちど相談しないと」

丁浩（ディンハオ）は顔をしかめて、ソファにごろりと横になってため息をついた。「出たとこ勝負で行こうぜ、安心しろよ、おれはぜったいに仕事を見つけて、そのうちおまえが勉強できるようにしてやるから」

「口で言ってるだけじゃ仕事は見つかんないと思うけど」

「じゃあどうするんだよ」不満げににらみつける。

「見つからなかったらどうする？」普普(プープー)の質問は率直だった。

「見つからない？」きまり悪そうに笑った。「見つからないなんてあるか？　バイトなんてどうにでもなるって、そうだろ、朝陽(チャオヤン)」

首を振る。「バイトはしたことないから、わからない」

普普(プープー)が言った。「今日の午後、教科書で読んだけど、十六歳未満の子供を雇ったら牢屋に入れられるんだって。十六歳までまだ二年かそこらあるんだから、いまはだれも雇ってくれないよ」

「だったら……十六になってないなんて、見てもわかんないだろ。おれはだいぶ背があるもんな」

「身分証だってなんにもないのに。素性のわかんないやつなんてだれが雇うの？」

むっとした様子で天井を見上げ、いらだったように返した。「じゃあどうするってんだよ？　十六歳になるまでずっと朝陽(チャオヤン)の家に住んでられないだろ？」

朱(ジュー)朝陽(チャオヤン)は仰天した。内心ではすぐにでも出ていってほしいのに、ずっと住みつづけるなんてぜったい無理だ。とはいっても、二人には落ちつける行き先を見つけてほしいと、願ってはいた——なにがあっても孤児院に帰してはいけない。この先いつか孤児院に戻されたとして、万が一、自分が朱晶晶（ジュージンジン）を殺したことをしゃべりだしたらどうなる？　いちばんましな状況は、普普（プープー）も耗子（ハオズー）も安定した暮らしを手に入れて、この家からも遠く離れない場合だ。それでこれからもちょくちょく遊んでいれば、きっと自分を売ることはない。

普普（プープー）は口を引きむすんでしばらく考えこんでいたが、朱朝陽（ジューチャオヤン）に視線を向けた。「朝陽（チャオヤン）お兄ちゃん、カメラをあいつに売ってお金にしようとあたしは思ってる。できると思う？」

朱朝陽（ジューチャオヤン）はぎょっとした。またその話題だ！　そんなことをしたら間違いなく危険だ。でもここでまた提案を否定して、二人が路頭に迷って暮らしていけなくなった場合、朱晶晶（ジュージンジン）殺しのことを触れまわらないか？　考えてみればともに暮らしてまだ何日か、話していると意気投合できても、心から信頼できるにはほど遠い。それに今日、外に麺を買いに出たとき、道端で団地の掲示板を囲んで見ている人たちが目に入った。つられて見てみると、昨日少年宮（シャオニエンゴン）で起きた朱晶晶（ジュージンジン）の事件のため、警察が三万元の懸賞金を出して情報提供者を探しているという。三万、めちゃくちゃな大金じゃないか。懸賞金のビラが二人の目に入ったらどうなる？　考えたくもなかった。

——考えどおりあの人殺しが金を出す気になって、カメラを買いあげてくれたなら、ここから数年間普普(プープー)と耗子(ハオズー)の暮らしは保証される。二人はきっとぼくにも感謝して、売りわたそうとはしない。しかも殺人犯を脅す件は三人ともが共犯で、お互いの秘密は保たれる。

吟味のすえ、朱朝陽(ジューチャオヤン)は素直に話した。「二人ともいまほんとに、どうしても金が必要なんだよね、そうか……もしかすると、カメラを殺人犯に売る——その手しか残ってないのかもしれない。でも……問題があるよね、どうやってあいつを見つけるんだ？」

考えこんだ丁浩(ディンハオ)は、嬉しそうに早口で思いつきを口にする。「派出所で訊こうぜ、派出所ならたぶんあいつの情報を記録してるだろ」

普普(プープー)は鼻を鳴らして切りすてる。「派出所に？　孤児院に送りかえされたいの？」

「朝陽(チャオヤン)に行ってもらえばいいだろ」

「朝陽(チャオヤン)はなんて訊くの？　警察に、あの男の犯罪が写ったビデオがあって、あいつに売りたいから連絡先を教えてくださいって言う？」

そう言われて、丁浩(ディンハオ)もすぐに考えをあきらめた。三人はしばらく頭を絞ったが、派出所を頼ることができない以上、男と連絡を取れる方法は結局浮かんでこなかった。

26

夜が明けると、雨模様だった空は晴れていたが、三人の未来への計画はどこまでもぼやけたままだった。

適当に朝食を済ませたあと、普普（プープー）が手洗いに立ったが、十分以上経っても出てこない。丁浩（ディンハオ）は待ちきれなくなって、扉ごしに声をかけた。「普普（プープー）、まだかよ、小便がしたいんだけど」

「ま……待って。朝陽（チャオヤン）お兄ちゃん、ちょっと来てもらえる？」

扉のまえに来た朱朝陽（ジューチャオヤン）は尋ねた。「どうした？」

つっかえながら話しだす。「お母さん……ここのお母さん、ナプキンは持ってない？あの……生理が来たの」

朱朝陽（ジューチャオヤン）と丁浩（ディンハオ）は、女子にどうして生理が来るかはわかっていなかったが、女子が成長すると一ヵ月に一回生理が来ることは知っていた。それは女だけの秘密だと、男たち二人は平静なふりをし、茶化すことはしなかった。

朱朝陽（ジューチャオヤン）は母親の部屋に入る。昨日ドアを閉めるときに挟んでおいた糸は今もそのまま

――だから、普普（プープー）も耗子（ハオズー）もドアには触れていないってことだ。ここ数日は、母親の部屋を出入りするたびに二人を警戒して糸を挟んでドアを閉めていた。なのに二人とも勝手にドアを開けていないと知って、朱朝陽（ジューチャオヤン）は内心ばつが悪くなる。しばらく探しまわってようやく、引き出しからナプキンのパックを見つけて、トイレのところに行くと扉をほんのすこしだけ開けてなかの普普（プープー）に渡した。

　出てきた普普（プープー）はもじもじしながら、あたしもどうしたらいいか知らなかった、と弁解した。突然に生理が来て、初めてだったから準備をしていなかったと。朱朝陽（ジューチャオヤン）も丁浩（ディンハオ）も女子の立ちいった話には触れたくなくて、成長したってことだと言うだけだった。

　どうにか落ちついて、普普（プープー）が言った。「耗子（ハオズー）、いまいくら持ってる？」

「二百ちょいだな」

「そっか、ちょっとちょうだい。ナプキン買ってくるから。おばさんと同じの買ってきて、新しいのを置いといて、おばさんにわからないようにするんだ」

朱朝陽（ジューチャオヤン）は言った。「そんなのいいよ、母さんだって女子が来てるのは知ってるし、生理が来るのは普通なんだから恥ずかしがらなくていいって」

　それでも、初めて生理が来た普普（プープー）からすると恥ずかしいことらしく、おばさんには知られたくないと言い張った。朱朝陽と丁浩も暇にあかせて、いっしょに外に出てひと回りぶらついてこようという話になった。団地の一階にあったコンビニに普普は入ったが、探していたナプキンが見つからず、三人はそのままどんどん道を進んでいく。通りを五つ越えたところでそこそこ大きなスーパーに出くわして、朱朝陽と丁浩は入口のそばで待っていることにした。ナプキンを買うのに付いていく気はなかった。

普普は一人でなかに入っていったが、一分もしないうちに慌てて駆けだしてくる。二人を物陰に引っぱっていくと抑えた声で言った。「あいつ……あいつがなかにいる！」

「ええっ！」二人は目を見開く。

「ティッシュとタオルを買ってるとこを見かけたの。もうすぐ出てくるよ」

朱朝陽が口を開く。「見間違いじゃないのか？」

普普は確信に満ちた様子でうなずいた。「あの日にあいつのＢＭＷを見たとき、長いこと見てたから、あいつの顔ははっきり覚えてるの。ぜったいあいつだよ」

話しているあいだに、三人はスーパーから出てくる男の姿を目にした。ビデオに映った男の顔はぼやけていたし、当日に三名山で見かけたときも顔立ちには注意していなかったので、ここでも朱朝陽は自信が持てなかった。「あいつ？」

男はいくつか袋を提げて、店から出てくると、停めていたＢＭＷに向かった。あの日と同じ色のBMWを見て朱朝陽と丁浩にはようやく、普普の見間違いではないという確信が育ってきた。

慌てた普普が言う。「逃がしちゃだめだよ、急いで引きとめないと」

男は目のまえで車に乗ろうとしている。時間はない。どう声をかけるか考えてもいなかったが三人は全速力で駆けだし、男がドアを開けようとしたその手を引きとめた。

張東昇が振り返ると、自分の手を引いたのは一人の少女で、その横に背が高いのと低いの、中学生らしい二人の少年が立っているのが目に入った。けげんに思いながら尋ねる。

「なんの用だい？」

普普が反射的に口走った。「家族に、三名山で死んだ人たちがいるでしょ？」

その瞬間、張東昇の目元がわずかに吊りあがって、三人を見回す。朱朝陽と丁浩は本能的に恐怖を感じて後じさり、普普一人がその場にとどまって見つめかえしていた。

「きみたち、なんの用だい？」

冷え冷えとした声で、一言口にした。「あんたがその人たちを殺した」

張東昇は全身を震わせ、ふいにその目に凶暴な光がぎらついた。「なんてでたらめだ。だれがそんなこと言いだした」

朱朝陽と丁浩は、大人である相手に一瞬も目を合わせることができない。

普普（プープー）だけが平気の平左だった。「あたしたち、この目であんたが人を突き落とすのを見たの」

「いかれてる」言いすてると、車のドアを開けて乗りこもうとする。

普普（プープー）が冷たく言った。「見ただけじゃない、カメラで撮ってあるの。このまま行くんなら、こっちはカメラを警察に渡すしかないけど」

張東昇（ジャンドンション）の動きがふいに止まった。ゆっくりと振りかえり、一人ひとりにじっくりと目を向け、そして視線はいちばん背の低い普普（プープー）のところで止まる。「餓鬼がなに言ってるんだ」

言いかえす。「信じないなら、カメラを持ってきて見せてあげる。朝陽（チャオヤン）お兄ちゃん、帰って取ってきて」張東昇（ジャンドンション）は細めた目で〝朝陽（チャオヤン）お兄ちゃん〟と呼ばれた少年を見つめ、なにも言わなかった。

朱朝陽（ジューチャオヤン）はすこしの逡巡のあと、背を向け、家を目指して駆けだした。張東昇（ジャンドンション）は車のドアを指で静かに叩き、冷静を装っている。二人の子供が黙って見ているので、こちらも口を固く閉じ、一言も発しなかった。

十分が経ち、息を切らせた朱朝陽（ジューチャオヤン）がカメラを手に走って戻ってきた。車のところまで来るまえに普普（プープー）が引きとめ、三人は張東昇（ジャンドンション）から三、四メートルのところまで距離を取る。

普普（プープー）は警戒の目を張東昇（ジャンドンション）に向けながら、抑えた声で朱朝陽（ジューチャオヤン）に尋ねた。「電池は残ってるの？」

「わからない。試してみて」

電源を入れると、充電の目盛りは一つしか残っていない。電池の減りが早くて何分もつかわからないと知っている以上、急いで普普（プープー）は張東昇（ジャンドンション）に言った。「よく見てよ」

普普（プープー）が張東昇（ジャンドンション）に立ちはだかったうしろで朱朝陽（ジューチャオヤン）はビデオを再生し、カメラを持ちあげ表示画面があるほうを相手に向ける。張東昇（ジャンドンション）は口を固く結んで、映像のなかに自分が義父母を突き落とす場面が現れるのを、なにもできずに眺めていた。犯行のときには周りにも注意を配って、広場に人がいないのを確かめていた。遠くの東屋（あずまや）にいた三人の子供のことも、仲間内ではしゃいで自分のほうは見ていないとだけ考えて、あの場面を子供たちが偶然カメラでとらえていたとは夢にも思わなかった。

苦りきった顔の張東昇（ジャンドンション）は、目に怒りの炎を燃やして一歩踏み出す。朱朝陽（ジューチャオヤン）はカメラをつかんでうしろに駆け出し、一目散に十数メートル逃げたが、張東昇（ジャンドンション）が立ちどまって追いかけてこないのに気づいてようやく足を止める。

張東昇（ジャンドンション）が普普（プープー）をにらみつけ、険しい声で言う。「なんのつもりなんだ」

答えを返す。「売ってあげる」

「売る？」仰天した。

普普(プープー)は続けた。「そう、あたしたちはカメラを売ってあげる。あんたは金を渡す」

つかのま、張東昇(ジャンドンション)はわずかに逡巡する。目のまえの子供たちの考えが、自分を破滅に追いこむこのカメラを売りつけてくることだとはみじんも考えていなかった。「ここは街なかだ、人目が多すぎる。べつのところで話そう」

普普(プープー)が訊きかえす。「どこで？」

「どこかすいてる喫茶店に行くのはどうだい？」

普普(プープー)は二人を振りかえって訊いた。「どう思う？」

丁浩(ディンハオ)は頭をかく。「わからねえ」

朱朝陽(ジューチャオヤン)が考えをめぐらしながら答えた。「たしかにここで長話はできないから、場所を変えてもいいと思う。でも、そのまえにぼくはカメラを置いてくるよ」

張東昇(ジャンドンション)は朱朝陽(ジューチャオヤン)を鋭くにらみつけ、歯ぎしりしたが、反対を口にはしなかった。

「わかった、あとの二人は車に乗って待ったらどうかな？　このままずっと道端に立ってるのもよくないだろう」

丁浩(ディンハオ)は二人を呼びよせ、小声で言う。「車に乗ったら、もしかしてあいつ、おれたちを……」

普普(プープー)は用心を露わにうなずいた。「ありえる」

しかし朱朝陽(ジューチャオヤン)は首を振った。「いや、真っ昼間に、おおぜい人がいるところでなにができると思う？　ずっと車の外に立ってるのはたしかに変だと思うよ。車に乗ってて。ぼくはカメラを家に置いたらすぐに戻ってくるから。カメラを手に入れてない以上、あいつはぼくらに手出しできないんだ」

27

普普(プープー)と丁浩(ディンハオ)が後部座席に座っている。張東昇(ジャンドンション)はそちらを振りかえって、優しげに笑いかけた。「名前はなんというのかな？」

普普(プープー)は相手を見つめ、しばらく黙ったあと、二文字で答えた。「普普(プープー)」

それを見て丁浩(ディンハオ)も答える。「おれは丁浩(ディンハオ)」

「もう一人のお仲間は？」

丁浩(ディンハオ)が言った。「朱朝陽(ジューチャオヤン)」

張東昇(ジャンドンション)は笑いながら質問を続ける。「きみたちはみんな中学生かな？」

丁浩はうなずき、普普はなにも反応しなかった。

「どこの学校に通ってるんだい？」

普普は口を開かないままで、丁浩が答える。「行ってないよ」

「学校に行ってない？」警戒を解いていなくてわざと言わないようにしているのだと思った張東昇は、さらに続ける。「家はどこに住んでるんだ？」

「おれたちはいまは……」

これにも丁浩は答えようとしたが、普普に手を引かれてすぐに口を閉じ、警戒の目で張東昇を見る。「おまえとは関係ない」

「そうか」張東昇は口を引きむすんだ。このいちばん年下の女子が、いちばん憎らしく思える。

それからも、三匹の餓鬼について情報を引き出そうとしたが、普普がいっこうに警戒を解かず口を固く閉じているのであきらめるしかなかった。朱朝陽が戻ってくると、張東昇は三人を数キロ離れた郊外の喫茶店に車で連れていき、人目につかないすみの席を選んで三人を座らせた。「きみたち、飲み物も食べ物も、好きなのを頼んでいいからね」

喫茶店に来てだいぶ緊張がゆるんでいた丁浩は、そう言われて急に乗り気になった。

「うまいもの、なんかあるかな？」

メニューを目のまえに差し出された三人は、どうせ支払いはしなくていいからと、食べ物も飲み物も山ほど注文した。

その姿を見ながら張東昇(ジャンドンション)は、子供はしょせんただの子供だと思い、すこし考えをめぐらしたあと、笑顔を浮かべながら三人に話しかけた。「あの日はたまたま、山の東屋で遊んでたのかな？」

朱朝陽(ジューチャオヤン)が答える。「そう。じゃなかったらカメラに映ってない」

張東昇(ジャンドンション)の目がかすかに細くなる。「あの映像のことはいつ気づいたんだ？」

朱朝陽(ジューチャオヤン)が言う。「あの日の午後、帰ってきてから」

「ふうん……じゃあ、きみたち三人のほかにだれか、このことは知ってるのかい？」

「だれも」

「きみたちの親は？」

朱朝陽(ジューチャオヤン)が言った。「だれも知らないよ」

張東昇(ジャンドンション)の視線が数秒間、朱朝陽(ジューチャオヤン)の顔にとどまる。いまの言葉がほんとうかどうか探っているらしく、しばらくしてまた口を開いた。「どうして親に言わないんだ？」

「母さんは家にいなかったから」

「お父さんは？」

朱朝陽(ジューチャオヤン)は一瞬ためらってから言う。「とにかく言ってないんだって」

「へえ」納得していないふうに口を曲げ、張東昇(ジャンドンション)は普普(プープー)と丁浩(ディンハオ)のほうを向いた。「きみたちの親は？」

丁浩(ディンハオ)は鼻を鳴らして、答えない。無表情な普普(プープー)が言った。「死んでる」

「死んでる？」半信半疑で尋ねる。「じゃあふだん、どうやって暮らしてるんだ？　きみたちはどんな関係なんだ？」

普普(プープー)は冷たく返した。「それはあんたとまったく関係ない」

張東昇(ジャンドンション)の目に一瞬、怒りの炎がひらめいたが、つぎの瞬間にはまた優しげな雰囲気に変わり、質問を続けた。「あの映像を見て、どうしてカメラを警察に渡さなかったのかな？」

普普(プープー)が鼻で笑い、直截(ちょくせつ)に言う。「あんたに売るつもりだったから」

たじろいだ張東昇(ジャンドンション)は笑いを浮かべる。「どうしてカメラをぼくに売ろうだなんて考えたんだ？　ぼくが買いとるとどうしてわかる？」

冷たい声で普普(プープー)が続けた。「ＢＭＷに乗ってて、お金があるんでしょ。でもこのカメラを買わなくて、あたしたちが警察に持っていったら、どんなにお金があったっておしまいだと思うよ」

一匹の餓鬼から自分はあからさまに脅迫されている。怒りがこみあげ、歯を食いしばって相手をにらみつけ、のみこんでやらんばかりの形相になった。飛びあがった丁浩（ディンハオ）は、手にしていた鶏の手羽先を落としそうになり、反射的に身体をソファに縮こまらせる。普普（プープー）のほうはおびえる気配もなく、背筋を伸ばして見つめ返していた。この状況を目にして、朱朝陽（ジューチャオヤン）も勇気をふるい起こして背筋を伸ばし、探りを入れることにした。「それでカメラは買うの、買わないの？」

張東昇（ジャンドンション）の目元がわずかに細くなり、朱朝陽（ジューチャオヤン）のほうを向いた。怒りの色はしだいに薄れていく。「きみたち一人ずつに二千元（約三万二千円。一元は約十六円）やる、きみたちはカメラを渡す、どうだ？」

朱朝陽（ジューチャオヤン）は首を振った。「少なすぎる。足りないよ」

「じゃあいくらほしいんだい？」

もともと今日路上で殺人犯に出くわすと思っていなかった三人は、いくらの金をせびるかの具体的な相談もまだしていない。

しかたなく朱朝陽（ジューチャオヤン）は言った。「ちょっと話しあうよ」

席を立ち二人をわきに呼び寄せて、抑えた声で尋ねた。「二人とも、いくらがいいと思う？」

丁浩（ディンハオ）が思案しながら言った。「五千はゆずれないよな、それなら普普（プープー）であわせて一万で、そんなもんじゃねえか」

朱朝陽（ジューチャオヤン）が言う。「ぼくは金はいらないよ、ぜんぶ渡す。置いとくところがないんだ」

丁浩（ディンハオ）が目を見開く。「こんな大金だぞ、いらないのか？」

「こんな額の金を持ってるって母さんに知られたら、きっと盗んできたって思われる。二人がうまくやってけるなら、ぼくも嬉しいから」

丁浩（ディンハオ）は心を打たれた。「でもぜんぶおれたちがもらうなんて、こっちもなんだかやりにくい気分だけどな」

「大丈夫だよ、いちおうぼくは家があるけど、二人はなにも頼れないんだから」目をうるませている。「ぼくたち、友達じゃないか」

これまで表情がなかった普普（プープー）の顔にも、ほのかに赤みがさす。「そうだよ、朝陽（チャオヤン）お兄ちゃんも、耗子（ハオズー）も、あたしたち、永遠に親友だから」

兄貴分ぶった丁浩（ディンハオ）が、笑いながら二人の肩を両手で叩く。「よし、あいつに言いにいこうぜ。一人五千だったら、たぶんあいつは渡してくれると思うぞ」

朱朝陽（ジューチャオヤン）はためらっていた。「少なすぎないかな？」

「少ない？　あわせて一万五千だぞ、だいぶ多いだろ」

普普(プープー)も考えていた。「あたしたちからしたらすごく多いけど、あいつからしたらすごく少ないかも。ううん……朝陽(チャオヤン)お兄ちゃん、もしあたしたち二人、お金を稼がないで十八歳まで暮らすなら、どれぐらい必要だと思う？」

考えこんだあと朱朝陽(ジューチャオヤン)が言う。「もし耗子(ハオズー)がこれからも仕事を見つけられなくて、二人だと……計算させて。ぼくが毎月もろもろで使う金は平均したら五百、一年で六千、それにほかの出費をいろいろ足したら、だいたい一年で一万強かな。そのうち大学に行ったらもっとかかると思うけど。そう考えたら、十八歳までだったら一人でだいたい五、六万は必要だよ」

普普(プープー)が言う。「そっちは家があるけど、あたしたちは住むところがないから、もっと多い計算だよね」

朱朝陽(ジューチャオヤン)はうなずいた。「部屋を借りるのだってそうとう金がかかるからね」

普普(プープー)はしばらく静かに考えていたが、顔を上げて言った。「決めた、一人十万でいこうよ」

「一人十万！」息をのんだ丁浩(ディンハオ)が、目を見開く。「ぜんぶで三十万だぞ！　おいおい、おれが持ったことがある金なんて、あのクソデブの財布を盗んだとき、四千いくらか入ってたのがいちばんなんだぞ。三十万——あいつが三十万出してカメラを買うなんて思うか？」

朱永平（ジューヨンピン）が裕福だったせいで、ほかの二人よりも金銭のことはわかっている。朱朝陽（ジューチャオヤン）はすこし考えて言った。「普普（プープー）の言う額もおかしくはないと思う。あいつはのむよ。あいつの車は何十万もするんだから」

普普（プープー）が答えた。「じゃあそれで決まりだ」

丁浩（ディンハオ）がまだ呆気に取られているまま、三人はまた席に戻った。

張東昇（ジャンドンション）が笑いながら言った。「どうだい、話は決まったかな？」

普普（プープー）は冷静な面持ちでうなずいた。「決まったよ」

「じゃあ、いくら渡せばカメラを売ってくれるんだ？」

普普（プープー）が言う。「一人十万」

張東昇（ジャンドンション）は口にしていたコーヒーを噴き出しそうになった。歯を食いしばる。「勘違いじゃないだろうね、一人十万だって？」

落ちついた答えが普普（プープー）から返ってくる。「そう、一人十万。下げられないよ」

「きみたち、そんな大金が欲しいのか？　家のだれかに知られたらと思わないのか？　ただの子供にこんな大金が湧いて出るなんて、出どころはどう説明するんだ？」

普普（プープー）が言う。「気にしなくていいの。だれにもわからないようにするから」

朱朝陽（ジューチャオヤン）が続けた。「そうだよ。安心して、お金をもらったらかならずすぐにカメラは渡して、このさきもだれにも言わないって約束するから」

張東昇（ジャンドンション）はコーヒーカップを持ちあげて一口飲むと、ソファの背に倒れこみ、口元に手を当て、毛も生えそろわない三匹の餓鬼たちを目を細くして観察した。三十万！ そもそもそんな金はどこにもないし――自分の金は徐静（シュージン）に管理されている――この金額を持っていたとしても、餓鬼たちと取引して金を差し出すことはありえなかった。こいつらが軽はずみに金を使って、保護者かだれかに知られ、質問され、自分が渡したとわかり、さらにどうしてこんな額の金を渡したかを訊かれたら、罪が明るみに出るのはすぐだ。

しばらく経って、張東昇（ジャンドンション）は息を吐いた。「こうしよう。一人一万渡す。一万だったらきみたちが使っても、もしくは隠しても、家の人からすぐには気づかれない」

丁浩（ディンハオ）が朱朝陽（ジューチャオヤン）たち二人のほうを見る。「こんなとこだと思うぞ」

張東昇（ジャンドンション）は丁浩（ディンハオ）に笑いかける。こいつはいちばんでかいくせに、いちばん扱いやすいなと思いながら。

普普（プープー）は丁浩（ディンハオ）にかまわず、すぐに首を振った。「一人十万だよ。一分でも減らすならカメラは警察に渡す」

張東昇（ジャンドンション）の顔からいっさいの表情が消えうせ、目が吊りあがり、虎のごとく鋭い目で普（プー）

普（プー）をにらみつける。もし公共の場でなかったら、この場で普普（プープー）を殺してやりたくてたまらなかった。

向かいの殺人犯のすさまじい目つきをまえに、朱朝陽（ジューチャオヤン）の手が震えだした。ひとり普普（プープー）だけが、おびえる気配も見せない。

張東昇（ジャンドンション）が冷たく笑う。「きみたちがそのつもりなら、もう行ってくれ。カメラを派出所に持っていきなさい、売らなくていい。ぼくはいらないし、買えもしないんだよ」

朱朝陽（ジューチャオヤン）が抜け目なく言う。「買えるって、あの車は何十万もするのに」

張東昇（ジャンドンション）は鼻を鳴らした。「あれはぼくのじゃない、べつの人間の車だ。相談は無用だ、ぼくに出せるのは一人一万、一分でも増やすなら話はなしだね。好きな相手を当たってくれ」顔をそらし、三人の相手はしないと示す。

丁浩（ディンハオ）が慌てた。「じゃあ一万だ、交渉成立だよ。普普（プープー）、どうだ？」

「黙ってて！」普普（プープー）は一言吐きすてて、相談で決めた計画から外れようとする仲間にはかまわず、そのまま立ちあがった。「朝陽（チャオヤン）お兄ちゃん、もう行こう、派出所だよ、もしかするとおまわりさんがごほうびのお金をくれて、何万かになるかもしれないんだし」

朱朝陽（ジューチャオヤン）を連れて立ち去ろうとすると、そこに丁浩（ディンハオ）が慌てて付いてくる。「やめてくれよ、あわせて三万だって上出来だろ」

普普（プープー）も朱朝陽（ジューチャオヤン）も取りあわない。

ほんとうに出ていく勢いの三人を見て、張東昇（ジャンドンション）は呼びとめるしかなかった。「待ってくれ、ちょっと座るんだ」

三人が席に戻ってきて、普普（プープー）が冷たく笑う。「一分でも増やすならこの話はなしって言ってなかった？　一分でも減らすならあたしたちは売らないけど、なんの用なの」

張東昇（ジャンドンション）は満面に怒りを浮かべるが、居丈高な相手をまえに打てる手はなかった。「何日かさきまでは葬式が続くんだ。ぼくのほうもすぐにそんな大金はひねりだせないんだよ。何日か待ってくれないかな？」

普普（プープー）が答える。「いいよ、でも早くしてね」

「わかった、家のほうが落ちついて、全額そろったら、金を渡そう。銀行の口座はないだろう？　そのときは直接現金で持っていこう。どこに住んでいるんだい、連絡はどうやってする？」

丁浩（ディンハオ）が口を開く。「おれたちはいま――」

殺人犯に家の住所が知られたらなにが起きるか、恐ろしいどころではない。朱朝陽（ジューチャオヤン）は慌ててさえぎり、早口に言う。「教えちゃだめだ！」

張東昇（ジャンドンション）が言う。「じゃあ、きみたちにはどう連絡すればいい？　家に電話はあるかい？」

家に関する情報はひとつたりとも知らせる気になれない。「そっちは連絡しなくていい、ぼくたちから連絡するから。電話番号はなに？　こっちで覚えて、何日かしたらかける」

張東昇（ジャンドンション）はつかのま、軽く考えこんだあと、メモ用紙を取り出して、携帯の番号を書きとめて渡した。「明日は出棺なんだ、明後日ならかけてきてもいい」

朱朝陽（ジューチャオヤン）はうなずく。「いいよ」

「でもそのあいだ、カメラとこの約束のことはかならず秘密にしておいてくれ。だれにも言ったらいけない、きみたちの保護者も含めてね」

「ぜったいに言わないよ」

「よし、今日はここまでだ。おうちまで送ったほうがいいかい？」

朱朝陽（ジューチャオヤン）は首を振った。「大丈夫。普普（プープー）、耗子（ハオズー）、行こう」

数歩歩きだしたところで、丁浩（ディンハオ）が引きかえして、張東昇（ジャンドンション）に言った。「いま、ちょっとこづかいをもらっていい？」

張東昇（ジャンドンション）は相手を見つめかえした。「いくらだ？」

「何百か」

口を引きむすんで、あきらめの気分で財布から六百元を出して渡す。相手はありがとうと言って嬉しそうに立ち去った。三人の子供の後ろ姿を見つめ、ソファに身体をあずけて、張東昇（ジャンドンション）はむくれながら拳を固く握っていた。

餓鬼ども三匹がゆすりだって？　ふん。

28

喫茶店を出たあと、朱朝陽（ジューチャオヤン）は二人を連れて脇目もふらずに駆け、近くの路地に入るとそれからもいくつか角を曲がり、自分でも名前のわからない通りに来たところで足を止め、ぜいぜいとあえいだ。

丁浩（ディンハオ）が文句を言ってくる。「なんで走ったんだよ？」

朱朝陽（ジューチャオヤン）は答える。「あいつに尾けられたくなかったんだよ。万が一、ぼくたちが住んでるところを知られたらまずい」

「知ってなんになるんだ？」

朱朝陽（ジューチャオヤン）は鼻を鳴らして、丁浩（ディンハオ）を見た。「あいつに殺されたらって考えないのか？」

「殺す？　そこまでしないだろ」

普普(プープー)が口を曲げて、丁浩(ディンハオ)を白い目で見る。

「耗子(ハオズー)、ほんとにばかだよね」

「どこがだよ！」

「あたしたちは一人十万って言って、向こうが一人一万なんて言ってきたのに、尻尾を振って納得しちゃってさ」

丁浩(ディンハオ)は恥ずかしそうに頭をかく。「それは……それはさ、あいつがそんな大金は出さなそうで、一人一万でも上出来だって思ったんじゃねえか」

「どう見たって値段のかけひきの流れだったでしょ、しかもあたしたち三人が相談して決めてたんだよ！ そんなんじゃバイトに出たってきっとだまされるよ、ほんとは一千元の仕事なのに百元だけもらって働かされるんだ」

丁浩(ディンハオ)は不満げだった。「それはぜんぜんべつの話だろ。さっきのあいつの態度じゃ、がんばって三万だって言ってたんだぞ。最後に三十万出す話になるなんてわかりっこないだろ」

「朝陽(チャオヤン)お兄ちゃんが言ってなかった？ あつは何十万もする車に乗ってて、カメラはあいつの命取りなんだから、払わないなんてありえる？」

朱朝陽(ジューチャオヤン)も口を開く。「耗子(ハオズー)、あれはあせりすぎだよ。考えてみて、三万じゃこれから何年かで使う金にはぜんぜん足りないんだ。最低でも住むところを探して、食べるものに着るもの、それに学校に行くのだって考えないといけない、そうだよね？」

二人ともに言われて、丁浩に言い逃れはできなかった。「わかったわかった、おれの間違いでいいって。次はおまえたちの言うとおりにして、おれはなんも言い出さない、それで決まりだな」

普普は鼻を鳴らして、そっぽを向いた。

朱朝陽がとりなす。「ほらほら、二人とも怒らないでよ。これからどうするか、真面目に具体的な戦略を立てないといけないんだから」

「戦略か！」丁浩は拳を握りしめ、勢いこんで言う。「なんかすごく刺激的っぽいな、ドラマでやってるみたいなやつか？」

朱朝陽は神妙な顔だった。「そうだよ、でもぼくらはドラマを撮ってるんじゃない。いまからぼくらは子供じゃないんだ。大人と同じように計画を立てて、文句なしの万全な方法を考えないといけないんだよ。人殺しと取り引きをするんだから、すごく危険なことなんだよ、わかる？」

丁浩は言う。「おれはとっくに子供じゃないぞ」

普普はうんざりしたような目を向け、さっきも言ったことを繰りかえす。「ばかだよね」

丁浩(ディンハオ)はうつむいて口を閉じるしかなかった。

朱朝陽(ジューチャオヤン)は咳ばらいをして、空気を和らげようと、二人を見ながら言った。「さっき、二人は怖かった？」

丁浩(ディンハオ)は首を振る。「最初、あいつと会ったときはちょっとびくびくしたけど、それからは怖いことなんてなかったな」

「喫茶店でにらまれたときは？」

「あれはほんのちょっとだけびびったよ、でもあいつは殴ってこないって自信があったしさ、だから怖くなかったよ、ははっ」

普普(プープー)がうんざりしたような目で見て、またしても同じことを繰りかえす。「それ、ばかだからだよ、ばかは怖いと思わないんだから」

「ちっ！」丁浩(ディンハオ)は歯嚙みする。

朱朝陽(ジューチャオヤン)は普普(プープー)のほうを見た。「どう、怖かった？」

二人とも、普普(プープー)は〝怖いことなんてあった？〟と言うはずだと思っていた。さっきあの男が凶悪な顔を見せたとき、普普(プープー)だけが恐れる気配も見せずに見つめかえし、のこり二人はどちらもひるんでいたのだから。驚いたことに、訊かれた普普(プープー)はふいに人が変わったようになり、ゆっくりとうなずいて、目には少女らしいか弱さがこぼれ出していた。「怖かった」

丁浩は困惑する。「でもさっき、ちっとも怖くなさそうだっただろ」

眉をひそめ、これまでの冷たさを取りもどした表情で答える。「怖がれば怖がるほど、扱いやすい相手だってばれるの。他人にどうにかされないためには、怖がらないこと」

朱朝陽は思わず賞賛の声を上げる。「普普、勇敢なんだね」

遠いところを見つめながら、つぶやくように言う。「まえに、お父さんが死刑になったとき、学校のやつらに笑われて殴られたけど、そのときのあたしは仕返しできなかったの。そのうち、いちど必死で暴れたら、もう手出ししてこなくなった」

丁浩が言う。「朝陽、おまえはさっき怖かったのか？」

笑って答えた。「怖いは怖かったよ、でもこれはやらないといけないはずなんだ、怖さも克服しないと」

普普が見てくる。「朝陽お兄ちゃん、ありがとう」

かすかに頬を赤らめた。「礼なんか言わないでよ。ぼくたち、親友だろ」

丁浩が手を叩いた。「よし、じゃあいまからのおれたちの戦略、どういう感じになるんだ？」

朱朝陽は答える。「まずは家に帰ってゆっくり計画を練ろう。あと二日で、ぼくらの安全を確保しながら、金を手に入れる方法をしっかり考えないといけないんだよ。でもいまから帰るときも気をつけて、なんとしてもあいつに尾けられないようにね」

三人はそのまま道を進み、バス停を見つけた。確かめると家に一本では行けず、中心街まで乗ってから家に帰るバスに乗り換えるしかなかった。殺人犯の尾行を避けるため、朱(ジュー)朝陽(チャオヤン)と二人は目標のバス停のひとつまえで降り、それから裏道に折れて、行ったり来たりを繰りかえしながら家のまえまで帰ってきた。

第九章　同情される男

29

この地域のならわしでは、屋外での死の場合、自宅で弔(とむら)いはできなかった。また死体がひどいありさまだったので、初七日をならわしどおり待つことなく、埋葬することになった。

徐(シュー)家は自宅からも近い老人集会所に場所を借りて、弔いの儀礼や、明日出棺が済んでからの親戚友人の会食はここで行うことになっていた。張東昇(ジャンドンション)はスーパーで買ってきたタオルと紙コップを葬式の手伝いの面々に渡し、振りかえったところで厳良(イエンリアン)がいるのに気づいた。

厳良(イエンリアン)は奥の空いた机のところに一人で座り、こちらに笑いかけて、近くに来るように手招きしていた。張東昇(ジャンドンション)は知らず知らずのうちに緊張感を覚えていた。自分が学生だったときの噂で、厳良（イエンリアン）はかつて省の公安庁の捜査官だったことがあり、ときどき杭（ハン）市の公安局や、公安庁の幹部らしい顔ぶれが話をしにくると聞いたことがあった。徐静（シュージン）と知りあってから聞いた話だと、警察にいたときの〝厳（イエン）おじさん〟はとてつもなく優秀で、解決できなかった事件はなく、国の公安部の表彰まで受けたことがあるそうだった。厳良（イエンリアン）と話す機会が増えるにつれ張東昇（ジャンドンション）は、数学科には山ほどいた理論の研究に没頭して、複雑な理論の研究がなんの役に立つか考えていない教師たちと違い、厳良（イエンリアン）は数学理論をどう結びつけ実践につなげるかを見い出すことに喜びを覚えるのだと知るようになった。大学のコンピュータ科学科の学生たちの多くも、厳良（イエンリアン）の数理論理学の授業を取っていた。かつて厳良（イエンリアン）が警察にいたときも、きっと数学的観点から問題を解決するのに長けていたのだろうと予想ができた。

もちろん張東昇（ジャンドンション）は、今日厳良（イエンリアン）は自分を調査するために現れたのではなく、親戚として明日の告別式に出席するのだと理解している。とはいえ厳良（イエンリアン）に調べられたとしても、この事件はだれにも解き明かせないというゆるぎない自信があった。だれ一人として、あれが事故による転落でなく、自分が突き落としたとは証明する方法がないのだから。あの子供三人のカメラがほかの人間の手に渡らないかぎり、だが。

張東昇（ジャンドンション）はすぐにうなずきかけながら歩いていき、熱のこもった握手をした。「厳（イエン）先生、四年ぶりですね。徐静（シュージン）が連絡したと言ってましたが、お時間がないものだと思ってましたよ」

「夏休みだからね、きみの高校が暇なら、大学も暇だ。そうだ、さっき着いたとき、きみはスーパーに買い物に行っていると聞いたが、どうして何時間もかかったんだ？」

張東昇（ジャンドンション）は動じることなく嘘を口にする。「明日の霊柩車の手配を確認しに行ってたんです。花輪を注文した店にも寄って支払いをしてきたら、遅くなってしまいまして」

厳良（イエンリアン）はうなずく。「ここ数日は忙しくてしかたがないんだろう？」

ため息をつき、うつむく。「こんなことが起きて、徐静（シュージン）はふさぎこんでしまって、毎日一人になるとずっと泣いているんです。男のぼくが段取りを進めないといけない」

同情のまなざしを教え子に向ける厳良（イエンリアン）は、しばし逡巡したあと、話を切り出した。

「いま、徐静（シュージン）との仲はうまくいっていないのかな？」

うつむいて、口元に手を当てて言った。「徐静（シュージン）が言ったんですか」

厳良（イエンリアン）は静かにうなずく。

「ぼくたちは……」口を引きむすんで、苦しげに答える。「離婚になるかもしれません」

厳良（イエンリアン）が気遣いをこめて訊く。「なぜそんなことになってしまったんだ？」

「思いあたるのは……」ため息をつくと、ポケットから煙草を取り出した。厳良（イエンリアン）が煙草を吸わないのは知っていたので、一本だけ出し自分で火を点けた。

「煙草を始めたのかい？」

苦笑を浮かべる。「ふだんはあまり吸わないんです。たまに落ちつかないとき、すこしだけ」

厳良（イエンリアン）はうなずいた。「よければ……わたしに話してみないか？」

「年長者ですし、だれよりも尊敬している先生なんだから、もちろん話しますよ」煙をひと息吐いて、話しだす。「すべての根本はたぶん、ぼくが農村の生まれだってことでしょうね。そもそも徐静（シュージン）とは、違う種類の人間だったんです」

「でもあのころは、きみたちも愛しあっていたじゃないか」

笑って返す。「恋愛関係のときは、相手の欠点がたくさんあっても目に入らないものですが、結婚するとそうはいかないんです。ぼくの家の環境はご存じでしょうが、両親は山奥の農民で、二人とも純朴で世間に慣れていないし、都会の人たちの決まりも知らない。ぼくが徐静（シュージン）と結婚したあと、両親ともぼくらに会いに来てくれたんですが、一度来たあと、不衛生なのが徐静（シュージン）の気に障ったとかで、これから来ることがあったら、ホテルの金を払ってでも家には泊まらせないと言われました。でも両親のいるような農村の考えかたでは、家族は同じ家で暮らすものなんです。だからぼくも徐静（シュージン）にちょっとは我慢するように頼んで、どうせ来ても数日で帰るんだし、ぼくからも気をつけさせるからと言ったんです。でも意見は変わらなくて、ぼくの両親が家に来るなら自分はホテルに泊まると言いだしてけんかになりました。仕方ないからぼくも二人に遠回しに諭して、これからはホテルに泊まるようにと言うしかなかったんです。二人は口ではなにも言わなかったけれど、内心は気分が良くなかったんでしょう。あれから何年か経ったけれど一度も来てくれなくて、今回の葬式で来るときにもホテルを取ってます。これはちっちゃなことですよ、なんてことはない、すぐ忘れる話です。でもそのうちに、ぼくの習慣が徐静(シュージン)の性格とあまりに食いちがってきたんです。小さいころからうちは余裕がなくて、買い物もあれこれ比べていちばんコスパがいいのを選ぶのが身体に染みついてるんですが、徐静(シュージン)は正反対で、有名なやつ、質のいいやつがあったら値段を気にしないんです。ぼくはけちで男らしくないと言われて――そう、万事この調子です、たぶん徐静(シュージン)の頭にあるぼくのイメージは、どんどん点数が下がっていったんでしょう。時間が経つにつれてどんどん態度が冷たくなって、そのうち……触れさせてもくれなくなりました」頭をかきむしる。目もわずかにうるんでいた。

厳良(イエンリアン)が同情の目を向けてくる。「じゃあ、いまは徐静(シュージン)のことはどう思ってるんだ？」

なにもないところを見つめ、温かい笑みを見せた。「いまも愛していますよ、徐静(シュージン)がなにをしたとしても、ぼくの心のなかでは、四年前に親の反対を押しきって、ぼくと結婚すると言い張っていた女の子のままです」

あっという間に感情をかきたてられた厳良（イエンリアン）は、深く息をついた。「これからどうするつもりなんだ？」

「去年、離婚を切り出されました。ぼくは反対でした、このまま二人で暮らしたかったんです。機嫌を取ろうとしても、大した効果はありませんでした。ぼくには徐静（シュージン）が、ここのところ目に留まるものに文句をつけてばっかりで、心の底で望んでいる生活がなにかわかっていないように見えました。だから時間をかけてゆっくり向こうの考えかたを変えていこうと思ったし、同時に自分のことも振りかえってみて、問題が起きたのにはぼくにもかなりの責任があったと思いました。正直に言うと、徐静（シュージン）と結婚してから、向こうの両親に会うたび劣等感にとりつかれていたんです。ずっと自分が見下されて、家族だと思われていないような気がして、だからぼくもいい婿になろうと努力する気になれなくて、一家のなかでも一人だけぽつんとよそ者のような立場でした。だからこの家にほんとうに溶けこんで、婿としての役目を果たそうとしたんです。高校の仕事は時間の余裕もあるから、いつもできるだけ時間を作って義父母の話し相手になりました。実は、こうしたのには多少のもくろみもあって、二人に好かれて、徐静（シュージン）との仲を取りもってもらおうと思ったんです。状況を知ってから、二人はずっと徐静（シュージン）に働きかけてくれて、おかげでぼくたちはまだ離婚しないでいるんです。でも……そう、二人が突然こんなことになって、心から……悪いのはぼくなんです。義父は高血圧だったのに、気分が悪いと思わないからと薬を飲みたがらなくて。ぼくも気にせずに山に連れていってしまって、そうしたら、写真を撮るときぼくがカメラを触っていると急に二人の悲鳴が聞こえて、顔を上げたところで二人が落ちていくのが目に入ったんです。警察があとから推測したところだと、義父は山を登った直後に腰を下ろしたせいで血圧が急に上がって、義母につかまったまま落ちていったとか。なにがあろうと悪いのはぼくです、徐静には申しわけない思いしかありません」煙草の火を消し、額に両手を当てる。苦悶するその表情はとても直視できなかった。

ため息をつくと、厳良は言って聞かせる。「きみも自分を責めるものじゃない、だれだってこういうことが起きるのは望まないんだよ。家を出てすぐ、まったく思いがけなく交通事故に遭った人間がいるとして、だれを責められるというんだい」

長い沈黙のあと、張東昇はようやく顔を上げた。「いまはぼくも気づきました、徐静が幸せでいればもう文句は言いません。役目を尽くすしかないんです、徐静の夫でいるあいだはいい夫でいて、最終的にどうなるかといったら、徐静が幸せでいることしか望みません」

厳良は心をひどく揺さぶられ、しきりになぐさめの言葉を口にしながら続けた。「きみだってそこまで悲観することはない。わたしからも徐静（シュージン）に言いきかせてみよう、わたしの話なら多少は聞いてくれるはずだからね。いまは両親に不幸があったばかりで、向こうもまたすぐに離婚の話を持ち出してはこないだろうから、きみもなるべく努力して、徐静（シュージン）がこの得がたい結びつきを惜しむようにしなさい」

「そうします。厳（イエン）先生、ありがとうございます！」

張東昇（ジャンドンション）の顔には相変わらず打ちひしがれた表情が浮かんでいたが、厳良（イエンリアン）の反応を見ながら、胸の奥底にはひそかに狡猾な笑みが湧きあがっていた。

第十章　狼と踊れ

30

ベッドの下のほこりを巻きあげながら、朱朝陽（ジューチャオヤン）は身体をかがめてそこから這い出てきて、ほこりの積もった大きな箱二つを押しこんだ。立ちあがって手を払い、振りかえって言う。「これでカメラはこのいちばん奥に隠したよ。知ってるのはぼくたち三人だけ、ぜったいに秘密を守って、だれが相手でも言わないこと。もしあいつに訊かれても、なんとしても向こうの手に乗らないこと、いい？」

普普（ブーブー）は眉間にしわを寄せ、真剣な面持ちでうなずいたあと、ばかな丁浩（ディンハオ）に疑わしげな視線を向けた。

どこかあきらめた様子で言いかえす。「あいつに丸めこまれたりなんかしないよ、安心しろって。さあさあ、ひとつ相談しようぜ、どうやったら金が手に入るか」

朱朝陽（ジューチャオヤン）は言う。「金を手に入れれば成功じゃないんだよ。いちばん大事なのは、無事に金を手に入れなきゃいけないってことなんだ」

「無事に金を手に入れる？　まさか……」丁浩（ディンハオ）が眉間にしわを寄せる。「まさかあいつが、おれたちを殺して口封じするって話か？」

　重々しくうなずく。「かなりありえる。今日のあいつの顔を見たらわかるだろ、取って食われそうだった」

「おれたちがまだ子供だと思って、脅かそうってしてきたんだろ」

朱朝陽（ジューチャオヤン）は口を曲げる。「どうだろうね」

丁浩（ディンハオ）は普普（プープー）のほうを見た。「どう思う」

普普（プープー）も首を振る。「あたしもわかんない。でも、朝陽（チャオヤン）お兄ちゃんの言うことは筋が通ってるよ。万が一あいつにお金を渡す気がなくて、あたしたちの口封じしか考えてなかったら？」

丁浩（ディンハオ）が答える。「でもカメラはおれたちが持ってるんだぞ」

朱朝陽（ジューチャオヤン）はうなずいた。「そうなんだよ。カメラが向こうの手に渡らないかぎり、ぼくたちに手出ししようとは思わない。今日のあいつの顔を見てた？　まずは家にカメラを置いてから戻って来るって言ったら、怒って顔が青くなってたよ。そのあとで普普（プープー）と話してたときも、どう見ても怒ってたけど我慢してた。たぶん、ぼくらがカメラを持ってるからだ」

「でもそのうち取引が成功したら、こっちはカメラを渡すんだよな」

普普(プープー)は考えをめぐらせ、冷たく笑った。「カメラを渡さないっていうのもありだね」

「渡さない？」丁浩(ディンハオ)は仰天したように見る。「渡さないってどういうことだよ」

「お金だけ受けとって、カメラは渡さない」

口をぽかんと開けて、丁浩(ディンハオ)が言う。「あいつだってばかじゃないんだ。金だけおれたちに払わされて、おれたちがカメラを渡さないなんてありえるかよ」

普普(プープー)の目元がきゅっと細くなる。「お金を渡すようにこっちから命令して、お金を受けとったら、カメラを渡さなくても向こうも手の打ちようがないじゃない。まさか派出所に行って、あたしたちにだまされたって言う？　こうすればずっと脅しつづけられるよ、カメラはあたしたちが握ってるんだから、向こうも手出しをしようとは思わない。何年かしてお金がなくなったら、またあいつに頼めばいいんだ」

考えこんだ丁浩(ディンハオ)は、迷いながら言う。「それはよくできてる手だな、あいつは永遠におれたちの財布になって、しかもどんなに怒ったって向こうは手出しできねえ。でも……そんなことしたら、ちょっと義理が立たないんじゃ？」

「義理？」普普(プープー)は鋭い視線を向けて、見下げたように言う。「テレビの人の真似なんかしないでよ」

しかたなく朱朝陽(ジューチャオヤン)に目を向けてきた。「おまえはどう思う？」

朱朝陽(ジューチャオヤン)はきっぱりと首を振った。「その手は無理だよ」

「どうして？」普普(プープー)が訊く。

「テレビにもそういう話がよくあるよ、だれかの弱みを握って脅して、財産をゆすり取るんだ。一回目、二回目は言うことを聞くけど、あんまり何度も続けると、相手を限界に追いこむことになって、向こうは我慢できなくなって命を奪いに来る。考えてみてよ、もし自分があの男だったら。子供三人がカメラを持ってて、さんざん脅して金をせびってきたら、そんなことがずっと続いても許せる？　無理だよ、だからそんなことしたらきっと、ほんとにあいつは追いつめられて、ぼくたちを殺しに来る」

丁浩(ディンハオ)が言う。「じゃあどうするんだよ」

「取り引きは一回だけにする。一回が終わったら、あいつとはもうぜんぶつながりを無くして、完全に知らない相手になる」

普普(プープー)が口を開いた。「でもさっき言ってたけど、あたしたちがカメラを渡したら、向こうは口封じを考えるんじゃない？　カメラを渡したって、あいつが人殺しだってことをあたしたちは知ってるわけでしょ」

朱朝陽（ジューチャオヤン）はうなずいた。「ありえるね」

丁浩（ディンハオ）が顔をしかめた。「じゃあどうするんだよ、渡すのもだめ、渡さないのもだめじゃ、もしかして警察に渡すのか？」

また朱朝陽（ジューチャオヤン）は首を振る。「もちろん、警察に渡すなんてなおさらだめだね」

丁浩（ディンハオ）はじれてきた。「じゃあどうするんだって訊いてんだよ！」

朱朝陽（ジューチャオヤン）は言う。「金を受けとったら、カメラを渡す。でもぼくたちの安全は確保する必要がある。昼の太陽の下で、人目がたくさんある場所で渡すんだよ。外だったらぼくたちに手出しはしてこない。なにがあってもぼくたちが住んでる場所を知られちゃだめなんだ、そうすればあいつもぼくたちを見つけられなくて、時間が経てば、こっちが殺人のことをだれにも言わないのを知って、口封じの予定も自然と捨てることになるよ」

二人はしばし考えて、ともにうなずいた。確実な考えに思えた。

朱朝陽（ジューチャオヤン）は続ける。「でもいまはまだ、具体的にどう取引するのかも、どういうことが起こるのかもぜんぜんわかってない。だから安全を確保するために、これから実際の交渉に移るときにはカメラを家に置いておいて、さきに金を手に入れてから、人がいるところで目につかないようにカメラを渡すことにする。それと、交渉に行くときには二人だけで行くこと。そうすれば、ぼくたちのなかの一人はほかの場所にいるってわかって、もしいまいる二人になにかあったらもう一人が警察に知らせるのは当然——となれば、会いに行った二人に手出しをしようとは思わないよ」

普普はうなずいて、力強く同意する。「二人は家に残って、二人だけ行くんだね。すごくいい手だよ」

丁浩が声を上げて笑った。「そうだぞ、いちばん賢いのは朝陽だって言ったよな。ええと……で、おれたちのどの二人が行って、だれが家に残るんだ？」

朱朝陽は言う。「ぼくと普普が行くから、家に残ってて」

「なんでおれなんだよ。二人ともちっこいのに、万が一あいつが卑怯な手に出たらどうするんだ？　おれはでかくて守ってやれるんだぞ、襲われてもひと暴れぐらいできる」

普普が白い目を向ける。「本気で口封じするつもりなら、耗子が行っても同じだよ。背が高くてもあいつにはかなわないの。孤児院じゃ負け知らずだったからってうぬぼれないで。大人相手じゃ話にならないよ。耗子より頭一つ高いし、それに大人だから力もずっと強いし、もしかしたら武器だって持ってるかもしれない。そんなことよりそもそも——耗子、あんたはばかすぎる。あいつにだまされて、言っちゃいけないことを漏らさないか心配なの」

丁浩はわめきちらす。「普普、おれの妹分じゃなかったらぶちのめしてたぞ！」

朱朝陽がすぐさま笑いながらとりなしに入る。「いいよね、耗子、家に残ってゲームをしててよ。ひとつだけ忘れないで、だれかにノックされたらかならず相手がだれか確かめて、ぼくたちじゃなかったらなにを言われてもドアは開けないこと。いい？」

「わかったわかった、納得はいかねえけどゲームをやってるよ」ゲームと聞いた瞬間、仲間を危険から守る使命感はゲーム熱に押しのけられていた。

31

朝に出棺を、昼に会食を済ませたあとも、午後には仕事を頼んだ各方面への支払いや後始末があった。

この数日、徐静はもはやはたから見てもわかるほど張東昇への敵意を露わにしていて、張東昇の両親はこれ以上徐家にとどまって顔色をうかがうのが嫌だからと、予定より早い列車の切符を取って、夜遅くに地元に帰っていった。両親を見送って張東昇が家に戻ると、徐静が一人でいた。歩き寄って相手の肩に手を伸ばそうとしたとたん、徐静は警戒を露わにソファから飛びあがって後じさった。「触らないで！」

張東昇(ジャンドンション)の手は空中で止まり、その姿勢が一、二秒続いたあと、手を下ろすとうなだれてため息をついた。静かな声で言う。「すまない。お義父(とう)さんとお義母(かあ)さんのことを守れなかった。ほんとうに申しわけない」

徐静(シュージン)はそれに冷え冷えとした目を向け、じっと見つめたあと一言漏らした。「つぎはどうするつもりなの？」

張東昇(ジャンドンション)はぽかんとした表情を浮かべる。「どうするつもり、だって？」

「つぎはなにをするの！」

眉をひそめて首を振る。「なにを言っているかわからないな」

こちらから離れたソファに徐静(シュージン)は歩いていき、へたりこむように腰を下ろす。うつろな目がすぐまえの空中を見つめていた。「離婚しましょう」

「離婚？」張東昇(ジャンドンション)はゆっくりと腰を下ろし、煙草を取り出して火を点け、深く吸いこんだ。「お義父さんとお義母さんが逝ったばかりで、離婚したいって？」

「離婚しましょう。新しい家は使っていいから。それで不満なら、あといくら欲しいか言って。どうしてもこのままでいるのは無理なの」

苦笑いを浮かべながら首を振る。「徐静(シュージン)、ぼくたちはいつからこうなりだしたんだろうね？　ぼくときみは金のために結婚したのかい？　はじめてきみと知りあったときは、金持ちの生まれだなんて知らなかったし、きみだって貧乏学生のぼくになにも言わなかった。どうしていま、こんなことになったんだ？」

徐静(シュージン)はなにも言わない。

しきりにため息をつく。「そうだろうな、生活はすこしずつ人を変えていくものだから。甲斐性なしだと責めてくれ、浙大の数学科を出たのに、外国に留学して、企業の幹部になって、毎日大口の取引や事業の展開の話をするほかの卒業生のようにはなれなかった。ぼくは――毎日生徒相手に幼稚な高校の数学の話をしてるだけだ。それにぼくは農村生まれの貧乏学生で、親も金なんて持ってない。きみは煙草公社勤めで、きみのうちは家を五ヵ所に持ってる。そもそもぼくたちが結婚したのが間違いだったんだよ、現実の身分の差がありすぎた、ぼくが無邪気すぎたのさ」

徐静(シュージン)は両手で顔を覆い、さめざめと泣きはじめる。

「泣かないで。泣いてるきみを見たら、ぼくまでつらくなる」ため息をつく。「そうだね、それできみの心が晴れるならなんだってかまわない。きみは去年から離婚を考えてたのに、ぼくはずっとお義父さんたちに口添えを頼んでいたから、なおさら反感を買ってたんだろう。いまは二人とも逝ってしまって、しかも事故はぼくの責任だ、きみに顔向けできないのはわかってる。いいよ、離婚に同意しよう。不動産はいらない。ぼくはきみが思うような人間じゃないんだ、自分で学校の近くに家を借りるよ。もし許してくれるなら、一つだけ条件がある――ぼくの両親のために、県（市よりも小規模な行政区画）の中心部に家を買ってくれないかな。大きくなくていい、住めればいいんだ、あの人たちにはもうすこしだけいい暮らしをしてほしいんだよ」

徐静は涙で喉をつまらせ、充血した目を上げて張東昇を見つめる。

うつむいて煙草を吸っている張東昇は、苦笑を浮かべ、唐突に言った。「きみと出会ったことは、後悔していないよ」

「その……ごめんなさい」苦しげにその一言を口にした。

「ごめんなんて言わないで。きみは永遠にぼくのお姫さまだよ」

「あの……」徐静は逡巡して言った。「あの新しい家はやっぱりあなたに使ってもらう――県の中心に家を買うお金も出す」

その瞬間、張東昇はかすかに目を細くし、うつむいて煙草の火を消し、乾いた笑い声を上げながら、そこまで離婚したいのか、とつぶやいた。唇を引きむすび、顔を上げる。

「両親が死んだばっかりでいま離婚したら、親戚にあれこれ言われるぞ。何ヵ月か経ってからにしないか？」

徐静は考えこみ、うなずいたあと、口ごもりながら言った。「わ……わたし、引っ越したい」

「どうして？」

「べつに」

「最後の何カ月か、いっしょに暮らすのも嫌なのかい？」

徐静はうつむいたまま答えない。

張東昇は苦笑した。「これが別居っていうやつかな？」

それでも徐静は答えない。

ため息をついた。「わかった、いつ出ていきたいんだ？」

「きょ……今日から」

張東昇は虚をつかれて、しばらく言葉を失ったあと、深く息をついた。「きみは出ていかなくていいよ、そもそもきみの家なんだ。出ていくのはぼくのほうさ。こうしようか、あとでぼくは荷物をまとめて、例の新しい家に移って何カ月か住む。離婚したら、べつに借りた家にまた引っ越すよ、これでどうかな？」

「その……ごめんなさい」

腕を広げ、立ちあがって、徐静のそばに歩いていき肩を軽く叩いた。徐静は神経質にびくりと立ちあがり、後じさった。

張東昇(ジャンドンション)ははっとして、当惑したように言う。「そんなにぼくが怖いのか？」

「ち……違うの、わたし……気分が落ちつかなくて」

「すまない、きみのことを守れなくて」ため息をつき、部屋に戻って服や日用品をまとめながら考えた——徐静(シュージン)は早く片づけないといけない。両親を殺したのが自分だと疑っているのは明白だった。

32

約束では、今日があの男に電話する日だった。

家の電話を使ってはいけないのは当然、朱朝陽(ジューチャオヤン)の家を出て近くの商店には公衆電話があったが、そこにも行かなかった。店の主人とは知りあいだったから、万が一あの殺人犯が電話の場所を売店まで突きとめたとき、こちらの家のおおまかな場所を店主が教えてしまうと危ない。

そう考えて、普普(プープー)とバスに乗って、バスターミナルの近くにある売店まできた。そこには電話があって、店主も顔見知りではない。電話をかけると、受話器から殺人犯の声が聞こえた。「もしもし？」

「ぼくたちだけど」朱朝陽（ジューチャオヤン）は切り出す。

「やあ、どうも」相手は一昨日とは別人のようで、口ぶりには陽気さが感じられ、こちらの声を聞けて喜んでいるかのようだった。

朱朝陽（ジューチャオヤン）は内心かすかに警戒しながら、おずおずと訊いた。「今日はどこで会うの？」

「もしよければ、うちに来てもらって話そう」

警戒を強める。「なんで家に行くの。外じゃだめってこと？」

相手は声を低めた。「なあぼく、わかると思うけれど、これだけの札束になると人目につくんだ。だれかに目をつけられるわけにはいかないだろう？　明日になったら、おたがい知らない同士、こういう話もなかったことに——そうだろう？」

朱朝陽（ジューチャオヤン）は受話器を手で覆い、普普（プープー）の耳元で、声を抑えて相手の話を伝える。普普（プープー）はすこし考えて言った。「朝陽（チャオヤン）お兄ちゃんはどう思う？」

小声で答える。「例のものは持ってないから、だまくらかされる心配はないし、耗子（ハオズー）は家にいる」

「うん。じゃあ、言うとおりにしよう」

受話器を持ちなおして言う。「もしもし、おじさん、聞いてる？」

「聞いてるよ。お三方はどんな結論になったのかな？」

「さっきの話をのむよ」

「そうか、じゃあ例のものを持ってきてくれ。来るときはだれにも知られないように、いいね？」

「もちろんだよ」

「そうか、タクシーで来なさい。うちは盛世豪庭（ションシーアパートメント）の五号館一号棟三〇一号室だ、住所は覚えたかい？」

朱朝陽（ジューチャオヤン）の記憶力はすぐれていて、一度心のなかで繰りかえすともう忘れることはなかった。

電話を切ると、朱朝陽（ジューチャオヤン）と普普（プープー）は店を出て、乗り場の近くの通行人に盛世豪庭の場所を聞いて、交通費を確かめたあと、バスに乗った。

ほどなく、盛世豪庭の敷地のまえにリュックを背負った朱朝陽（ジューチャオヤン）と普普（プープー）の姿があった。リュックはもちろん金を入れるためだ。二人は建物を眺めまわす。不動産のことは知らないが、建物の外観を見てもきっと金持ちが住む場所だということはわかった。

門を入ると、五号館一号棟はすぐに見つかった。建物の入口にはオートロックのパネルがあって、高級マンションに入るのがはじめての朱朝陽と普普はしばらくドアのあたりをしげしげ眺め、だめでもともとと思いながらおそるおそる三、〇、一とボタンを押した。しばらくベルが鳴ったあと、相手の声が聞こえてきた。「ロックは開いたよ。上がってきなさい」

ドアを開けて、おずおずと足を踏みいれる。普普がそっと服をつかんできて、朱朝陽は抑えた声で話しかけた。「大丈夫、怖がらなくていい。相談したとおりにやろう」

「うん」普普はうなずいて、澄ました表情に戻った。

三階に上がったかと思うと、ドアが開き、張東昇が笑顔を浮かべながら優しげに声をかけてきた。「いらっしゃい」その直後、顔にうっすらととまどいが浮かぶ。「なんで二人だけなんだい、もう一人、耗子くんはどうしたんだ？」

朱朝陽が答えた。「外にいるよ。ぼくたちが来たんだからいいよね」

普普が静かに言う。「もしあたしたちが戻ってこなかったら、耗子が警察に通報するよ」

張東昇は虚をつかれて、口をぽかんと開けたが、すぐに笑顔に変わる。「それじゃあ、入りなさい」

部屋に入ったあと張東昇がドアを閉めて、朱朝陽と普普の二人は反射的にどきりとしていた。あの人殺しが背後からしんと冷えた目で自分たちを眺めているのを感じて、どうすればいいかわからずにその場に立ちつくした。

うまい具合に、張東昇（ジャンドンション）がすぐにまえに出てきて声をかけてきた。「靴は脱がなくていい。好きに座ってくれ」

それでようやく気分がほぐれ、家のなかを見回した。部屋の内装は、自分の家の質素さとはなにからなにまで大違いだった。入ってすぐのオープンキッチン付きのダイニングには輝くタイルが敷きつめられ、その奥にはフローリング張りの広いリビングがある。家の広さの基準はわからないが、ひとまずダイニングとリビングだけでも自分の家より広いのはわかった。電化製品もどれも新品でつややかに光っているが、ただなにかが一つ足りないような気がする。

考えてみるとすぐにわかった。この家はきれいすぎる。家具やテーブルの上のどこにも、こまごましたものがほとんど置かれていなくて、玄関の靴箱にも一足の靴しかなかった。

「この家に住んでるの？」

「そうだ」

「でも……なんでだれも住んでなかったみたいに見えるんだろう」

張東昇（ジャンドンション）は黙ったあと、口を開いた。「昨日引っ越してきたばかりなんだ」

朱朝陽（ジューチャオヤン）の胸にうっすらと警戒心が湧きあがってきたが、表には出さなかった。

張東昇（ジャンドンション）はかまわず声をかけてくる。「座りなさい。遠慮しないでいい、座ってゆっくり話そう」

朱朝陽（ジューチャオヤン）と普普（プープー）は、長方形の大きなガラステーブルのまえに腰を下ろした。二段になったテーブルは、上の段が強化ガラスで、ふつうのガラスでできた下の段は小物を置けるようになっている。テーブルには空のコップがいくつかと、飲みかけの大きなジュースのボトルが置いてあったが、それと同時に、雑誌『数理天地』が何冊か積んであるのに朱朝陽（ジューチャオヤン）は目を引かれた。

ジュースを見て普普（プープー）が言う。「喉が渇いたよ」

張東昇（ジャンドンション）が自分の頭をぴしゃりと叩く。「これは失礼したな。炎天下に来てもらったんだから、喉は渇くだろうね。コーラを持ってくるよ」

普普（プープー）はジュースを指さして言った。「大丈夫、これでいいよ」

この人殺しに遠慮することなどない。勝手にボトルに手を伸ばしたところで、張東昇（ジャンドンション）がそれを手に取って言った。「開けてもう何日も経って悪くなってるんだ。コーラを持ってくるよ」

炭酸飲料を飲んではいけないと、高身長の秘策に書いてあったのを思い出して朱朝陽（ジューチャオヤン）

は言った。「ぼくは炭酸は飲まないよ」

張東昇（ジャンドンション）は困ったように眉間にしわを寄せた。「じゃあ水でいいかい？」

「いいよ」

開封されていたジュースのボトルを持っていき、しばらくして、まだ開いていないコーラを持ってくると普普（プープー）に注いでやり、朱朝陽（ジューチャオヤン）には水を持ってきた。

朱朝陽（ジューチャオヤン）はその光景をまじまじと見つめ、黙りこんでいた。

そして、テーブルの向かいに座った張東昇（ジャンドンション）が切り出した。「今日うちに来たのは、家の人も知っているのかな？」

朱朝陽（ジューチャオヤン）が答えた。「安心して。こんな大変な話、だれにも言うわけないから。耗子（ハオズー）しか知らないよ」

「ははっ、ふつうの子供よりもきみたちは頭が回るな。住所も、伝えたらずいぶん早く到着したじゃないか。じつに賢い」張東昇（ジャンドンション）はわざわざ実のないお世辞を口にしていたが、ふと一言漏らした。「今日は……あのカメラは持ってきたのかい？」

朱朝陽（ジューチャオヤン）は首を振った。「ないよ」

「ない？」ここでも張東昇（ジャンドンション）の顔に当惑が浮かぶ。

普普（プープー）が口を開く。「さきにお金を渡して。あたしたちはそれからカメラを渡すから」

朱朝陽(ジューチャオヤン)が続ける。「そう、金がさきでカメラがあとだよ。金が手に入ったら、あんなめんどうなもの、かならず渡すから」

張東昇(ジャンドンシヨン)は苦笑しながらうなずいた。「いいだろう」

朱朝陽(ジューチャオヤン)が言う。「じゃあ、今日金は用意できてる？」

申しわけなさそうな微笑が浮かんだ。「いま金は渡せないんだ」

疑問に思う。「BMWに乗ってて、こんな広い家にも住んでるのに、金がないってどういうこと？」

「ぼくの持ちものじゃないんだよ」

「じゃあだれの？」

「ぜんぶ、ぼくの妻の持ちものなんだ」

普普(プープー)が言う。「奥さんのだったらあんたのに決まってるでしょ、男は一家の主(あるじ)なんだから」

張東昇(ジャンドンシヨン)はかすかにまごついたような表情を浮かべ、すこしうつむいて、咳ばらいをした。「ぼくは入り婿なんだよ、金も財産も自分のものにはならないのさ」

理解できなかった朱朝陽(ジューチャオヤン)が尋ねる。「入り婿って？」

普普(プープー)がばかにしたように口を挟む。「知ってるよ、子供ができても男の名字じゃなくて、女のほうの名字になるの」

「そんなことあるの？」

この会話を耳にした一瞬、張東昇（ジャンドンション）の目に寒々とした光がよぎったが、それもすぐに姿を消し、笑って言った。「そうだ、そういうことなんだよ。妻の家は金持ちでね、家も車も持ってる、でもぼくのものにはならないんだ。だからいま、ぼくからそんな大金は出せない」

冷たい目を向けながら、普普（プープー）が訊いた。「お金がないんだったら、なんで電話でカメラを持ってこいって言ったの？　嘘を言ってカメラを取りあげるつもりだったの？」

言葉に詰まったあと、慌てて答える。「違うに決まってるだろう、きみたちがカメラを持っているのは危険だから、さきにカメラを受けとろうと思ったんだ。ぼくからはひとまず一万を渡して、のこりはもうすこししたら渡すよ」

無表情で答えが返ってくる。「あたしたちが持ってても安全だよ、ほかのだれにも言ったりしないから。あんたが取り引きしてくれなかったらべつだけど」

普普（プープー）は前回と同じくいまもふてぶてしい態度だが、張東昇（ジャンドンション）のほうは今日はいらだった様子を見せずに、和やかに笑うだけだった。「そうか、きみたちにはまったく恐れいったよ。安心してくれ、しばらくしたら金はかならずどうにか工面して渡すから」

普普（プープー）が尋ねる。「いつになるの？」

「ううん……」張東昇（ジャンドンション）は笑う。「一カ月は超えないだろうね、それでどうだい？」

質問が続く。「一カ月したら、なんでお金ができるの？」

両手を広げた。「これでも大人だよ、金を作る方法ぐらいある。そうだろう、お嬢ちゃん？」

普普（プープー）は鼻を鳴らした。「お嬢ちゃんなんて呼ばないで」

張東昇（ジャンドンション）には腹を立てる気配もない。「きみがそう言うんだったら」

朱朝陽（ジューチャオヤン）がなかなか口を開かないのに気づいた普普（プープー）が訊く。「どう思う？　今日は話が決まらないから、もう帰ろうか」

朱朝陽（ジューチャオヤン）は、テーブルに無造作に積んであった『数理天地』の表紙に、高校版と書かれているのを見ていた。「子供が高校生なの？」

張東昇（ジャンドンション）は笑いだす。「見なよ、そんな歳に見えるかい？　子供はいないんだ」

「じゃあなんで『数理天地』の、それも最新号を読んでるの？　あ、わかった。先生なんだ、そうだよね？」

瞳がほんのわずかに縮まる。素性を言いあてられて、認めるしかなかった。「そうだよ」

「数学の先生、それとも物理の先生？」

いやいやながら自分の職を明かす。「数学だよ」

「ぼく、数学がいちばん好きなんだ」

気にもとめない様子で一瞥する。この餓鬼ども、きっと問題児で、学校の成績だってがたがたに決まってるのに、数学が好きだって？　たぶんほかの科目はのこらず赤点で、数学だけカンニングだよりでたまに及第するから好きだと言ってるんだろう。阿呆どもめが。

普普（プープー）が唐突に言った。「先生なのに、なんで人を殺したの」

その問いを境に、部屋は急に沈黙に包まれた。張東昇（ジャンドンション）は口を閉じてなにも答えず、朱朝陽（ジューチャオヤン）のほうも、殺人犯にそんな率直な質問をするのはよくない、と考えていた。張東昇（ジャンドンション）はむっつりとした表情で黙り、両手の指を組んで二人を眺めている。普普（プープー）は平気な顔でその視線を無視し、のんきにコーラを飲んでいる。朱朝陽（ジューチャオヤン）はなんどか咳ばらいをすると、見当はずれのことを言いだして話をそらした。「ぼくは『数理天地』がいちばん好きなんだよ。そのうち数学でわからないことがあったら、教わってもいい？」そう言いながら、積んであった『数理天地』を手にとった。「あっ、『数学月報』も下にあったんだ」強化ガラスごしに、二段になったテーブルの下の段に『数学月報』が積んであるのを見て、手を伸ばして引っぱり出した。

張東昇（ジャンドンション）は止めようとしたが、雑誌はもう朱朝陽（ジューチャオヤン）の手にあったから、咳ばらいをしてみせ笑うしかなかった。「もちろんいいよ、中学の問題だったら解けないものはないからね」

「あっ、高校生のコンテストの問題なのか。でも中学の知識で解けるのもありそうだな」

雑誌をめくっている朱朝陽（ジューチャオヤン）は、普普（プープー）の表情が一変したのに気づいていない。

普普（プープー）はコーラのコップを取って勢いよく飲みながら、朱朝陽（ジューチャオヤン）のことをこっそりとついてきた。視線を上げると、普普（プープー）が気づかれないように目をテーブルに向けているのがわかる。視線をたどった朱朝陽（ジューチャオヤン）はその瞬間、細身で凝ったつくりのナイフがテーブルの下の段に堂々と置かれているのに目を引きよせられた。さっきまでは上に重なっていた『数学月報』の束がナイフを完全に覆いかくしていたのだ。しかもナイフの持ち手がある側は、男に近い場所にあった。

張東昇（ジャンドンション）はこちらの表情に気づいたようだったが、なにも知らぬげなそぶりを続けていた。朱朝陽（ジューチャオヤン）は目にも留まらぬ勢いでテーブルからナイフを取り、普普（プープー）を引っぱって慌ててドアの近くまで下がった。鞘（さや）からナイフを出すと、現れた刃はおそろしく鋭利で、朱朝陽（ジューチャオヤン）は恐怖の目で男を見た。「なんでテーブルにナイフを隠してたんだよ！」

張東昇（ジャンドンション）は急いで立ちあがり、身に覚えがないような調子で話しはじめる。「きみたちは誤解していると思う、それは果物ナイフだよ。この家は去年建ったばかりだけど、妻の伯父がドイツ旅行で買ってきて、家の魔除けにくれたんだ。なんとなくそこに置いてあったんだよ」

普普(プープー)が冷たく言いはなつ。「じゃあなんで今日、わざわざここの新しい家に来させたの？　ここだったら新しくて、だれもそばに住んでないし、だれも見てないから、かんたんにあたしたちを殺せるって思ったんでしょ？」

「そんなはずがないだろう！」張東昇(ジャンドンシヨン)は慌てて弁解する。「考えてみなさい、きみたちは子供とはいえ三人いるのに、ぼくは一人で、間違いなく殺せるなんて保証がどこにあるんだ？　万が一逃げられたら、ぼくはたちまち捕まるじゃないか。金を出してカメラを買ったら、もうきみたちとのつながりはなくなるんだよ、なんで殺人なんて危ない橋を渡らないといけない？　三十万を惜しんでわざわざ三人を殺すなんてとても割に合わない、そのくらいの額なら払えるのに」

「じゃあ、なんで昨日急にここに越してきたの？」

張東昇(ジャンドンシヨン)はため息をつくと座りこみ、苦渋の表情で話しはじめる。「妻が昨日、離婚と別居のことを言い出して、言いあいになった。なんとしてもぼくと暮らしたくないらしいんだ。ここの家は去年建ったばかりでずっと使っていなかったんだよ。今年住みはじめる予定だったけど、そのうち離婚の話が出てきて引っ越しはいままで流れてたんだ。そんなことでもなかったら、こんながらんとした、なにもない新築の家に一人で住むと思うかい？」歯を食いしばり、目はかすかにうるんでいる。

普普(プープー)は半信半疑の目を向けている。朱朝陽(ジューチャオヤン)は手にしたナイフを返すことなく自分のリュックに入れ、とにかく早くここを出ようと考えていた。「いま金がないんだったら、しばらくしてまた連絡するよ。今日はもう出ていくから。つぎは妙なことは考えないでよ」

不服ではあったが、張東昇(ジャンドンシヨン)はあきらめ顔でうなずくしかなく、立ちあがって言った。

「一カ月後には金もかならず用意するよ。そのころに連絡してくれ。いいかい、このことはぜったいほかのだれにも知られるなよ」

「わかってる」

ドアを開けようとした朱朝陽(ジューチャオヤン)を普普(プープー)が引きとめ、小さい声で言った。「朝陽(チャオヤン)お兄ちゃん、今日はお母さんが帰ってくるんだよね、あたしと耗子(ハオズー)はどうするの？」

「それは……」とたんに朱朝陽(ジューチャオヤン)は困ってしまった。耗子(ハオズー)と普普(プープー)をずっと泊めつづけるわけにはいかない。

普普(プープー)が張東昇(ジャンドンシヨン)のほうを向く。「さっき言ってた一万元だけ、さきに渡してもらえない？」

「なんだ……金に困ってるのか？」

「訊いてどうするの」

「無駄遣いされて、万が一周りに気づかれたら困るんだが……」

普普(ブープー)は答える。「無駄遣いはしないよ」

「じゃあなんに使う金なんだ？」

話しても大した問題はないと考えた。「家を借りるの」

張東昇(ジャンドンション)はかすかに眉をひそめ、すぐに探りを入れた。「住むところがないのか？」

「訊いてどうするの」

「家を借りるっていうのは、大人と住むのかい、それともきみたちだけか？」

「安心して、大人と住んだりはしないし、お金を持ってるってだれにも気づかれないようにするから」

「それじゃ、自分の家で過ごさないのはどうしてなんだ？　きみたちは……家出してるのか？」

普普(ブープー)は首を振る。「ちがう」

「だったら……きみたちは家がないのか？」

普普(ブープー)は冷たく返す。「訊いてどうするの」

張東昇（ジャンドンション）の顔に同情の色が表れる。「その歳だったら、勉強もがんばって、ちゃんとした家で過ごすのが当然だろうに」

普普（プープー）は鼻を鳴らして、なにも答えない。

張東昇（ジャンドンション）は微笑を浮かべた。「きみたちは学校に行く歳だ、ぼくからすれば生徒みたいなものだよ、まだそんな歳の子供があてもなく放り出されるなんて見てられない。うちはここのほかにも小さい家を持ってるんだよ、ひととおり片づけをして、午後にはきみたちが住めるようにできるけれど、どうだい？ ほかにも多少生活費を渡せば、ひとまずしばらくの間は落ちつけるんじゃないかな」

普普（プープー）が問いかけるような目を向けてきたが、朱朝陽（ジューチャオヤン）も判断に困り、すこし考えてまた訊いた。「空き家があるっていうのはほんとう？」

「ああ、小さい独身用のアパートで、ちょうど一つ空いてるんだ。ほかはぜんぶ貸していてね、不動産のことはぼくに任されているんだよ」

朱朝陽（ジューチャオヤン）は抑えた声で普普（プープー）に言った。「ぼくはいいと思う」

たちまち張東昇（ジャンドンション）が笑みを浮かべる。「よし、いまからそっちの家を片づけにいこう、今日からきみたちは住めるようになるぞ」

第十一章　父親

33

部屋に入ってきた陳(チェン)検死官は書類を放って渡し、葉軍(イエジュン)に言った。「市公安局の鑑識課が朱晶晶(ジュージンジン)の詳細な検視をしてくれて、さっきファックスが来たが、精液は検出できなかったそうだ。犯人は射精しなかったか、微量の射精だけで、飲みこんだあとは胃でペプシンに分解されて検出できなかったってことになる。口内に残っていた陰毛には皮膚組織と血液が付着していて、解析したらＤＮＡが採取できたよ。でもＤＮＡがあるだけじゃ、なにもないところから容疑者を特定できるわけじゃない」

葉軍(イエジュン)はいらだったように眉を持ちあげ、煙草に火を点けた。「朱晶晶(ジュージンジン)の服から、指紋かなにか手がかりは採取できたのか？」

陳(チェン)は首を振る。「指紋が残る服は革製だとかに限られて、普通の服からはなかなか採取できないんだよ。それに朱晶(ジュージンジン)は転落したあと、あそこの職員や救急隊がおおぜい手で触っているし、あの日はあとから雨まで降ってきて、現場はめちゃくちゃだったんだ」

「つまり、DNAがはっきりしただけで、窓ガラスの指紋に犯人のものがあるかもわからないのか?」

今回の事件では当たるべき関係者が多く、全員についてDNAを照合するのにサンプルを研究室に送るとなるとひどい手間だが、指紋を照合するだけなら負担はぐっと軽くなる。だが困ったことに、現場の窓ガラスから採取できた指紋はとても一組どころでは済まなかった。

陳(チェン)が答える。「そうだ、よりどころにできるのは犯人のDNAがはっきりしたってことだけだ」

葉軍(イエジュン)は考えこむ。「この派出所一ヵ所じゃ、設備も技術も人員も限りがあるし、こんな事件には出くわしたことがないんだ。いままでに似たような事件の解決例はあるか?」

陳(チェン)は目を細くしてしばらく考えこんだ。「たしか十年前くらいに似た事件があった気がするぞ、最終的に犯人逮捕に成功したわけだが……」

「だが、なんだ?」葉軍(イエジュン)はじれていた。

「だが、あのときははるかに専従班の体制に力が入ってたんだ。省の公安庁がじきじきに表に立って、厳良(イエンリアン)が班長を務めた」

「厳良(イエンリアン)？」

「研修で授業を受けたことがあるんだったな？」

葉軍(イエジュン)はうなずく。「そうだよ、省の公安庁で研修があったとき、厳(イエン)講師の授業を受けたんだ。最初は書生くさく見えて、学歴頼りで公安庁に入った手合いで、捜査もきっと机上の空論を振りかざすんだろうと思ったんだよ。あとになって、前線の捜査経験も豊富で、国の公安部の表彰まで受けてると知ったんだ。厳(イエン)講師の犯罪論理学はいい授業だったぞ、間違いなく実用になるんだ、犯罪心理学とかいうはったり、山勘、後知恵とは違ってな。そのうちなにがあったんだか知らないが突然仕事をやめて、浙大で教えるようになったんだ」

「指揮官の厳良(イエンリアン)のほかにも、公安庁は百人以上の人員を用意してね。全員経験豊富で、あらゆる分野の専門家がいて、それでやっと事件は解決したのさ」

煙草の煙を吸いこむ。「どういう事件だったんだ？」

陳(チェン)は記憶をたどる。「あれは、べつべつの家の女児が二人、たてつづけに失踪して、中断していた工事現場のテントで見つかったんだ。二人とも強姦されて、痛めつけられて殺されていたんだが、犯人はコンドームを使って体液を残さなかったし、しかも現場に放火して証拠をきれいさっぱり焼いていたんだ。つぎの日には全国の新聞に載るニュースになって、省はふるえあがって即刻専従班を作って捜査にあたったんだ。専従班は不審なところがある容疑者をあわせて三十人以上引っぱってきたが、厳良（イエンリアン）はそれを一つひとつひっくりかえして、最終的にはどちらの被害者の家にも深い恨みなど持っていなさそうなある一人に目標を定めたんだ。そいつは連れてこられてからもいっこうに口を割らないで、自分は無罪だ、事件のあった夜は一人で家にいて現場に行ったことなんてないと言い張っていた。取り調べにあたっていた刑事まで事件とは無関係じゃないかと思いはじめてたんだが、厳良（イエンリアン）だけは追及の手をゆるめなくてね、そうしていたら、鑑識の専門家の一隊と手を組んだこともあって、最先端の微細証拠の分析技術を使ってそいつの供述を崩し、容疑を固めてみせたんだ」

葉軍（イエジュン）は考えこむ。「今度の事件以上にやっかいそうだな」

「もちろんだ、あのときの犯人は捜査の道筋をつぶすのに長けていて、はじめ専従班は証言も物証も持ってなかったんだ。今回はうまいことに犯人のＤＮＡのサンプルがあるし、窓の指紋にも犯人のものが含まれているはずだろう。だがあのときははるかに力の入った捜査体制だったから、こんなところの派出所とは比べものにならないが」

葉軍（イエジュン）はうなずいて同意する。今回の事件現場は人の出入りが多すぎて、調査の手間も多く、よっぽど運が良くないかぎり、とても数カ月で解決できるものではない。

　この事件はこの地区では大事件だが、さらに範囲を広げるならものの数にも入らないわけで、この事件一つに特例で人員が増やされるわけもなく、市の公安局や分局から応援の技術官の派遣があったとしても、主要な仕事は派出所の刑事隊に任されている。四日間の聞きこみでひとまず確信が持てたのは、当時目撃者はおらず、だれも疑わしい人間を記憶していないということだった。

　現在の捜査の重点は、一階の監視カメラに写った人間たちから疑わしい対象を見つけ出し、逐一調査していくことに集中していた。刑事たちは、犯人は成人の男だろうと予想していたが、もちろんある程度成長した青少年という可能性もある。いまは、未成年の学生が強姦事件を起こすこともときおりあるのだから。

　それと、犯人は一人で出入りしただろうとも考えられている。常識的に見て、わが子を少年宮（シャオニエンゴン）に連れてくる保護者がこの手の卑劣な異常者で、子供の目を盗んで一人六階に上がり、少女を乱暴して殺すとは思えないからだった。結果、一人で監視カメラの視界に現れた成人男性、そして充分に身体が育っている青少年はのこらず重要な捜査対象となり、どうにかして一人ひとりを見つけ出し、ＤＮＡと指紋の照合を進める必要があった。

　どう見ても一朝一夕に完了する仕事ではなく、監視カメラに映る人々の頭に名前と住所が書いてあるわけでもないのが捜査活動を非常に難しくしていた。まずは疑わしい人間が何者で、どこに住んでいるのかを突きとめてからようやく供述を取り、ＤＮＡの採取と指紋の照合に移ることができる。この作業はどれだけ順調に進んでも、数ヵ月の時間と膨大な捜査能力を費やすことになる。派出所の二、三十人ばかりの刑事隊全員が、この事件のために平常の業務を放り出すわけにはいかない。しかも、そもそも監視ヵメラの映像はさほど明瞭でなく、容貌の特徴ははっきりと見わけられない。映っているのが何者かわからない状況で、どう調べろというのか。

もし犯人が市外から出稼ぎに来ていて、すでに逃亡していたらなおさら、どう調べるのか――これが、葉軍（イエジュン）に突きつけられている現実的な問題だった。

そこに、一人の刑事がドアをノックした。「葉（イエ）さん、朱晶晶（ジュージンジン）の父親の朱永平（ジューヨンピン）が来てます、捜査の進展を知りたいと」

葉軍（イエジュン）は追いかえす。「そんなにすぐ成果が出る事件なものか、おまえがなだめてこい、いまは捜査中で、なにかわかったらすぐに家族に知らせると言うんだ」

そう言ったかと思うと眉間にしわを寄せ、部下を呼びとめた。「おい、ちょっと待て」

そして陳（チェン）検死官のほうを向く。「なあ陳（チェン）よ、さっき言ってた十年前の事件だが、最後に捕まった犯人と被害者の家族に因縁はあったのか？」

「ああ、表向きは大した恨みもないように見えたが、ほんとうは積年の憎しみがあったんだよ。なんでも何年もまえに女房がそいつを裏切って、両方の家の男と寝ていたそうでね。犯人はおとなしい性格で、それを知ってもずっと騒ぎたてないでいた。そいつには息子がいたんだが、成長していくにつれてどんどん自分に似ていないような気になって、こっそり親子鑑定に連れていったら、あんのじょう自分の息子じゃなかった。それで積年の恨みが爆発して報復の決意が固まり、注意深く計画を練って、さらってきた二つの家の娘を強姦して惨殺したらしい」

葉軍は考えをめぐらせ言った。「朱晶晶の家はけっこうな金持ちなんだろう？」

「ああ、朱永平は冷凍加工工場を経営していて、規模もそれなりのものだ」

「商売がでかくなれば、恨まれやすくもなるだろう。こういうことはありえると思うか——犯人は異常者とはかぎらない、朱晶晶を乱暴して殺したのは、その両親のほうに恨みがあったというのはどうだ？」

陳は考えこんだあと、うなずいた。「ありえる話だ」

葉軍は急いで戸口にいた刑事に言いつける。「おれから朱永平に話をしにいく。そのときにこっちが握ってる監視カメラの映像を渡して、朱永平と女房には家でひまを見て、知ってる人間が出てこないか見てもらうんだ。もし朱晶晶の殺害に怨恨の要素があったなら、あの夫婦が犯人を見つけてくるはずだ」

34

「さっきのあいつ、ほんとうにあたしたちを殺すつもりだったと思う？」バスの座席に普普(プープー)は朱朝陽(ジューチャオヤン)と並んで座り、周りに気づかれないよう抑えた声で訊いた。

「そうだね」朱朝陽(ジューチャオヤン)はうなずいて、自分たち二人にしか聞こえない声で言う。「もし三人いっしょに行って、カメラも持ってたら、きっとぼくたちを殺してカメラを奪ってた」

「カメラを奪ったらもういいじゃない、なんで殺さないといけないの？」

「なにがあっても人に知られるわけにいかない秘密はあるんだよ、でないと永遠に静かには寝られないんだ。ぼくたちは、あいつが人を殺したのをこの目で見てるんだから」

「でも向こうは一人だけで、あたしたち三人を殺せるとはかぎらないでしょ？」

「ナイフがあるんだよ」気づかないうちにリュックのなかのナイフを手で触っていた。

「あいつはテーブルの下の段にナイフを用意してたんだ。手元に置いて、しかも雑誌で隠すなんて、姑息(こそく)なやつだ」

そして考えたあと続ける。「でももしかすると、ぼくたちをナイフ一本で殺すつもりはなくて、ナイフは備えの手段だったのかも」

普普(プープー)はけげんそうだった。「どういうこと？」

「最初あいつは、毒を盛るつもりだったんじゃないかと思う。ほら、家に入ってすぐ、テーブルにもう開いたジュースが置いてあったよね、飲みたいって言ったらあいつがジュースを持っていって、開けて何日か経って腐ってるから、コーラに替えてくれるって言ってた。でも昨日引っ越してきたばっかりって、あいつは自分で言ったんだよ。家も新築で、だれも住んだことがないって見ればわかるのに、なんで開けて何日も経ったジュースが湧いてくるんだ？　昨日開けたんだったら飲み物は腐ってなくて、そのまま飲んでいいに決まってる。たぶんぼくたちが入っていってすぐ、あいつはこっちが二人しかいないのに気づいて、しかもぼくたちが戻らなかったら耗子(ハオズー)が警察に通報するし、カメラも持ってきてないってはっきり言ったものだから、ぼくたちを殺す気をなくしたんじゃないかな。さっきアパートを見にいったときも、何回も訊いてなかった？　家を見てて時間が延びたら、耗子(ハオズー)が心配するんじゃないかとか。心のなかであいつは、ぼくたちが耗子(ハオズー)と帰りの時間を決めてて、もしそれを過ぎても帰らなかったらすぐに耗子(ハオズー)が通報するんじゃないかって心配してたんだよ」

普普（プープー）が考えながら言う。「それってようするに、あたしたちがカメラを持って三人いっしょに行ってたら、あいつは飲み物に毒を入れてあたしたちを殺して、毒で死ななかったら、ナイフで殺しにかかってたってこと？」

「毒を飲んでも、三人いっせいに同じ時間には死なない。一人の腹が痛みはじめて、まだ効き目が出てないやつが逃げようとしたら、ナイフで殺されるんだ」

普普（プープー）の顔色がかすかに変わり、まえを見つめてゆっくりと言った。「さっき、危なかったんだ」

朱朝陽（ジューチャオヤン）はうなずく。「あいつは最初電話で、金の用意ができたから取り引きをしに来いって言ったけど、ほんとのとこは、金なんてぜんぜん用意してなかったんだ。ぼくたちが三人ともだまされて、カメラを持って交渉に来るんだと予想してたってこと。家に着いたらすぐ、いままでだれも住んでないってわかったし、あいつもあそこは新しい家で、引っ越してきたのは昨日だって正直に言ってただろ。よりによってちょうど昨日、新しい家に引っ越してきたなんて、そんな偶然があると思う？　あいつはそこで人を殺して、それから人知れずこっそり後始末をしようとしてたんだ。あそこは新しい地区で、まだ何軒も越してきてないみたいだったし、実際に人を殺したって、周りに物音を聞きつけられることはない。もう一つ、このまえはじめてぼくたちと会って、カメラをぼくたちが持ってるって知ったとき、あいつは腹を立てて、何回も恐ろしい目つきをして脅かしてきただろ。でも今日は、普普が何度も歯向かってきたのににこにこして、怒る気配なんてどこにもなかった。あれはきっと笑顔の裏に刃を隠してたんだね。大悪党っていうのはそういうものなんだ、心のなかでは憎んでるくせに、表向きは優しいような雰囲気を作ってたんだよ」

説明を聞きおえて、心からの尊敬の目を向けてくる。「朝陽お兄ちゃん、ほんとに賢いんだね。そんな悪だくみまで気づいちゃった」

朱朝陽は居心地悪そうに頭をかく。「そんなことはないよ、ぼくたちは見くびられてたってだけ、あいつが考えるよりもうちょっと賢かったんだ」

「それで、また交渉には行くの？」

「行くよ、今日みたいに人もカメラも残していけば、あいつは手を出してこない。金を受けとってからは人目があるところで会うようにすれば、ぼくらのことはどうにもできないって」

普普はうなずいたあとで、眉をひそめた。「でもあたしと耗子はあいつが用意した家に住むんだよ、危なくないかな？」

自信を持って答える。「いや、ぼくの家がどこにあるかだけ教えなかったら大丈夫。ぼくの居場所も、カメラの隠し場所もわからないんだから、二人になにかするなんて気は起こしようがないよ。だからなにより大事なのは、二人のところにあいつが来ても、ぜったいに策にはまってよけいな話をしないこと。ぼくたち三人の情報は、ほんのすこしも知られちゃいけないよ」

普普（ブーブー）は微笑んでうなずいた。「安心してよ、あたしはぜったい言わないし、帰ったら耗子（ハオズー）にも言ってきかせる。耗子（ハオズー）がよけいなことを言わなかったら大丈夫、あんまりばかじゃないといいけど」

朱 朝陽（ジューチャオヤン）は笑い声を上げた。「でも、今日あいつがぼくたちを殺すつもりだったのは、耗子（ハオズー）には知らせないで。そうしないとあいつの家に住む気にはならないだろうし、もしかしたらあいつにびびって口を滑らすかもしれないだろ」

「うん、わかったよ。耗子（ハオズー）には、あいつはまだ金の準備ができてなくて、とりあえずそれなりの生活費を渡してきたって言う」

朱 朝陽（ジューチャオヤン）はうなずいた。「あいつから生活費をもらったんだから、とりあえず服を買って、そのつぎはおいしいものでも買いなよ、二人もちゃんと自分にごほうびをあげたほうがいい」

感激の目が向けられる。「だったら朝陽（チャオヤン）お兄ちゃんにも服を買わないと。あたしと耗子（ハオズー）で何日も泊めてもらったんだから」

首を振った。「いいよ、新しい服を買ったのを母さんが見たら、どこから出てきた金か怪しまれるし、説明できないから」

「あ、たしかにそうだね」

「それとさっき、二人が住む家に糸が落ちてたから、クローゼットのドアに挟んできたんだ。これからクローゼットを開けるときは、糸を挟みなおしておくのを忘れないで。もし見たとき糸が落ちてたら、あいつがこっそり入ってきて荷物をかき回していったってことだよ。ぼくたちも策を仕掛けてやるんだ」

「お母さんの部屋のドアに毛糸を挟んでたみたいに？」

ぎくりとして普普（プープー）を見たが、相手の目に責めるような雰囲気はなかった。

下を向き、言いよどみながら話す。「ごめん……ぼく、最初は——」

普普（プープー）がさえぎった。「わかってるよ、他人が二人家に入ってきたら、だれだって用心するよ。耗子（ハオズー）はばかで気づいてないし、あたしも言ってない」

「その……」口ごもりながら言った。「ありがとう」

今日も二人は一つまえのバス停で降りて、路地をさんざん遠回りして家に戻った。朱朝陽（ジューチャオヤン）はわざと鍵で扉を開けずにノックしたところ、丁浩（ディンハオ）は期待通りに二人の言いつけを厳守して、警戒した雰囲気で扉の向こうからだれかと尋ねてきた。二人の声を聞いてようやく嬉しそうに扉を開け、待ちかまえていた様子で二人を迎えいれた。

今日のできごとについて二人は相談してあったとおりに説明し、丁浩(ディンハオ)は金が手に入らなかったと聞いてどことなく失望していたが、続いて住む家が見つかり、男から千元の生活費を手に入れたと知るとたちまち喜色満面になった。もともと多くはない荷物を普普(プープー)とともにまとめ、朱朝陽(ジューチャオヤン)に別れを告げて新しい家に向かった。唯一の心残りはパソコンを持っていけなかったことで、丁浩(ディンハオ)はずいぶんと悔しそうだった。

35

その夜、周春紅(ジョウチュンホン)が家に帰ってきて、いくつか料理を作り、朱朝陽(ジューチャオヤン)と二人小さい机を囲んで夕食を食べた。頭上では鉄製の扇風機がのんびり回っている。朱朝陽(ジューチャオヤン)は始めから終わりまでほとんど口を開かず、食べおわるとすぐに言った。「じゃあ母さん、部屋で本を読んでるから」

「待ちなさいよ」呼びとめられる。「なんで今日は元気がないの、ぜんぜん口をきかないじゃない」

「ううん……なんでもないよ、ふつうだって」

いぶかしげに息子を見たあと尋ねる。「あのお友達は帰ったの？」

「うん、今日ね」

「何日間か、楽しく遊べた？」

「楽しかったよ、いろんなところに行ったんだ」

「そう、その……ここ何日かで、お父さんから電話はあった？」

朱朝陽（ジューチャオヤン）はうつむく。「なかったよ」

周春紅（ジョウチュンホン）は低くため息をついた。「時間があったら、おじいちゃんとおばあちゃんに会ってきて。おじいちゃんの中風（ちゅうふう）がひどくなって、今年じゅうにはもうだめらしいの。二人ともよくしてくれたでしょう。あんたがおじいちゃんおばあちゃんに会わないだとか朱永平（ジューヨンピン）が言って、お金を渡してこない口実が増えないようにね」

「うん、じゃあ明日ちょっと行ってくるよ。ぼく、その……行ったらあのアマに出くわすんじゃないかと思って。まえに行ったとき、これからあいつが来るからって言って、ばあちゃんに帰らされたんだ」

周春紅（ジョウチュンホン）はいらだった様子で鼻を鳴らした。「なにがあったってあんたが朱（ジュー）家の孫じゃないの。朱（ジュー）家の孫は、男の跡継ぎはあんた一人で、おじいちゃんが逝ったら棺桶に釘を打つのはあんたなんだから。朱家(ジュー)に行くのにこそこそすることなんかないのに。あのアマのとこは娘だけで、あいつがどうこう言う筋合いなんて金輪際ないの。それにその娘もいまは死んで、これこそばちが当たったってやつじゃないの」

朱朝陽(ジューチャオヤン)はそっと顔をそむけた。「あれから父さん、あのチビのことでかかりきりなの？」

「きっとそうだね」周春紅(ジョウチュンホン)のいらだちがつのる。「あんたの父親はここのとこ毎日、事務所であの女に付きあって娘のことで泣いてるって聞いたよ。あそこのお嬢ちゃんは大したものね、朱永平(ジューヨンピン)と知りあってずいぶん経つけど、涙なんか一滴でも流してるとこ見たことないのに、あのチビが死んだらこの世の終わりみたいに泣くんだから。それ見たことか。あのチビの十分の一でもあんたによくしてくれてたら、ずっといい暮らしができたでしょうに」

朱朝陽(ジューチャオヤン)は小さい声で言う。「じゃあ……これから父さんも、うちにもうすこしお金をくれるはずだね」

「あの男のことだからねえ。こうやって息子がいるんだから、ほかの人だったら愛情を注いだって注ぎきれないだろうに、これだけほったらかしってことがあるんでしょうかね。あの女にだけは勝てなくて、あいつを見ると魂ごと抜かれちゃうんだから、これからどれぐらいお金を渡してくるかも、きっとあいつの顔色をうかがうんでしょうね」

朱朝陽は口を引きむすび、探りを入れてみた。「あのチビ、なんで死んだか母さんは聞いてる？」

「少年宮から落ちたんでしょ、あの日はあんたも少年宮にいたんじゃなかった？」

「ああ……うん、あのときはあいつだって知らなくて、母さんに言われて知ったから。なにがあって落ちたの？」

「なんでも、男に強――」強姦、の二字を言いかけたところで、こんな歳の息子にあまり聞かせる言葉ではないと考えて言いなおした。「大人の男に襲われて、そのあと高いとこから突きおとされて死んだんだってね。派出所が調べてて、今日帰ってきたときにも、下の店の入口に懸賞金のビラが貼ってあったけれど」

「大人の男？」朱朝陽は唖然とした。なによりも恐れていたのは、自分が朱晶晶を突きおとしたという手がかりを警察が見つけだすことだったのに、なんでいつの間にか大人の男なんて話になっているんだろう？　急いで尋ねた。「だれか大人の男を見てたの？」

首を振る。「だれも見てないの、それで捕まってないんだから」

「じゃあなんで大人の男だってわかったのさ」

周春紅はためらったあと、言葉を濁しながら答えた。「人づてに聞いた話だけれど、口のなかに何本か毛があって、警察が分析して大人の男のだとわかったんだって」

すこし考えたら、すぐにどういうことかわかった。朱晶晶の口には耗子の陰毛が残っていた。警察がそう考えるのも納得できる。安堵の息をついた。そういうことになっているなら、毛は耗子のもので、朱晶晶の死について自分に疑いがかかることはない。ただ考えなおしてまた内心不安に襲われた。ぜったいに警察に耗子のことを知られたらいけない――でないと、朱晶晶の口に残った毛が耗子のだと突きとめられた瞬間に耗子は捕まって、すぐ後には自分こそが犯人だと知れわたることになる。どんなことがあっても、耗子と普普にはずっと安定した環境で暮らしてもらわないといけない。

周春紅が言った。「朝陽、これからもう少年宮には行かないでね」

「どうして？」

「いまはあちこちの大人が、子供が少年宮に行くのを止めてるの、あそこには頭のおかしいやつがいるって」

「ぼくは男だから、関係ないって」

すこし考えて答える。「でも一人で人けのないとこには行かないで。いまの世の中はずいぶんごたついてて、いろんな人がいるんだから、わかった？」

「わかったよ、もうこんなに大きいんだからなにも起こらないって」朱朝陽は母親に笑いかけ、安心させた。

36

つぎの日の朝、葉軍が派出所に出勤してまもなく、部下の刑事から報告があった。「葉さん、朱晶晶の母親の王瑶が訪ねてきてます。だれが犯人かわかったから、なんとしても自分の口から伝えたいと」

葉軍は目を細くし、即座に答えた。「いますぐ連れてこい」

ほどなく、両目を血走らせた王瑶が部屋に現れ、葉軍をきつくにらみつけながら抑えた声で、重々しく言った。「葉刑事、かならず犯人を逮捕してください、あいつはぜったいに逃がすわけにいかないんです！」

葉軍はすぐに真剣な顔で返す。「ご安心を、犯人はかならずや捕らえてみせます。犯人がだれかわかったんですね？　何者なんです？」

王瑶は冷たい声で言った。「夫と前妻の息子の、朱朝陽」

「朱朝陽？」その名前を聞いた葉軍はまず、聞きおぼえがあると感じた。思いかえしてみると娘と同じクラスにそんな名前の生徒がいて、いつ見ても学年一位だったが、同一人物かどうかはわからない。刑事たちは、朱永平(ジューヨンピン)の家族の情報についてはおおむね把握していたが、離婚歴があるとはいえもう十数年まえのことで、まえの結婚の詳細は事件とは無関係であり、そこまで詳しくは知らなかった。

葉軍(イエジュン)のパソコンを借りた王瑶(ワンヤオ)はふたたび監視カメラの映像を再生し、頭に入っていた時刻まで映像を飛ばした。

映っているのは少年宮の一階のロビーの入口で、かなりの数の子供たちが駆けまわり、各方向から通りすぎていく。

最初に一人の少女が入ってくる、これが朱晶晶(ジュージンジン)で、そのあとにも何群か小学生らしい子供たちが押しよせ、だいたい一分強経ったところで、男子が一人と女子が一人の中学生らしい子供が現れた。男子のほうがいくらか背は高く、女子は背が低くて、二人が画面を外れてまもなく、ありふれたカーキ色の半袖Tシャツを着た少年が一人で画面に入ってきた。背は高くなく、画面のなかで一、二秒ほど立ちどまり、しばしあたりを見回したあとまた歩き出して、画面の外に姿を消した。

王瑶(ワンヤオ)はその痩せた少年を指さした。「こいつが朱朝陽(ジューチャオヤン)、夫と前妻が作った子供で、こいつがうちの娘を殺した犯人なの！」

葉軍とその部下はとまどって顔を見合わせ、そのあと王瑶に目を向けた。「こいつは何歳なんです？」

「十四歳だけど」

「ええと……それで、こいつが娘さんを殺した犯人だっていうのはどうして？」

王瑶は真剣な面持ちだった。「全員を確かめたけど、知ってるのはこいつだけなの」

葉軍は身体を起こし、咳ばらいをした。「ああ……そのほかには？」

「あいつはあたしと晶晶を恨んでるにちがいない。復讐のために晶晶を殺したの」

王瑶が言うような背景については、みなまで聞かずともおおかたの察しはつく。男が二度結婚して、前妻の子供といまの妻に反目が起き、いまの妻とその子供を憎みだす——それはいくらでもある話だ。父親をよその女に奪われて恨まない子供がいるものか。

犯人がわかったと王瑶が言いだしたことに、はじめ葉軍はかなりの期待を抱いていたが、いまの話を聞くに、ただの主観的な憶測にしか思えなかった。映像に映っている朱朝陽はどこから見てもまだ子供で、警察が当たりをつけている犯人像とは天と地ほどの差があるのだ。失望の色が態度ににじみ出るのは避けられず、眉間にしわを寄せて尋ねる。「あなたたちを恨んでたって話以外に、なにかないんです？」

「これじゃ足りないっていうの？」驚愕したように目を見開く。警察が正義を曲げて、悪者をかばっているとでも考えているようだった。

椅子に身体を沈め、葉軍（イエジュン）はあきらめを漂わせながら言った。「足りないに決まってる。事件の捜査は証拠が頼りなんです、いまの話はただの想像だ」

「これが証拠でしょ？　晶晶（ジンジン）が少年宮に入ってすぐ、一分かそこらでこいつが尾けてきたの」映像をさらに先に進めて続ける。「ほら、晶晶（ジンジン）があんなことになって五分と経たないうちに、少年宮から駆け出してきてる」

葉軍（イエジュン）は言ってきかせる。「娘さんのことがあったあと、すぐに少年宮じゅうに話が伝わって、おおぜいが外に見にいったんですがね。外であれだけの騒ぎが起きてるのに我関せずで建物のなかに残ってたら、それこそ怪しいってもので。反対に、転落のあとこの朱朝陽（ジューチャオヤン）がすぐに建物から駆け出してきたっていうのは、ごくふつうに思えるんですよ」

王瑶（ワンヤオ）は言いつのる。「じゃあそのまえは？　なんで晶晶（ジンジン）が少年宮に入ってきてすぐ、一分しか経ってないのに朱朝陽（ジューチャオヤン）があとから入ってきたの？　さっき見たでしょ、あいつが入ってきたとき、ロビーでしばらく立ちどまって、気味悪くきょろきょろしてたの、晶晶（ジンジン）を探してたに違いないの！　晶晶（ジンジン）が来てすぐにあいつがあとから入ってくるなんて、これも偶然だっていうの？」

葉軍（イエジュン）は一瞬考えこむ。相手の言うことにもそれなりの道理はあるように思えたが、映像で見る朱朝陽（ジューチャオヤン）は背も小さいただの子供で、対して自分たちが探している犯人は朱晶晶（ジュージンジン）に口での行為を迫っている。十四歳の子供がすることとは思えないだろう——

そこに、朱永平（ジューヨンピン）が部屋に飛びこんできて、王瑶（ワンヤオ）を立たせようとした。「なんで一人で押しかけたんだ。もう帰るぞ」

それを振りほどいた王瑶（ワンヤオ）は、声をかぎりにわめく。「認めたくないんでしょ、自分の息子があたしたちの娘を殺した犯人だなんて、ねえ、違うの！」

「なにを言ってるんだ、朝陽（チャオヤン）が犯人なわけないだろ、ほら、帰るぞ」なだめる言葉をかけながら、刑事たちにしきりに謝りつづける。「このたびは申しわけありません、警察同志、妻はいま気分が不安定なんです、ご迷惑をおかけしまして……」

いろいろな事件を経験してきた葉軍（イエジュン）には、被害者の家族の心情もよく理解できた。ほかの警官たちもいっしょになってなだめにかかる。しかし王瑶（ワンヤオ）は、娘を殺した犯人は朱朝陽（ジューチャオヤン）だと決めてかかっているようで、なおも声を張りあげていた。「ぜったいに朱朝陽（ジューチャオヤン）を捕まえてよ、あいつが犯人なんだから！　あんな偶然なんてありえない、よりによってあいつが、晶晶（ジンジン）が少年宮に入って一分後にあとから入っていったの。晶晶（ジンジン）が落ちたら、あいつは駆け出してきた。あいつなの、間違いない！」

あきらめようとする気配はなく、派出所の警官たちはひとまず王瑶（ワンヤオ）たちに、朱朝陽（ジューチャオヤン）のおおまかな情報を、姓名と住所や、朱永平（ジューヨンピン）の前回の結婚がらみのいきさつ、現在の朱朝陽（ジューチャオヤン）の一家との関係も含めて話させることになった。記録を取ったあと、朱朝陽（ジューチャオヤン）について必要な調査を進めると言ってひとしきりなだめ、やっとのことで王瑶（ワンヤオ）を送り出すことができた。

ようやく室内が静かになり、部下の刑事たちは一息つく。一人が首を振って言った。

「あの女、娘が死んだからって旦那と前の妻の子供を疑ってるが、その相手はまだ子供なんだぞ」

葉軍（イエジュン）はかすかに眉をひそめた。「王瑶（ワンヤオ）の疑いにも、いちおうの道理はあると思うがな。見ただろう、朱晶晶（ジュージンジン）が少年宮に入ってきて一分で朱朝陽（ジューチャオヤン）が入ってきて、そのまま立ちどまって周りを見回してた、なにかを探してたようだった」

「でもまだ子供ですよ、あの背だって一メートル五十かそこらにしか見えないし、発育もまだでしょう」

葉軍（イエジュン）は答える。「十三、四歳の男子だったらだいたいはもう性徴も始まって、生殖能力もあるもんだ」

「でもあれは育ちきってない雰囲気ですって。朱晶晶（ジュージンジン）の口にあった陰毛は性徴も完了した陰毛だったのに」警官は戸籍の書類を取りあげた。「たったの十三歳半で、まだ中学も二年生じゃないですか、口でさせるなんて話とつながりようがないでしょう？」

「中学生か……」葉軍（イエジュン）も書類を受けとって目を走らせる。

「葉（イエ）さん、おたくの馳敏（チーミン）もいま中学二年生じゃないですか？」

「そうだ」葉軍（イエジュン）はうなずく。「この朱朝陽（ジューチャオヤン）ってのは、うちの娘と同じクラスのやつだろうな。学年の一斉試験があるたびに、この朱朝陽（ジューチャオヤン）は毎回一位を取ってるんだ。うちのにも見習うように言ってるんだが、いっこうに聞きわけがなくて、あの餓鬼、成績が上がりゃしない」

「ずっと学年で一位？ それだけ成績優秀じゃ、なおさら殺人なんてかかわりがないでしょうね。犯人がわかったって朝に王瑶（ワンヤオ）が言ってきたときはすぐに解決かと思ったけれど、まさかあんな話とはね」警官は不満げにため息をついた。

葉軍（イエジュン）はしばらく考えていた。「とはいえ話は戻るが、朱朝陽（ジューチャオヤン）と朱晶晶（ジュージンジン）が少年宮に入っていった時間は一分かそこらしか違わないんだ。もしかするとほんとうに朱晶晶（ジュージンジン）に会おうとしたのかもしれない、これは調べておく必要があるぞ。犯人でなかったとしても、なにをしに行ったのか聞き出しておくんだ、ひょっとすると新しい手がかりを持ってるかもしれない」

刑事たちは考えをめぐらせたあと、納得した様子でうなずいた。

37

昨日普普（プープー）と丁浩（ディンハオ）が殺人犯のアパートに移ったあと、朱朝陽（ジューチャオヤン）は眠れない一夜を過ごしていた。

殺人犯みずから家を提供して住んでいいと言い出したのは、親切心からとは限らない。しかし昨日の決定もいたしかたないものではあった。

普普（プープー）と丁浩（ディンハオ）、子供二人が家を借りにいくというのは現実味がない。だれも子供に家など貸さないし、もしかすると家出した子供ではないかと疑われて通報されるかもしれない。二人が警察に連れていかれたらきっと孤児院に送りかえされるはずだし、さらに自分が朱（ジュー）晶晶（ジンジン）を殺したという秘密も表沙汰になるかもしれず、そうなったらもうおしまいだ。とはいえずっと自分の家に住ませつづけるのも無理な話で、母親がきっと怪しむだろう。

一晩が過ぎたが、三人とも携帯がないので連絡はできず、普普（プープー）と丁浩（ディンハオ）がいまどうしているかもいっさいわからない。

そうしていると周春紅（ジョウチュンホン）が買い物に出かけて、自分も外に出て二人の様子を探りに行こうと考えていたら、こちらがまだ動かないうちにドアからノックの音が聞こえてきた。ドアのまえに張りついて、のぞき穴から外に目をやった直後、びっくりして頭を引っこめた。外に立っているのは、半袖の制服を着た二人の警官だった。

警察だ。まさか朱晶晶（ジュージンジン）のことで？

朱朝陽（ジューチャオヤン）は恐れで浮足立った。何日か経って朱晶晶（ジュージンジン）の一件は波風も収まったと思っていたのに、突然警察が来るなんて、自分が犯人だと突きとめたのか？

ドアを開ける勇気が出ず、その場で息をひそめていた。心臓は激しく鼓動を打っている。

警察に話を聞かれたら、なんと話そう。

なんとしても、知らないと言い張る以外にない。

「なんで出てこないんだろうな？　住所は合ってるのに」

もう一人の警官が返す。「たぶん出かけてるんだろ、午後にまた来るか？」

「こんなに暑いのに空振りなんてめんどくさいな。でもしょうがないか」

二人が背を向けて立ち去ろうとした後ろで、ドアが開いた。

朱朝陽（ジューチャオヤン）は心の乱れを必死に抑えつけながら、防犯用の鉄柵の扉ごしに二人を見あげた。

「だれに用……ですか？」

「きみが朱朝陽（ジューチャオヤン）か？」三十過ぎの、がっしりした体格で厳しい顔をした警官が近づいてきて、そのまま身分証を出してかざしてみせた。「派出所から来たんだ」

目が合いそうになったのを慌ててそらす。「おまわりさん、その……なんの用事？」

「開けてくれないか、訊きたいことがあるんだよ」

錠に手を持っていったが、そのまま開けはせずに慎重にもう一度訊いた。「なんの用事なの？」

「捜査中の件でね」警官は〝殺人〟の二文字をはっきり口にしては子供をおびえさせてしまうと考えているらしかった。

朱朝陽(ジューチャオヤン)は逡巡しながら二人を見つめていたが、結局は扉を開け、二人を招きいれることになった。

「水はいりますか？　汲んできますよ」二人の視線を避けるように、背を向けて水を汲みに向かう。

「いらないよ、ありがとう」太った警官は朱朝陽(ジューチャオヤン)から視線を離さず、染みついた厳しい口調のまま続けた。「お母さんはいないのか？」

「買い物に行ってます。母さんになにを訊きたいんですか？」

「ああ、べつにいいんだ、きみにすこし確かめたいことがあってね」未成年者に取り調べを行うとなると保護者が同席する必要があるが、今回の目的は状況を整理したいだけで、ほんとうに朱朝陽の仕業だとはみじんも疑っていないのだ。そして続ける。「七月四日、つまり先週の木曜日の朝、少年宮に行ったのは覚えているかな？」

「少年宮……」その瞬間、身体がその場で凍りつき、水を汲んでいた手は宙で止まった。背を向けているので、警官からこちらの表情は見えない。

「覚えているだろう？」

気づかれないように深く息を吸いこんだ。思ったとおりだ、警察はやっぱり少年宮のことを調べに来ている。それなら多少の準備はしていた。

あの日事件が起きてから、いろいろなことを考えた。

いちばんいいのは、もちろん永遠に警察が訪ねてこないことだ。一歩譲って訪ねてきたとしても、なんとしてもかならず否定しきって、朱晶晶を殺したと認めることだけは避けないといけない。いったん認めてしまえば父親がなにもかもを知ることになる。そんなものは死ぬのといっしょだ。もう一歩譲って、全面的に否定したのに結局、朱晶晶を殺したのは自分だと警察が突きとめたときには、その先に未成年者保護法があって刑事責任を負わなくても済む。

だから、警官のまえで嘘をつくのに失敗したとしても、そこまでひどいことにはならない。

警察は怖くない、なぜなら自分は十四歳未満だから。怖いのは人に真実を知られることだけ――父親に真実を知られるのが怖い。

口を引きむすび、答えを返した。「思い出しました、あの日は少年宮に行ってます」

「一人で行ったのか？」

「ぼく……一人でした」二人のほうを向いて、コップを両手に持ち、おずおずと警官たちに水を差し出した。

「ありがとう」警官はコップを受けとったが飲まずに、そばの机に置いた。「それじゃあ、一人で少年宮に行ってなにをしてたんだ？」

「本を読みに行ったんです」

「ほう、ずっと本を？」

「はい」二人に視線を返す。はじめの緊張した表情が、しだいに落ちつきはじめていた。

警官の質問は続く。「少年宮にはよく行くのかな？」

「いつも夏休みは、新華（シンホワ）書店に行くか、少年宮に行って本を読んでます」

警官の目が、狭い部屋の壁にたくさん貼られた賞状に向く。ここに来るまえにも朱（ジュー）朝陽（チャオヤン）が勉強熱心で成績優秀なのは聞いていた。うなずいてまた訊く。「あの日はいつ少年宮を出たんだ？」

「たしか、お昼まえです」

「出ていくまえに、なにかできごとはなかったかな？」

「できごと……」すこしだけ考えて答える。「それって、朱晶晶が落ちて死んだことですか？」

「朱晶晶が転落死したのは知ってるのかな？　落ちるところを見たのか？」

首を振る。「いや、帰ってきてから母の電話で話を聞いて、それで朝あそこで落ちたのが朱晶晶だって知ったんです」

「あの日、少年宮に入ったときに朱晶晶には会わなかったか？」

首を振る。「いいえ、顔がわからないので」

警官はかすかに眉をひそめた。「朱晶晶の顔を知らないって？」

「一、二回しか会ったことがないんです」

「これだけ長い間で、一、二回しか会ってない？」

朱朝陽は目を伏せ、抑えた声で言う。「父さんが会わせてくれなかったんです、向こうは離婚のことも知らないし、父さんにほかの子供がいるってことも知らなかった」

「なるほどね？」警官は複雑なまなざしで朱朝陽を見る。その口ぶりを聞いていると思わず胸が締めつけられたが、顔は形式ばった厳しさを崩さなかった。「少年宮の監視カメラを見たら、あの日きみは朱晶晶（ジュージンジン）を追いかけて入ってきて、あたりを見回していたんだよ。あれはなにをしていたんだ？」

朱朝陽（ジューチャオヤン）はぎょっとする。この年齢で知る世界では、監視カメラという捜査の道筋があることはいっさい意識になかった。太った警官の確信ありげな質問にさらされても、こちらは腹を決めて否定しとおす以外にはなく、そしらぬ顔で答えた。「顔もわからなかったのに、追いかけてなんかないです。あそこに行って本を読んでたら、外で人が落ちたってだれかが言って、外に見にいきました。おおぜいの人が囲んでたからなにも見えなくて、家に帰ってから夜に母さんから電話がかかってきて、朱晶晶（ジュージンジン）が死んだと聞いてやっと朝にあそこで落ちたのが朱晶晶（ジュージンジン）だってわかったんです」

警官たちは顔を見合わせる。とくに矛盾は見あたらなかった。

そして警官は、朱朝陽（ジューチャオヤン）の両腕に視線を向けた。陳（チェン）検死官の話では、朱晶晶（ジュージンジン）の口内に残っていた皮膚組織は生殖器のものではなく、化学成分としては手の皮膚のほうが近いと言っていた。しかしいま見ている朱朝陽（ジューチャオヤン）の両手はきれいなものでひとつとして傷はなく、疑念は薄れていった。そのほかにも当日の状況についていくつか質問が続いたが、結局のところ朱朝陽（ジューチャオヤン）は、少年宮で本を読んでいて、外のできごとはよくわからないとしか言わなかった。

最後に警官たちは、指紋と血液の採取を頼んできた。

疑問に思って訊く。「これはなにをするんですか？」

警官は答えてくれず、捜査の手順として必要だからと言うだけで、朱朝陽（ジューチャオヤン）は従うしかなかった。

聞きこみが終わり、警官たちが家を出ていこうとしたところで、買い物を済ませた周春紅（ジョウチュンホン）が帰ってきた。警官を見てなにがあったのかと訊き、朱朝陽（ジューチャオヤン）に話を聞きに来たのだと知ったとたんわめきはじめた。「あんたたち、朱晶晶（ジュージンジン）が死んだのとうちの朝陽（チャオヤン）のつながりを疑ってるの？」

警官は落ちついた様子で首を振った。「いいえ、お決まりの手続きです、捜査に必要なので」

周春紅（ジョウチュンホン）は考えこみながら答える。「捜査って、なんでうちの子に捜査が関わってくるの？」直後、また声を張りあげだした。「朱永平（ジューヨンピン）に言われて朝陽（チャオヤン）を調べに来たの？　あの畜生が！　自分の娘が死んだからって、実の息子のことまで疑うなんてどういうこと、こんなのが父親でいいの！　これが父親だっていうの！」抑えきれずに泣きわめきはじめた。

捜査の内幕を明かすことになる以上、警官たちは認めるわけにもいかなかったが、否定するわけにもいかなかった。王瑶（ワンヤオ）が疑念を口にしたからこうしてひととおりの聞きこみをしにきたのも確かだからだ。しかたなく適当に相手をなだめ、仕事の決まりだからだとか言ってその場をごまかすとすぐさま二人は立ち去った。

朱朝陽（ジューチャオヤン）はしばらく黙りこくっていたが、そのうち自分の部屋に入ってドアを閉めた。

警官が行ってしまうと、周春紅（ジョウチュンホン）は息子が閉めたドアを見つめた。さっき自分は朱永平（ジューヨンピン）のことを畜生だと罵（ののし）ったが、なにがあろうと朱永平（ジューヨンピン）はこの息子の実の父親なのに。いま息子は胸のなかでなにを考えているのだろう――そう思うとまた胸に後悔がこみあげてきて、涙を拭き、台所に行って料理を始めた。

対して部屋にこもった朱朝陽（ジューチャオヤン）は、母親がさっき言った言葉に胸を痛めることもなく、べつの問題を考えていた――警官からはあの日一人で少年宮に行ったかと訊かれて、そうだと答えたけれど、向こうは疑っている様子はなかった。そのつぎに少年宮の監視カメラの話が出てきたけれど、警察が監視カメラを見ているなら、まさかカメラに普普（プープー）と耗子（ハオズー）は映ってなかったっていうのか？　そうでもなかったら警察は、ぼくらが三人で行ったのを知ってるはずじゃないか？

先週の木曜に起きたことを初めから終わりまで必死で思いおこし、長々と頭を使ってようやく合点がいった。あの日三人は外で朱晶晶（ジュージンジン）を見かけて、痛めつけに行こうと考えた。朱朝陽（ジューチャオヤン）は、朱晶晶（ジュージンジン）に気づかれたらいけないと思って普普（プープー）と耗子（ハオズー）を先に行かせ、自分はあとから付いていった。だから警察が見た映像で、自分は一人で映っていたのだ。周りを見回していたというのは、人ごみのなかにいた二人をうしろから探していたときだ。

となると、いまなにより大事なのは、普普と耗子、二人の友達の存在をぜったいに警察に知られないことだ。今日は二人に会いにいくつもりだったけれど、この調子じゃ無理だろう。二人から会いに来るのも厳禁だ。そうして警察に目を付けられたらなにもかも見ぬかれる。

38

午後、料理用の酒を買いに出た朱朝陽は、階下に下りたところで、そばの棟のまえにある石の腰かけに普普が一人座っているのを目にした。こちらを見つけた普普が駆けよってこようとしたが、朱朝陽は慌てて指を口に当て、しいっ、と動作で伝えたあと、こっそり手招きをして路地のある方向に早足で一人向かった。普普もあとを付いてくる。

路地に入ると、朱朝陽は普普を連れて小走りを始め、細道や路地をいくつも抜けて、最終的に人でにぎわう大通りに出てようやく、街路樹に手を突いて一息入れた。

「なにがあったの？　なんであんなに走ったの？」普普(プープー)は胸をはずませ、顔はすこし赤みがさしている。

脈拍が収まってくると、朱朝陽(ジューチャオヤン)は口を引きむすんで言った。「朝、ぼくのとこに警察が来たんだ」

「警察が来たの？」すこしばかり大きすぎる声だった。

慌てて派手に咳ばらいをして注意してから、普普(プープー)を連れて歩きだし、抑えた声で言った。

「そうだよ、チビアマのことだった」

普普(プープー)は横を歩きながら、こちらも抑えた声で言う。「あいつを突きおとしたのがだれか、警察は知ってるの？」

朱朝陽(ジューチャオヤン)はぼうっと首を振る。「わからない。たぶんまだ知らないんだと思う、でなかったらあの場で連れてかれてたはずだから」

「ああ、確かに。いまはまだ疑ってるだけ？」

「そんなところかな」

考えをめぐらせた普普(プープー)は足を止めて、硬い表情になる。「朝陽(チャオヤン)お兄ちゃん、あたしと耗(ハオ)子(ズー)はぜったい、ぜったいだれにもこの話はしてないよ、あの男だってぜったいに知らない」

朱朝陽(ジューチャオヤン)は口を結んだまま笑顔を作った。「二人が話したんじゃないのはわかってる」

眉間にしわを寄せて訊かれた。「でもあたしたち二人以外、だれもあの場面は見てなかったのに、なんで警察に疑われるの?」

「なんでも、少年宮の一階に監視カメラがあって、チビアマが入っていってすぐにぼくが入ってくるのが映ってたんだってさ。もしかするとクソアマがその映像を見て、ぼくが殺したんじゃないかって疑ったのかも」口をゆがめて、要を得た説明で朝のできごとをおおまかに伝える。

普普(プープー)は一息つく。「危なかったね、いまも怖いと思ってる?」

苦笑を浮かべて首を振ったあと、うなずいてみせた。「警察は怖くないよ、どうせ未成年者保護法が守ってくれるんだから。怖いのは、万が一父さんがこれを知ったら、どうなるかわからないってほう」

「お父さんに知られたらどうなるの?」

「ぼくもわからない。とにかく、それ以上最悪なことはないと思う」

無言でうなずくと、ため息をついた。「そうだね、もし朝陽(チャオヤン)お兄ちゃんがあいつを殺したってお父さんが知ったら、それからはたぶんもっと冷たくなるよ」

朱朝陽(ジューチャオヤン)は鼻を鳴らして、息を吸いこみ、また顔を上げた。「そうだ、さっき下にいたのは――」

言いおわるまえに普普(プープー)が口を挟んだ。「聴いて」

足を止めて、困惑しながら訊く。「聴くって、なにを？」

「この歌」通りの向かいを指さす。

そちらに目をやると、向かいの歩道に物乞いが座っていて、横に置いたスピーカーからは筷子兄弟(チョップスティックス・ブラザーズ)の歌、『父親』が大音量で流れていた。

「この歌、知ってる？」

朱朝陽(ジューチャオヤン)はうなずいた。「知ってるよ、音楽の授業で先生が教えてくれた」

「そうなんだ？」普普(プープー)は同胞にめぐりあったように喜んだ。「あたしのとこの先生も教えてくれたの、あたし、この歌がいちばん好き」音楽につられて、だんだんと鼻歌を歌いだす。「〝むかしと同じように――その温かい手を握りたい――でもあなたはそばにいない――この風が幸せを運びますように〟」

その歌詞を歌っていると、いままでずっと冷ややかに澄ましていた普普(プープー)の目がうるみはじめて、声も喉で詰まりだした。

朱朝陽(ジューチャオヤン)のほうを振り向いて、勢いよく鼻をすすり、涙がこぼれないようにがんばって、懸命に笑顔を浮かべた。「この曲を聴くたびに、あたし……いつも、ちょっと……そういう……」

朱朝陽は優しく笑いかけ、いっしょに小さく歌った。「〝ぼくはあなたの誇りですか——まだ心配してますか——気にかけてくれた子供は大きくなりました……〟」

普普が目を輝かせて見ていた。「じゃあ……朝陽お兄ちゃんは、お父さんの誇りだと思う？」

朱朝陽は言葉に詰まり、その顔が翳ったが、すぐに笑い声を上げた。「きっと違うね。でもあの人の誇りはもういなくなったから、これからはぼくになるかも」

それを見ながら、普普は心をこめてうなずいた。「そうだよ、これからはきっと、朝陽お兄ちゃんがお父さんの誇りだよ」

「ありがとう」朱朝陽は笑って続けた。「それは、これから警察がぼくを捕まえるかどうかに懸かってるな」

「どうなると思う？」

悩ましげに首を振る。「どうだろう、あの場はほかのだれにも見られてなかったけど、ぼくは警察に嘘をついて、あの日は一人で少年宮に行ったって話したんだ。あのとき、ロビーに入るのに二人をさきに行かせて、ぼくは一人であとから付いていったのがうまく働いた。カメラに映ったときはぼく一人で、あと二人いることは警察も知らないんだ。でも、もしいつか、ぼくが二人といっしょに入ったのが警察に知られたら、なにもかもばれることになる」

普普（プープー）は自信ありげに答えた。「朝陽（チャオヤン）お兄ちゃん、安心してよ、あたしと耗子（ハオズー）は北京に送りかえされたって、仲間を売ったりしないから」

朱朝陽（ジューチャオヤン）は首を振る。「むだだよ、ぼくたち子供に警察はだませない――三人で動いてたって向こうに知られたら、調べがつくのは時間の問題だよ。だからいまなにより大事なのは、ぼくに二人の友達がいるのを警察から隠すこと、だから二人にはなんとか方法を考えて、うまいぐあいに腰を落ちつけてもらう必要があるけど、これはぜんぶ、あの男から金を引っぱってこれるかに懸かってる。それと、しばらくぼくのところには来ないで。もっと安全な会いかたを考えて、ほかのやつらに気づかれないようにしないと」

「うん……どうするの？」

考えをめぐらせる。「こうしよう、ぼくは毎日一時か二時くらいに新華書店に行って、五時ぐらいまで過ごす。もし用があったら、本屋に探しに来てよ」

普普（プープー）はうなずいた。「いい方法だね」

朱朝陽（ジューチャオヤン）は続ける。「それといちばん心配なのは、今日来た警察に指紋と血を採られたことなんだ」

普普（プープー）はけげんそうだった。「それでなにするの？」

「テレビだと犯罪が起きたら、警察は指紋を採るよね。あのとき指紋を残してたか、ぼくもよくわからない」

しばし考えたあと、普普（プープー）は首を振った。「いや、あのときはチビアマを突き落としただけだよ、せいぜい服にしか触れてないのに、指紋なんて残るわけない」

朱朝陽（ジューチャオヤン）はうつむく。「服に指紋が残るのかもわからないんだ」

「じゃあ、血はなんに使うの？」

「たぶん血のなかのデオキシリボ核酸を抽出するんだよ」

「デオキシリボ核酸って？」

「生物の授業で教わったDNAってやつ、人の身体のいろんな組織には、皮膚もそうだけど、どこにでも遺伝情報が入ってるんだよ。でも、何回も思い出してみたけど、チビアマに引っかかれてなんかないのに、警察はなんでぼくのDNAを採ってったんだろ？」

普普（プープー）は目を細くしてしばらく考えていたが、急に目を見開いた。

朱朝陽（ジューチャオヤン）はけげんに思う。「どうしたんだ？」

ゆっくりと話しだす。「たしかになにも残ってない、けど……耗子（ハオズー）のが残ってる。耗子（ハオズー）はチビアマに手を咬まれて、血まで出てたんだよ」

その瞬間、朱朝陽（ジューチャオヤン）も目を見開いて大きく息を吸いこんだ。「だったらなおさら、耗子（ハオズー）が見つかっちゃいけない。うん、なんとしても、ぜったいに都合のいい場所を見つけて長いこと腰を落ちつけてもらわないと。十八歳になれば自分たちだけで社会を渡っていけるけど、ぜったいに警察に連れていかれるわけにはいかない。希望はぜんぶあの男に懸かってるんだ、かならずこの脅迫を成功させるしかない。それにかならず自信があるように見せないと——ぼくたちにも警察に知られたくないことがあって、あいつをほんとうに突き出すのは無理だっていうのはぜったいに知られちゃいけないんだ」

「そうだね、耗子（ハオズー）に言ってるの、こっちに弱みがあるってほんのすこしでもにおわせて、あいつに見ぬかれちゃだめって」

朱朝陽（ジューチャオヤン）はうなずいて、話をもとに戻した。「そうだ、今日はなんでうちの下にいたの？」

普普（プープー）は急に眉をひそめ、抑えた声で言う。「今日あいつが、あたしと耗子（ハオズー）が出かけてたあいだに家を引っかきまわしていったんじゃないかと思うんだ」

わずかに目元が吊りあがる。「なんでわかったんだ？」

「クローゼットのドアの糸」

「糸が落ちてたってこと？」

「ちがう、糸は落ちてなかった。でも場所が違った。糸を挟んだとこははっきり覚えてたの、ペンキのしみがあるとこで、なのにあとで見たら糸はしみの一センチ上にあった」

「二人とも、出かけたの？」

「そうだよ。朝にあいつが来て、おこづかいを何百元かと、ケンタッキーの券を何枚かくれて、通りのななめ向かいにケンタッキーがあるからお昼に行けばって言われたの。明日もまた用があって来るらしいよ。あれこれ策を練ってあたしたちの家族のことを訊いてきたり、探りを入れてきたりしたけど、ぜんぶ見破ってやった。結局、なにか必要だったら教えてくれって言って出ていくしかなくなったの。昼に耗子（ハオズー）とケンタッキーに行って帰ってきたら、糸の場所が一センチ動いてるのに気づいて、なかのものはあさられた感じでもなかったから耗子（ハオズー）に訊いたけど、クローゼットは開けてないって言われて。それで怪しいと思って、相談しにきたんだよ。今日はおばさんがいるのは知ってて、階上（うえ）には上がれないから、下で待ってればそのうち出てこないかなと思ったら、二時間経ってた」

朱朝陽（ジューチャオヤン）は後ろめたそうな顔になる。「そんなに待たせちゃったんだ、ごめん」

「悪くないって、あたしがいるって知らなかったんだもん。思うんだけど、あいつはきっとカメラを探しに来てたんだよ、いつかほんとに金を出して買ってくれるのか、それともまたべつの悪知恵を働かせてくるのか、どっちだろうね」

朱朝陽（ジューチャオヤン）は眉間に深くしわを寄せて、ひとしきり考えこんだ。「あいつはものすっごく用心深いんだろうな。考えてもみて、あいつは荷物をあさっていったのに、どれも元のままで手を触れた気配を残してないし、挟んであった糸にまで気づいて、しかも元のとおりに挟んでいってるんだよ、気づかれたのは、ほんのちょっと場所がずれてたってだけだった」

「うん……これからどうすればいいかな？」

「平然としてればいいと思うよ、なにも起こってないふりをして、静かに出方をうかがうんだ。そっちにカメラはないんだし、ぼくはべつのところに住んでるんだから、手を出す気には百パーセントならないって。そのうち手詰まりになって、金で安全を買うしかなくなるから」

「うん、朝陽（チャオヤン）お兄ちゃん、ほんとにすごいね。言うとおりにするから」

「うん、約束だよ。ぼくは急いで帰らないと、母さんに酒を買ってこいって言われてるんだ。そっちも早く帰るといいよ」

「ちょっと葉（イエ）さん、朱朝陽（ジューチャオヤン）の指紋と血液のDNAを採取してきて、さっき研究所から結果が来たんですが、DNAは違ったし、窓ガラスの指紋にも朱朝陽（ジューチャオヤン）のはなかったですよ。そもそもありえない話だったんです」太った警官は、法医学者が発行した二通の証明書をテーブルに放り投げ、口をゆがめた。「あの子は背が低くて、葉（イエ）さんの娘さんのほうがまだ高いんですよ、見たら口のひげだってまだ生えてなくて、せいぜい発育が始まったところです。犯人なんてぜったいにありえません」

葉軍（イエジュン）は証明書に目を走らせ、煙草の灰を落とす。「話を聞いたときの様子はどうだった？」

「ちょっと緊張してましたが、子供ですからね、警官二人が殺人事件の捜査でやってきたら、それも当然です。でも礼儀のよくわかった子でしたよ、おれたちが行ったら自分から水を汲みに行ったんだ。壁にはそこらじゅうに賞状が貼ってあって、さすが学校で一番だと思いましたね」

「なるほどな」うつむいて考えをめぐらす。「だったら、あの日少年宮に入っていったとき、朱晶晶（ジュージンジン）のすぐあとだったのは、ただの偶然だったのか？」

警官は自信を持って答える。「王瑤（ワンヤオ）って女が疑りぶかいだけに見えますよ。信じてもらえないでしょうが、朱朝陽（ジューチャオヤン）の家は狭くるしくて、見たところせいぜい五、六十平米の年季の入った家で、なかも小汚いんです。ちょっとでも上等な家具か家電でもないものかって思うんですが、エアコンも付いていなくて、今年の夏はずいぶん暑いのに、この陽気で扇風機でしのいでるんですよ。父親の朱永平（ジューヨンピン）は何千万と持ってるお偉いさんにちがいないのに、こんなこと信じられますか？」

葉軍（イエジュン）は冷たく鼻を鳴らした。「朱永平（ジューヨンピン）と女房はべつべつに高級な車を持ってて、一台でも家が買えるっていうのに、息子の家がそんなざまとはひどいもんだな」

警官はうなずく。「あとで工場のほうにも行って、知った顔がいたんで話を聞いてみたら、王瑶（ワンヤオ）が朱永平（ジューヨンピン）の財布のひもを握ってて、しかも前妻の子供に金をやるのも禁止してるそうで。まえにもこっそり金をやってたのがばれて、何回もけんかになってるんです。朱朝陽（ジューチャオヤン）の母親は景勝地区でもぎりをやってて、稼げてせいぜい月に千元かそこらです。朝、おれたちが朱朝陽（ジューチャオヤン）に話を聞いたってわかったらひとしきり相手をさせられましてね、息子に疑いをかけるなんて朱永平（ジューヨンピン）は人じゃないと騒いでました」

うつむいて考えこんでいた葉軍（イエジュン）は、思案しながら話しだした。「ということはだな、ううん……指紋とDNAが一致しないのは忘れるとしよう、同じ朱永平（ジューヨンピン）の子供ながら朱朝陽（ジューチャオヤン）と朱晶晶（ジュージンジン）はまったく反対の暮らしをしていた――朱朝陽（ジューチャオヤン）には朱晶晶（ジュージンジン）を殺す動機があるんだ。理屈で考えて、朱朝陽はいまの朱永平の女房と娘をひどく恨んでるはずだ、うん……そのあたりの不良に頼んでこれをやらせたってことはないか？」

警官は首を振る。「ありえません、学校ではおとなしくて、勉強にだけ打ちこんでるそうで、いままで暴れん坊たちとの付きあいもないんです。しかも、朱晶晶とは会ったことがないに等しいんですよ」

「朱晶晶と会っていない？」葉軍はぎょっとした。朱晶晶とは腹違いの妹なのは確かなのだ。

警官はうなずく。「朝に朱永平にも会ってきましたが、娘が死んだのを女房が受けとめきれなくて、あてずっぽうで息子を疑ってるんだと言ってましたよ。いままで息子とはこそこそ人目に付かないように会っていて、朱朝陽と朱晶晶が顔を合わせたのは先週が初めて、確かに面識がないんです。工場の人間から聞いた話だと先週、あの女房が娘を連れて出かけて、それで朱永平は息子を事務所に遊びに来させてたらしいんですが、そしたら女房と娘が早く帰ってきて、ばったり顔を合わせたそうで。朱永平は仲間の甥だと言って、息子だとは言わなかったと聞きましたよ」

「どうしてなんだ？」

「あの夫婦はずっと娘に嘘をついていて、朱永平が離婚したことも、前妻と子供がいることも言ってないんです。はたから見てもなにを考えてるんだかわかりませんが、とにかくずっと娘のほうをかわいがって、息子のほうはめったにかまわないそうで、こんな父親がどこにいますかね？」

葉軍（イエジュン）はため息をつく。「そういう父親は朱永平（ジューヨンピン）が最初じゃないし、最後でもないさ。頭がどうかしてて、離婚したらまえの妻の家とはすっぱり付きあいが切れるやつも山ほどいるし、ひどいのになるとまえに作った子供にも知らんふりをする。こっそり金をやってたんなら、そういう輩と比べたらまだしも気が回るほうだよ。まったく、世のなかにそういうばかたれがいて、苦労するのは子供のほうだ。朱朝陽（ジューチャオヤン）も気の毒だな」

「そうでしょうとも、なのに朱晶晶（ジュージンジン）が死んだら疑いをかけられるなんて、父親のことをどう思ってるでしょうね？　親が離婚した子供は悪い道に走るのが多くて、うちの派出所で捕まえたちんぴらも、親が離婚してかまってもらえなかったやつばっかりです。朱朝陽（ジューチャオヤン）みたいにがんばりやで、学校で一番を取る子供なんて、探しても出てきませんね。朝、あの子と母親の顔を見てたら、なんというか、行ったのを後悔しましたね」

葉軍（イエジュン）は軽くうなずく。はじめ朱朝陽（ジューチャオヤン）に向けていたわずかばかりの疑いはすっかり雲散霧消して、心からの同情に姿を変えていた。

第十二章　失望

40

次の日の夕方、朱朝陽（ジューチャオヤン）が部屋の床で横になって本を読んでいると、突然階下から激しく言いあらそう声が聞こえてきて、周春紅（ジョウチュンホン）の怒りに満ちたわめき声がそれに続いた。

母親のわめき声を聞きつけた朱朝陽（ジューチャオヤン）はすぐに身体を起こし、Ｔシャツを着て慌てて階段を駆けおりた。

一階に下りてすぐ、前方に目を吊りあげた王瑶（ワンヤオ）がいるのが目に入り、向こうも同時にこちらに視線を向ける。

「ああっ！　あんた！」王瑶（ワンヤオ）は一目でこちらに気づき、指を突きつけてずかずかと向かってきた。

「ち、違う、ぼくじゃない」相手のヒステリックで、たがが外れてしまった様子を目にした朱朝陽(ジューチャオヤン)は本能的に恐れを感じて、すぐにはまともな言葉を発せず、内心のおびえを思わず露わにしながら数歩後じさった。

その表情をあまさず王瑤(ワンヤオ)も見届けていて、ますます娘を殺したのはこの相手だと確信し、首を振りながら涙声でどなりちらした。「この畜生、あんたが晶晶(ジンジン)を殺したんだ、この畜生が、殺してやる！」

死にもの狂いで突進してくる姿を見て、朱朝陽(ジューチャオヤン)は階段を駆けあがって逃げようとする。王瑤(ワンヤオ)は迷わず全力をこめて携帯を投げつけ、勢いのついたそれは頬に命中し、朱朝陽(ジューチャオヤン)は痛みに声を上げた。

それと同時に、周春紅(ジョウチュンホン)が買ってきたばかりの豚肉で王瑤(ワンヤオ)の顔になぐりかかり、その勢いでしゃにむに張り手を食らわせながらわめいた。「このクソアマ、よくもうちの息子に手を出したね、ここでぶちのめしてやる！」

周りの人々が慌てて仲裁に入るが、二人の女は互いの髪を必死につかみあって離れようとしない。とはいえ娘を失った悲嘆でたがの外れた王瑤(ワンヤオ)は馬鹿力が出て、必死で頭を振って相手の手から逃れ、すかさず両手で周春紅(ジョウチュンホン)の頭に思いきりなぐりかかった。周春(ジョウチュン)紅(ホン)はずんぐりした身体つきで、体力はこちらのほうがありそうだったが、背は王瑤(ワンヤオ)が頭半分ほど高く、手あたりしだいに反撃しても身長の不利が災いして勝負にならず、とめどなく殴りつづけられることになった。周りの人々は止めようにも止められない。

母親が屈辱を受けているのを目にした朱朝陽（ジューチャオヤン）は、ついいままでの弱腰をすっかり放りだして、おたけびを上げながら向かっていって王瑶（ワンヤオ）の髪をつかみ、全力で引っぱった。ハイヒールを履いた王瑶（ワンヤオ）の足がめちゃくちゃに蹴りつけてくるが、痛みにもかまわず猛然とやりかえす。

そうしているうちようやく、周りの人々が三人をがっちりと押さえこんだ。顔に真っ赤な爪の痕をいく筋も付けた朱朝陽（ジューチャオヤン）は怒りに目をむき、目頭が張り裂けでもしそうだった。髪を振りみだした王瑶（ワンヤオ）の顔にもいく筋か引っかき傷が残っている。いちばんひどいありさまなのは周春紅（ジョウチュンホン）で、額にはこぶができ、皮が剝（む）けたところからは鮮血が流れ出していた。

母親の姿を目にした朱朝陽（ジューチャオヤン）が、怒り狂いながらわめきたてる。「母さん、痛くない？　クソアマ、このクソアマが！　ぶっ飛ばしてやる！」

周りはそれを押さえこみながら落ちつくように言うが、朱朝陽（ジューチャオヤン）のほうも耳に入っていない様子で、足でめちゃくちゃに宙を蹴りつけている。王瑶（ワンヤオ）はせせら笑いながら朱朝陽（ジューチャオヤン）をにらみつけた。「来なさい、ねえ、来てみなさいよ、この畜生が、きっと殺す、かならず殺してやるから、ほら来なさい！　来なさいよ！　うちの娘を殺したっていうのに、警察は捕まえてくれないんだからね？　かならず殺してやる！　見てなさい、どんな死にざまにしてやろうか！」

朱朝陽も口でやりかえす。「あのチビアマは死んだんだろ？　死んでよかった、ずいぶん遅かったよ！　この淫売、なんでまだこの世にいるんだ！　毎日何千何万と相手して、男と寝て食ってるあばずれ！」

三人は体面もはばからずわめきちらし、いまにも互いになぐりかかりそうで、周りが必死に止めていなければ、もっとすさまじいけんかになっていただろう。そのとき、猛スピードでやってきたベンツが止まり、朱永平がドアを開けて駆け降りてくると、王瑶を引きずって人の輪の外に連れ出した。「行くぞ、帰るんだ、外で騒ぎを起こすんじゃない、笑いものになるぞ！」

王瑶はそれを全力で振りほどく。「笑いもの？　笑うのはだれ？　どこのどいつがうちの娘が死んだのを笑うの！　あんたの息子があたしの娘を殺したの、知ってる？　なんで警察は捕まえないの、なんであいつの仕業じゃないって言うの？　警察に金を渡したんでしょ、自分の息子を守りたいんでしょ？」

「警察からなんべんも聞いただろうに、朱朝陽は関係ないんだ！」

王瑶は首を振り、なにかにとりつかれたような笑みを浮かべた。「この畜生が関係ない？　教えてあげる、この畜生が晶晶を殺したんだから！　さっきのこの畜生の顔、見た？　こいつが少年宮まで晶晶を尾けていって、なにをしたと思う？　こいつはあたしを殴ったの、こんなに殴ってきたんだから——あんたも殴りなさいよ、ほら殴って！　ぐうっ……あたしが殴ってやる……」

　王瑶の髪をなでる朱永平の顔には、自分でも気づかぬうちにいとおしむような色が浮かんでいる。振り向いて息子と周春紅に目を向けたが、なにも口にすることはなく、王瑶の腕をつかんで引きずっていこうとする。

　朱朝陽は声を張りあげた。「父さん！　こいつがさきに殴ってきたんだ、このあばずれがぼくと母さんを殴ってきたんだ、母さんは殴られて血も出てるんだよ！」

　その瞬間、朱永平がこちらを向き、怒りに顔を青くしてどなった。「あばずれって言ったか？　この人があばずれなら、おれはなんになるんだ？」

　たちまち朱朝陽はその場で動きを止め、父親を見つめながら一言も返せなかった。顔に血をだらだらと流している周春紅が、金切り声を上げて泣きわめきだす。「朱永平、それでも人なの？　このあばずれはあんたの息子を殴って、人を殺したって濡れ衣を着せてるのに、それでもそいつを守って、しかも息子に毒づくなんて、それでも人なの！」

　居合わせた隣人たちもこの光景を見て思わず非難の言葉をこぼしはじめ、朱永平も、いま息子に毒づいたことに後悔を覚えて、周春紅になじられるままに黙りこんでいた。

そこに二台のパトカーがやってきて停まった。すこしまえ、言い争いが始まったときに近くの住民が一一〇番して、派出所で報告を受けた葉軍（イエジュン）は、王瑶（ワンヤオ）が朱朝陽（ジューチャオヤン）の家に押しかけて騒いでいると聞いてすぐさま、みずから仲裁に向かうと決めたのだった。現場に駆けつけてからは王瑶（ワンヤオ）をなだめてはみたが、あきれたことに王瑶（ワンヤオ）はそんなことには関わりなく、また朱朝陽（ジューチャオヤン）に指を突きつけて悪態を浴びせだした。

今日、息子が踏んだり蹴ったりの目に遭うのを目の当たりにしていた周春紅（ジョウチュンホン）はもうこらえきれなくなった。押さえつけていた隣人を全力で振りほどくと王瑶（ワンヤオ）に飛びかかって蹴りつけ、顔を張りとばそうとしたところに、突然朱永平（ジューヨンピン）がそれを引きはがし、顔に平手を振るった。

高く澄んだ、ぱん、という音が響きわたった。

その瞬間、朱朝陽（ジューチャオヤン）はその場に凍りついた。周りがひどく静かに感じる。おそろしいほどに静かで、ほんのわずかな物音すらも聞こえなかった。その口がゆっくりと動き、自分の耳にしか聞こえない声を漏らした。「父さん……」

警官たちが慌てて動き、一同をまた全力で押さえこむ。葉軍（イエジュン）は朱永平（ジューヨンピン）の腕をつかんで、パトカーのところまで引っぱっていき、鼻先に指を突きつけてなじった。「息子のまえでその母親を殴るなんて、それでも人か？　おい、聞いてるんだ、あんたはそれでも人か？

そんな父親がどこにいる？　乗れ、派出所に連れていくぞ！」

朱永平（ジューヨンピン）は口を固く結んで黙りこくり、うながされるままにパトカーに乗りこんだ。

それから葉軍（イエジュン）は騒ぎの現場に戻り、弱い者に同情する見物人の話をあれこれ聞くと、今回の一悶着のいきさつが頭のなかで像を結んでいた。見物人たちの義憤まじりの話を聞くに、さっきの朱永平（ジューヨンピン）は妻をかばうばかりで、さきに手を出したのはその妻のほう、自分の子供が殴られたというのに、反対に息子を責めていたということだった。

沈鬱な顔の葉軍（イエジュン）はパトカーに座った朱永平（ジューヨンピン）を眺め、それからうつろな眼で立ちつくしている朱朝陽（ジューチャオヤン）に目を向けて、深々とため息をついた。振りかえると王瑶（ワンヤオ）を嫌悪の目でにらみつけ、反抗を許さない口ぶりで大声を浴びせた。「おれたちははっきり言っただろう」それから見物人に視線を向けて、居合わせた隣人たちのまえで朱朝陽（ジューチャオヤン）の潔白を説明しようと考えた。「朱朝陽（ジューチャオヤン）のことはもう調べてあるんだ、娘さんが死んだ日は、たまたま少年宮に本を読みに行っただけ。休みの時期にしょっちゅう少年宮に行ってるのは、おおぜいが証言してくれる。うちの娘も、まえに少年宮に本を読みに行ったときしょっちゅう朱朝陽（ジューチャオヤン）と出くわしてたんだ、娘さんが死んだことに朱朝陽（ジューチャオヤン）はこれっぽっちも関わってない！　これ以上そんな屁理屈を並べるようだったら、こっちはあんたを牢屋に入れるしかなくなる」

王瑤（ワンヤオ）はばかにしたようにせせら笑う。「牢屋ね、入れてみなさいよ、なんてことないから」朱朝陽（ジューチャオヤン）に指を向ける。「気をつけてなさい、かならず大人数を呼んできてひねりつぶしてやるから！」

これを聞いた見物人たちは、たちまち義憤に駆られて痛罵を浴びせはじめた。

葉軍（イエジュン）は王瑤（ワンヤオ）の髪をつかむと、鼻先に指を突きつけてどなりつけた。「てめえ、なにを言ってやがる！　一人でも呼んでみろ。おれたち警察は空気かなんかだと思ってるのか？　あんたのとこの朱永平（ジューヨンピン）がなんだ、ただの工場主野郎が、しょぼい力なんぞ振りかざしやがって！　忠告しとくがな、いまは女だから遠慮してるが、そうでなかったら、今日いままで子供を脅してたあんたのことは半殺しにしてたぞ！　いまここで一つ言っておくぞ、もしそのうち朱朝陽（ジューチャオヤン）の毛の一本でも傷つけたら、すぐにあんたをぶちのめすからな！　こっちに来い！」

葉軍（イエジュン）は地元では〝鉄の軍（ジュン）親分〟と呼ばれ、ちんぴらたちをしょっぴいたことは数知れず、軍隊にいたことがあって気性は荒く、捕まったちんぴらはのこらずさんざんな目に遭わされるのだった。そうした連中は出てきたあと、裏ではあの野郎の手をぶった切ってやると騒ぐが、実際に葉軍（イエジュン）と出くわすとネズミのように縮こまって、生意気な言葉一つかますこともできない。とはいえ、葉軍（イエジュン）のふるまいは一般市民相手にはいつでも優しく、町でも有名な名刑事だった。

いまその啖呵(たんか)を聞いた見物人たちは、そろって拍手し喝采した。

それから葉軍(イエジュン)は周春紅(ジョウチュンホン)に話しかけ、できたら派出所に行って今晩じゅうに調停したほうがいい、そうすれば息子のほうもおびえず、これ以上ひどいことにならないから、と話した。――とにかく心配はいりませんよ、この葉軍(イエジュン)が話をまとめます。朱朝陽(ジューチャオヤン)はまだ子供だ、これは大人の話だから今日は派出所まで来なくていい、おとなしく家で待ってゆっくり休みなさい。周春紅(ジョウチュンホン)はうなずいて髪をなでつけ、息子のところに歩いていったが、朱朝陽(ジューチャオヤン)はまだ呆(ほう)けたような表情で、驚いて何度か呼びかけるとようやく我に返り、心配そうに母親の怪我の具合を聞いてきた。周春紅(ジョウチュンホン)はいたわりの言葉をかけ、家に戻ってなにか作って食べなさい、子供は派出所に行かなくていいから、と言うと、朱朝陽(ジューチャオヤン)は素直に返事をした。

パトカーに周春紅(ジョウチュンホン)も乗りこむと、葉軍(イエジュン)は見物人たちに声をかけて立ち去らせたあと、朱朝陽(ジューチャオヤン)の肩に腕を回してすみに連れていった。抑えた声でいろいろといたわりの言葉をかけ、心配いらない、王瑶(ワンヤオ)がほんとに人を呼んで手出しすることはないからと言って、自分の携帯の番号を教え、なにかあったらいつでも相談していいと話した。

パトカーが出発していったあと、朱朝陽(ジューチャオヤン)はゆっくりと向きなおり、空を仰いで息を吸いこんだ。いまの気分は意外なほどに落ちついていた。考えているのはいまの悶着ではなく、周春紅（ジョウチュンホン）の怪我のことでもなく、じんじんと痛む自分の顔のことでもない。ふいに未成年者保護法のことを思い出し、そしてふいに殺人という考えが浮かんだ。

最初に朱晶晶（ジュージンジン）を死なせたときはもとから意図していたことではなかったが、いまは、心から人を殺したいと思っていた。口を引きむすび、家に向かって足を動かしはじめたが、数歩進んだところで視界のすみに小さく見知った人影が映った。顔を上げると、離れた花壇のそばに一人立つ普普（プープー）が、心配そうにこちらを見ているのに気づいた。

かすかにうなずいて返し、口のはじにどうにか笑みを作った。

普普（プープー）の口が、明日、また、と動いた。

朱朝陽（ジューチャオヤン）はうなずき、憂慮の視線を向けられながら、家に戻るためまた歩きだした。

41

つぎの日の午後、朱朝陽（ジューチャオヤン）は約束どおり新華書店にやってきた。さきに来ていた普普（プープー）は児童文学の棚のまえに座って本を読んでいて、熱中するあまり、すぐまえに立ってもしばらく気づかなかった。

「なにを読んでるの？」朱朝陽（ジューチャオヤン）は身体をかがめて、表紙をのぞきこんだ。

普普（プープー）は表紙を見せてくれる。『クラバート』、すっごくおもしろいドイツのおとぎ話でね、主人公は親が二人ともいなくて、水車場にやってきてそこの見習い職人になるの。師匠は見習いに魔法を教えてくれるんだけど、でも一年に一回、師匠は見習いを一人殺していけにえにするんだ。結局、主人公は殺されるのがいやで、師匠を殺しちゃうの」

「よさそうな話だね」

「読んでみてよ、ほんとに面白いから」

「わかった」朱朝陽（ジューチャオヤン）は笑い、棚から『クラバート』を一冊取って、並んで腰を下ろし読みはじめた。

普普（プープー）が何度か視線を向けてきて、心配そうに訊いてきた。「おばさんはどうなったの？」

朱朝陽（ジューチャオヤン）は口を引きむすび、苦笑した。「父さんが派出所で治療費を千元払ってきて、それでおしまいだよ」

「それでおしまい？　あのクソアマは牢屋に入ったの？」

あきらめたように首を振る。「ただのけんかなんかじゃ捕まらないよ。母さんの話だと、警察はあいつにひととおり説教しただけで、娘が死んだばっかりで気持ちはわかるとか、今度同じことがあったらそのときは牢屋に入れるとか言ってたらしい。でもあいつはおかまいなしで好き勝手言って、派出所でも母さんに憎まれ口をたたいてたのに、父さんはずっとあいつの味方してたって。しかもあいつ、父さんにこれからぼくに連絡しないようにって約束させて、父さんはそれをのんだんだよ——ふうう、母さん、頭に血が上って死にそうだったって」

普普(プープー)は目を見開く。「お父さんのそれ、どういうこと?」

冷たく鼻を鳴らした。「あの人はもう、ぼくの父さんじゃないんだ」

普普(プープー)はため息をつき、うなずいてみせて、口を引きむすんだ。

朱朝陽(ジューチャオヤン)は苦笑いをしながら尋ねた。「そうだ、昨日の夕方はなんでうちのまえにいたの? あそこじゃ会わないようにって言ったのに、なにかあったの?」

「昨日の午後、本屋に行ったら朝陽(チャオヤン)お兄ちゃんはもう帰っちゃってて、でも家の下で待ってたら出てくるんじゃないかと思ったら、ちょうどあれに出くわしたの。昨日の午後、あいつがあたしたちのところに来てね、何週間か出張に行くから、おとなしく待ってあんまり外で遊びまわるなっていうのと、ほかの人にカメラのことを話さないようにって言われたんだ。出張から帰ってきたらたぶん金が手に入るからって言って、またすこしお金をくれたんだけど、いったいなにをたくらんでるんだろうね？」

「何週間か出張だって？」朱朝陽(ジューチャオヤン)はかすかに目を細くして思案する。「カメラみたいな重大なことをほったらかして、出張なんかに何週間も行くなんて、だったら……もっと大事な用事があるって以外ないんじゃないかな？　あいつ、ぼくの素性とか、どこに住んでるかは知らないよね？」

普普(プープー)は確信を持って答える。「あたしたちはよけいなこと言ってないから、ぜったいに知らないよ」

「じゃあ、あいつにとってカメラより大事なことってなんだろう？」頭をかく。結局なにも思いつかず、しばらくするとあきらめて言った。「ひょっとすると、ほんとに仕事の出張なのかもしれないな。どっちにしろカメラはぼくのとこにあるし、ぼくの素性も、家の場所も知られてないんだから、あいつもぜったいに軽々しく動くことはないよ。二人は安心して暮らしてて。きっと安全だから、怖がることないよ」

普普(プープー)はうなずいた。「そう言ってくれたら、あたしも耗子(ハオズー)も安心だね。そういえば、あいつのずる賢いとこを見つけたんだ」

「なにがずる賢いんだ？」

「耗子(ハオズー)がゲームが好きだって知って、古いパソコンを持ってきてくれたの。耗子(ハオズー)は舞いあがっちゃって、あいつのこと、張(ジャン)おじさん、なんて気安く呼んでるよ」

朱朝陽(ジューチャオヤン)は心配になる。「耗子(ハオズー)がほんのちょっとの施(ほどこ)しで丸めこまれて、口を滑らせたら怖いな」

「あたしも何回も言ってるよ、そのぐらいのけじめはあるから安心しろって、よけいなことは話さないって言ってた」

朱朝陽(ジューチャオヤン)はうなずく。「とりあえず耗子(ハオズー)にしっかりにらみを効かせて、あいつの正体を見とおすように言っておいて」

42

あの男が出張に出てからの生活は、なにもかも平穏に思えた。

あれから警察が朱朝陽(ジューチャオヤン)を訪ねてくることはなく、あの女が人に頼んで手出ししてくることもなかったが、朱永平(ジューヨンピン)からは一度の電話もかかってこない。朱朝陽(ジューチャオヤン)もますます日々の口数が少なくなり、それを目にする周春紅(ジョウチュンホン)は折にふれこっそり涙をぬぐっていたが、その姿を目に留めた朱朝陽(ジューチャオヤン)から毎度、反対になぐさめられていた。

毎日、昼食を済ませるといつも、習慣どおりに新華書店に本を読みにいき、毎日普普(プープー)と顔を合わせた。二人は本を読み、会話を交わした。耗子(ハオズー)は毎日パソコンに向かっていると聞いたが、とくに気に留めることはない。朱朝陽(ジューチャオヤン)はいつも参考書を読んで、普普(プープー)はいつも読み物を読んで、こんな夏休みが続くのもいいものだと朱朝陽(ジューチャオヤン)は思った。未来のことも、朱晶晶(ジュージンジン)を殺してしまったことも、父親が息子の自分を気にかけてくれるのかも、普普(プープー)と耗子(ハオズー)の行く末も、カメラの扱いも、授業が始まってからの面倒ごとも、いまは頭から放り出して忘れていた。

この中学二年生の夏休みは、いままでいちばん悩みの多い夏休みなのと同時に、いちばん楽しい時を過ごしている夏休みでもあった。普普(プープー)が友達になってからはいままでにない愉快さと温かさを感じていて、もう一人ぼっちではないというのはいい気分だった。

その半月後のある晩、朱朝陽(ジューチャオヤン)は家で一人麵をすすりながら、テレビを見ていた。テレビでは〈寧(ニン)市ニュース〉が流れている。寧市市内の大小さまざまな事件を、大きいものは事故や殺人、小さいものはけんか沙汰まで取材してまとめる番組だ。

画面に映っているのは、今日起きた交通事故の話題だった。

「今朝八時ごろのラッシュの時間帯、新華路(シンホワ)で赤色のBMW車が突然車線を外れ、道路脇の緑化帯に衝突して、多数の車が巻きこまれる事故となりました。本局の記者が駆けつけると、すでに警察によって現場は封鎖されており、事故を引き起こした車を運転していた女性は死亡しているとのことでした。その後の交通警察の調査結果によると、車に乗っていた若い女性が運転中に突然死したため、車輛は車線を外れたものと……」映像では、赤のＢＭＷが緑化帯に乗りあげていて、車はひどく損傷しているようには見えなかったが、ニュースの内容によれば運転手は事故によって死んだのではなく、突然死が事故の原因になったという。

画面は変わり、病院の光景に移った。

「情報では、運転していた女性は半月ほどまえ、観光に行った先で両親が事故に遭い死亡していたことがわかっています。親しい人物によると、女性は心痛のあまりこの半月ほどつねに精神が不安定で、アルコールと睡眠薬に頼らなければ眠れなかったとのことで、長期間の精神的ショック状態が突然死の原因になったとも考えられます。女性の夫はすこしまえから離れた場所に出張中でしたが、朝に悲報を受け、悲嘆に暮れた様子で駆けつけていました。どうか気を強く持って乗りこえてほしいと……」

そのあとには記者とキャスターが長々とはげましの言葉を並べていたが、朱朝陽(ジューチャオヤン)はとうていそんなものに耳を傾けている場合ではなかった。目を見開き、じっと映像に見入っている。画面に映った、数人に支えられ、顔いちめんに涙を流し、悲嘆に暮れている男こそ、自分たちの交渉相手だったからだ。

こんどは妻を殺したのか？　朱朝陽は急に悪寒を覚えた。なるほど、出張と言い出したからにはもっと重要なことがあるはずだったが、重要なことというのはつぎの殺人だったのだ。テレビの記者は、彼女の精神的な不安定に加えて最近のアルコールと睡眠薬が影響して突然死を招いたと言っていたが、朱朝陽はみじんも信用していなかった。あの男の仕業にちがいないとわかっていた。

あいつがまた殺人に及んだ。でも、離れた場所に出張中だったと記者は言っていたが、どうやって妻を殺したのだろう。それにその妻は、なにごともなく車を運転している途中で突然死したらしい。突きとめておく必要がある——でないと、あいつが自分たちにも同じ手を使ってきたらどうする？

43

つぎの日の昼、食事を済ませるとすぐ朱朝陽は新華書店に急ぎ、普普がやってくるのを待った。しかし普普は来ず、かわりに丁浩が現れた。朱朝陽の姿を見ると、なれなれしく首に腕を回してくる。「へへっ、朝陽(チャオヤン)、何週間も会ってなかったな」

鼻で笑って返す。「一日じゅうパソコンに向かってるんじゃないの？」

丁浩(ディンハオ)はにまにまと笑いながら口をゆがめ、肩を組んだまま二人で地面に腰を下ろした。

「おれはちゃんとけじめをつけるぞ。いつ遊んで、いつ真面目な話をするかはばっちりわかってるって。たぶん普普(プープー)が悪いことを吹きこんだんだろ」

あきらめの気分で返す。「わかったよ、でも外に出ないで家でゲームをやってるのもよかったんだ」

「なんでだ？」丁浩(ディンハオ)が不思議そうに聞いてくる。

朱朝陽(ジューチャオヤン)の頭にはもちろん、朱晶晶(ジュージンジン)の死体から警察が見つけたのは丁浩(ディンハオ)につながる証拠なのだから、どう考えても丁浩(ディンハオ)という人間の存在を警察に気づかせるわけにはいかない——と浮かんでいるのだが、丁浩(ディンハオ)をおびえさせないために、そのことは自分からも普普(プープー)からも伝えていない。そこで慌てて話題を変えた。「今日はなんで来たんだ、普普(プープー)はどうした？」

「ああ……あいつな……」丁浩(ディンハオ)は楽しそうに笑い、急に声を抑えて話しだした。「なんで今日おれが来たか考えてみろよ。ぜったい当たらないぞ。で、それなんだけどな」咳ばらいをして、いやにかしこまった口調で言う。「普普(プープー)から今日、一つ頼まれてることがあるんだ」

朱朝陽（ジューチャオヤン）はいぶかしむ。「なんなんだ？」

「ええとな……普普（プープー）は……おまえのことが好きなんだ」そう口にすると、笑いを奥に秘めたような表情になってこちらを見てくる。

「ごほっ……それ……それって普普（プープー）から、ぼくが好きだって伝えるように言われたってこと？」

丁浩（ディンハオ）はうなずいたが、すぐに首を振った。「そうだし、違う。そのまま伝えろって言われてたんじゃないんだよな、あいつはおまえが好きだから、おまえの気持ちをおれが探って、あいつのことをどう思ってるのか確かめろって言うんだ」

朱朝陽（ジューチャオヤン）はあきれて言う。「それで探ってるつもり？　もうはっきり言っちゃっただろ」

「あれ、そうか？」丁浩（ディンハオ）の顔にばつの悪さが浮かぶ。「探りの入れかたがちょびっとわかりやすかったんだろうな。あっ、でも一個大事なことだけど、普普（プープー）には言うなよ、あいつがおまえのこと好きなのを、おれがはっきり言ったって」

朱朝陽（ジューチャオヤン）はしばらく黙りこんだ。「嘘じゃないよね？」

「なんでおれが嘘をつくんだよ、はっきり言ってみろよ、普普（プープー）の彼氏になりたいのか？」

丁浩（ディンハオ）の質問はひどく直截（ちょくせつ）だった。

「彼氏になる？」その瞬間、朱朝陽（ジューチャオヤン）は頭が動きを止めたのを感じた。今日は普普（プープー）と会って、あの男がまた人を殺した件について話すつもりだったのに、飛び出してきたのは普普（プープー）が自分を好きだなんて話だ。

普普（プープー）に好感を持っていないと言ったら、もちろん嘘になる。普普（プープー）は愛くるしい見た目で、お人形さんみたいで、とてもかわいい。朱朝陽（ジューチャオヤン）はまだ性徴が始まったばかりだが、女子を好きになるかどうかはそのあとから付いてくるものでもない。学校でも、ほかの女子をひそかに好きになったことはあったけれど、背が低い自分はずっといじけてばかりで、だれに対しても口に出したことはなかった。女子が好きになるのはいつも背が高くてかっこいい男子で、自分は相手にされない。

「言えよ、普普（プープー）を好きか嫌いか、どっちだ？」

「ぼくは……」すぐにはどう答えればいいか思いつかず、苦しまぎれに質問で返した。

「じゃあ耗子（ハオズー）は、普普（プープー）のことは好きなのか？」

「おれ？」丁浩（ディンハオ）はばかにしたような表情を浮かべる。「あいつはおれの妹分だぞ、好きになるわけあるか？　笑わせるなよ」

「でもほんとに長いこといっしょにいて、いろんなことを経験してるのは確かだろ」

丁浩(ディンハオ)は笑いながら首を振る。「あいつのことは妹としか思ってねえよ、それにな……ごほん」まるでとてつもない秘密を打ちあけるかのように、声を低くする。「あのな……おれは好きなやつがいるんだ」

「えっ？　だれだよ？」

丁浩(ディンハオ)は半袖をまくりあげて、左の二の腕の内側を見せてくる。そこにはぼやけた刺青(いれずみ)があった。「字が見えるか？」

黒くにじんだ刺青に目をこらした。「人の、王？」

「〝全〟だって」がっかりしたように口をゆがめる。

「〝全〟って、どういう意味？」朱朝陽(ジューチャオヤン)は困惑している。

丁浩(ディンハオ)は小声で話す。「まえの家の近くの子で、小っちゃいときから知ってて、李(リー)全全(チュエンチュエン)っていうんだけどさ、おれが孤児院に行っても、ずっと手紙を書いてくれてたんだよ。だからおれ、万年筆に青いインクを付けて、腕に〝全〟って彫ったんだ。こうやって孤児院から逃げ出してきたから、おれはまえの家のとこに戻って、あの子がいまどんなふうになってるかも確かめたかったけど、見つかるのも怖いんだよな。ふう、いま手紙を書いてくれてても受けとれないな、もう何年か待たないと。これはおまえにだけ言うんだからな、秘密にしとけよ、普普(プープー)にも言っちゃだめだぞ、笑われるかもしれない」

朱朝陽（ジューチャオヤン）はうなずいて、また尋ねた。「耗子（ハオズー）はその子のことが好きで、その子も好きでいてくれてるの?」

丁浩（ディンハオ）は力なく首を振る。「わからない。手紙でも言ってなかったし、おれも言い出せなくてさ。数えたら去年から手紙が来てないんだよな、もしかしたら……好きなやつができたのかもな」ふいにその目つきが暗くなるが、つぎの瞬間にはまた笑っていた。「いいだろ、この話はやめて、言えよ、普普（プープー）のことは好きなのか好きじゃないのか、どっちなんだ?」

恥ずかしがってうつむく。「普普（プープー）は……なんでぼくのことを好きになったんだろ?」

「あいつは賢いやつが好きなんだよ、おまえはだれよりも賢いって言ってた。もういいだろ、こんな話はいいから、答えてくれればいいんだって、あいつのことは好きなのか? 帰ったら報告しといてやるから」

「その……なんて言えばいいかな」朱朝陽（ジューチャオヤン）の顔は真っ赤になっている。

丁浩（ディンハオ）は大笑いした。「普普（プープー）だったら文句なしだぞ、ものもよくわかってるし、見た目もきれいで、大きくなったらきっと美人になるからな。あいつ、だれが相手でもつんけんしてるし、おれにだって遠慮なしだろ。おまえにだけだよ、まともな口をきくのは――あいつ、おまえには弱いみたいだな。たしかに最近おれは家から出てないけど、考えてみりゃわかるんだ、おまえと話をするときはきっとあいつ、優しいだろ?」

「それは……そうかもね」

「だったらいいだろ、簡単な話だって。はっきり教えてくれよ、あいつのことが好きなのかどうかさ。おれ相手に隠しごとなんかなしだろ、兄弟だぜ、なに言ったっておれはおまえの意見の味方をするぞ」

「ぼくは……」うつむいて口ごもる。「そういうことでも……いいかなと思う、でもさ……ぼくのことをほんとに好きじゃないかもしれないし、向こうがどう思ってるかも、ぼくにはわからないし……」

丁浩(ディンハオ)は口を押さえて笑い、肩を叩いてくる。「いいぜ、言いたいことはわかった、そのうち祝いの酒が飲めるな。じゃあな、おれは帰るよ」

立ちあがって去ろうとする。きっと早く帰ってゲームがしたいんだろう。慌てて呼びとめた。「そうだ、あの男は戻ってきた?」

「いや、出張は何週間かあって、戻ってきたらすぐにおれたちのところに来るって言ってたけど」

「ああ……そう、わかったよ、じゃあね」男がまた人を殺したことは伏せておいた。まぬけの丁浩(ディンハオ)と相談しても無駄で、明日普普(プープー)が来たら話すことにしようと思ったからだ。

今日、丁浩の話を聞いたせいで、胸のなかにぽかぽかしたものが生まれ、反芻して、消化する必要があった。女子が自分を好きになるなんて、そんなことがあるのか？

44

丁浩が行ってしまっても、朱朝陽はしばらく本屋で時間を過ごした。それでも、普普が横にいない今日はどこか居心地が悪くしか感じず、ひどくつまらない気分になって、考えていたより早く帰ることになった。

バスを降りてすこし歩き、家が目前になったところで、突然背後から名前を呼ばれた。

「朱朝陽」

なにげなく振り向くと、いきなりなにかがいっぱいに入ったプラスチックの洗面器が飛んでくるのが視界に入り、反射的に避けて肩に当たっただけで済んだが、その直後、自分が頭から爪先までみごとに糞尿まみれになっていることに気づいた。

わけがわからず数秒間固まり、我に返ったときには、二人の若い男が道端に停まっていたバンに大急ぎで駆けていき、すぐさま車はアクセル全開で走り出した。花壇から石を拾いあげて慌ててあとを追ったが、バンにはあっという間に引きはなされ、朱朝陽(ジューチャオヤン)はその場に立ちつくしてじっと動かなくなった。

近くの通行人が続々と集まってきて、ありゃ、なんでこの子はかわいそうなことになったんだ、だれの仕業だ、と口々に言っている。親切な何人かはティッシュを出して、拭くのに渡してくれた。

両目いっぱいに涙を溜め、親切に差しだされたティッシュを手が触れてしまわないようおずおずと受けとって、顔をざっと拭うとうつむいて早足で家に向かう。数歩歩くところえきれなくなり、わっと声を上げて泣きだして、水のなかに落ちた犬のように懸命に大便をふるい落としながら、家に駆けもどった。

建物の下に来たところで、道ばたで近所の人たちが顔を突きあわせているのが目に入った。おばさんが一人こちらに気づいて、慌てて声をかけてくる。「ああっ、朝陽(チャオヤン)じゃない、どうしたの、その服、なにがあったの？　すぐにお母さんに電話して戻ってきてもらいなさい、家が大変なことになってるから」

驚いた朱朝陽(ジューチャオヤン)は、詳しく確かめる余裕もなく階段を駆けあがっていく。下の階の通路を始まりに、壁にいくつも赤のペンキでバツ印が描かれている。自分の家のまえに来てみると、扉の両側に赤いペンキで〝人殺しは死んで償え、借りた金は返して戻せ〟とふぞろいな字がでかでかと書かれていた。

階下で集まっていた隣人たちも上がってくる。「朝陽、早くお母さんを呼んで見てもらいなさいよ。お母さんはだれかに金を借りてるの？　その服はどうしたの、うんちまみれになっちゃって」そう言う人々のなかには、一家を心配している人もいれば、そのうち自分たちの暮らしまでこの一家のまきぞえを食うのではと恐れている向きもいた。

「春紅は分をわきまえた人さ、金なんか借りるわけがないよ。きっと朱永平の女房が人を雇ってやらせたんだ」そう説明するおじさんがいる。

「そうだ、きっとそれだ」

ふいに朱朝陽は世界すべてがぐるぐると回るのを感じ、自分がどう立っているかもわからなくなった。

そこにおばさんが走ってきて、せっぱつまった声で言う。「いま春紅に電話をしてきたけど、あの人もうんちをかけられたんだって、かけてきた畜生どもは逃げだしたって」

「母さんもかけられた？」そちらを向いて声を張りあげた朱朝陽は、火を噴くような目をしていた。

うわあぁ、と絶叫しながら大急ぎで鍵を出して扉を開け、電話に駆けよって、手が汚れているのもかまわずに受話器を持ちあげ、葉軍から渡された電話番号にかけた。

十分後、部下を連れて階段を上がってきた葉軍は、その場の光景を目にするが早いか、居あわせた隣人たちがことの次第を説明しおわらないうちに何も言わず壁に拳を叩きつけ、がなり声をあげた。「おい李、いまから朱永平の工場に人をやって王瑶を連れてこい！」そして朱朝陽に目を向けた。「怖くないぞ、今日はおじさんが味方になってやる。風呂に入って着替えてきなさい、いまから工場に行くのに連れていってやろう。今日ばかりはきっちりと落としまえをつけてもらうぞ！」

朱朝陽は感激してぶんぶんとうなずき、すぐに浴室に駆けこんでシャワーを浴び、服を着替えて、葉軍とパトカーに乗った。

朱永平の工場にはすぐに着き、広場では何人かの警官が朱永平たちと言い争っていた。そこに向かっていった葉軍は、四方を見回し、冷え冷えした声で質問した。「王瑶はどうした？」

「葉さん、朱永平のやつ、王瑶はいないし連絡もとれないと言ってます」一人の警官が言った。

葉軍は朱永平をにらみつけて一喝する。「朱永平、今日はかならず王瑶を引っとらえるぞ、いますぐあいつを出せ！」

朱永平は数本の煙草を差し出してきたが、葉軍はそれを払う。「そんな手を食うと思うか、くそが」

ぎこちない笑みを浮かべ、朱永平(ジューヨンピン)は太極拳のようにのらくらとかわしはじめる。「葉(イェ)刑事、おれはほんとに今日のことは知らないんです、ほら、うちのは法律を知らないし、周りが目に入らなくなるたちで――」

「なにが法律を知らないだ！　このまえ派出所であいつに釘をさしただろうが！　いやってほど言って聞かせてやっただろうが！」うつむいていた朱朝陽(ジューチャオヤン)をまえに引っぱってくる。「いいか、あんたの息子は頭から爪先までうんこまみれになったし、周春紅(ジョウチュンホン)もうんこを引っかけられて、家は真っ昼間にペンキで汚されたんだぞ！　どういう仕打ちだ？　その筋のやつらのやることだぞ！　おいあんた、男として息子の気持ちを考えてもみろ！　王瑶(ワンヤオ)のせいで息子がこんな目にまで遭ってまだ王瑶(ワンヤオ)を守るなんて、自分の良心に恥じないのか？」

朱永平(ジューヨンピン)の顔には苦渋が見えたが、かたくなに笑顔を保って事情を訴えていた。横にいる仲間たちは、ついいましがた電話で呼んできた近くの工場の経営者たちで、このあたりでは顔の利く面々でありそれなりの伝手(つて)もあって、ほんとうは警察とのとりなしに加わってもらうために呼んだのだった。とはいえ王瑶(ワンヤオ)が人を雇って朱朝陽(ジューチャオヤン)に大便をかけ、しかも真っ昼間にペンキでいやがらせをしたと、ことのいきさつを知ったいまでは、一同もそろって首を振り王瑶を差し出して、息子に申し開きをしないといけないと朱永平に言って聞かせていた。

これだけの人数が味方を離れてしまい、朱永平は深々と息をつき、そばの椅子に座りこんで顔を手で覆い、一言も口にしなかった。その夫の姿を目にしたのだろう、隠れていた王瑶が工場の事務所から飛び出してきて、大声を張りあげた。「あたしになんの用なの？」

姿を現したのに気づいた朱永平がすぐさま駆けよって、押しもどそうとする。「なんで出てきたんだ、戻れ、戻ってくれ！　おれが始末を付けるんだ」

葉軍が声を上げる。「こりゃあいい！　出てきやがったなら望むところだ、連れていけ！」

警官たちが近づいて連れていこうとするが、それを王瑶は振りほどき、恐れのかけらもなくしゃべりだす。「ちょっと、警察同志、なんであたしを連れてくの？」

葉軍が厳しく言いかえす。「人にくそをかけて、人の家をペンキで汚すなんてことをしでかしておいて、よくも訊けたな」

「あたしがいつそんなことをしたの？　一日じゅうここにいたのに」

その鼻先に葉軍が指を突きつける。「いいか、まぬけぶってすっとぼけたって、警察相手じゃ通用しないぞ」

「そうでしょうね、でも警察は証拠が頼りなんじゃないの？　あの畜生のことは、証拠がないって言って捕まえなかったのに。あたしを捕まえるのに証拠はあるの？　娘が死んでからこんなに経っても犯人を捕まえられてないくせに、あたしのことは簡単に捕まえるんだ」

「そうか、わかった」葉軍(イエジュン)は歯ぎしりする。「治安紊乱(びんらん)行為で済ますつもりだったが、そう言うならいいだろう――あんたはちんぴらどもを雇って動かしたが、そいつらを警察が捕まえられないと思ったか？　おれたちがちんぴらの身柄を押さえたら罪状もでかくなるからな、びびったってもう遅いぞ、首を洗って待ってろ！　おい、行くぞ！」

部下を連れて撤収しようとすると、朱永平(ジューヨンピン)はぎょっとして慌てて駆けだし、一同を引きとめようとして、必死にすがった。「警察同志、うちの女房は世間知らずだし、口もうまくないんです、お願い、お願いですからお許しを」王瑶(ワンヤオ)を振りかえって、がなり声を浴びせる。「やったらやったで認めりゃいいだろう、自分の首を絞めやがって！　早く謝りに行け、おれと派出所に行くんだ。早く来い！」

夫の剣幕をまえにして王瑶(ワンヤオ)はしぶしぶながらうつむいて歩きだしたが、葉軍(イエジュン)の後ろに立っている朱朝陽(ジューチャオヤン)が目に入ると反射的に、冷たく吐きすてた。「この畜生が」

朱朝陽は、王瑶の姿を目にしたときからすでに怒りで全身を震わせ、母親と自分が糞尿をかぶったことを思い出していたが、ここでも悪罵を浴びせられて、もう我慢ならなくなりわめき散らした。「このクソあばずれ、クソアマ、ぶっ飛ばしてやるからな！」飛びかかろうとするのを朱永平が押しとどめ、言いきかせる。「大人の話だ、おまえは出てくるな」

「父さん、まだこいつの味方になるの？」朱朝陽は二歩下がって、首を振り、問いかけるような目つきで朱永平を見つめた。朱永平はやましげな表情を浮かべ、考えこんだあと、息子を脇に連れていって抑えた声で話しはじめた。「朝陽、今日のことはおばさんが悪かった。おばさんはまえからおまえのことを色眼鏡で見てて、だからおまえの妹のことがあって以来ずっと、妙なことを考えてるんだよ。約束するって、これからはこんなことは起こさない。母さんに言っておいてくれ――今日の件、おまえたちはこれ以上ことを荒立てないでくれ。おれのほうからも、警察がおばさんのことを捕まえないように頼みこむから」

朱朝陽は驚愕して朱永平を見つめかえし、震える声で言った。「ぼくは全身うんこまみれになった」

朱永平は口を引きむすぶ。「何日かしたらおまえたちに一万元やるから、だれかに頼んで家のペンキは塗りなおしてもらえ。今日のことはこれっきりにしよう」

朱朝陽（ジューチャオヤン）の目に涙が溜まっていく。

「もうこれっきりだ、なあ」申しわけなさそうに肩を叩く。息子は聞きわけがよくて、父親の決定に逆らったことがないのはわかっていた。

しばらくの沈黙のあと、一歩後じさった朱朝陽（ジューチャオヤン）はとらえどころのない目つきを朱永平（ジューヨンピン）に向けながらうなずくと、葉軍（イエジュン）のところに行って小声でなにか話しかけた。

葉軍（イエジュン）はしばらく眉間にしわを寄せていたが、首を振ってため息をつくと、朱永平（ジューヨンピン）のまえに歩いてきた。「糞尿を浴びせた件は、当人ももう争わないと言うし、こちらから言うこともない。だが、白昼堂々公共の場所をペンキで汚した件はなかったことにできないぞ。当事者が争わなくても関係ない、王瑶（ワンヤオ）には警察に来てもらうからな」

朱永平（ジューヨンピン）は慌てて答えた。「わかりました、それでいい、葉（イエ）刑事、おれも付きそいで行きます」

葉軍（イエジュン）は口をゆがめて、冷たく答えた。「そのまえに息子を家まで送って、ちゃんとした言葉をかけてやれ」

「それは……」朱永平（ジューヨンピン）は逡巡するように王瑶（ワンヤオ）に目をやる。

見ていた人々が我慢できなくなり、あんた頭がどうかしてる、息子を送っていってやれ、と諭してきた。

やむなく口にする。「わかった、朝陽（チャオヤン）、父さんが送っていってやる」

息子の手を取ろうとしたが、朱朝陽（ジューチャオヤン）はそれを避けた。「いいよ、自分で帰るから」静かな声でそう言うと背を向け、足早に走り去った。

（下巻に続く）

兄弟の血――熊と踊れII（上・下）

En bror att dö för

アンデシュ・ルースルンド&ステファン・トゥンベリ
ヘレンハルメ美穂&鵜田良江訳

市警のブロンクス警部を激しく憎むふたりの男が獄中で出会った。ひとりは連続銀行強盗犯レオ。ひとりは終身刑の殺人者サム。檻の中で育まれた復讐計画は史上最大の略奪作戦として始動する。彼らが狙うのは――？　父と子の、そして兄と弟の物語は、前人未到の終着点へ……北欧犯罪サーガ第二作。解説／大矢博子

ハヤカワ文庫

天国でまた会おう（上・下）

Au revoir la-haut

ピエール・ルメートル
平岡　敦訳

〈ゴンクール賞受賞作〉一九一八年。上官の悪事に気づいた兵士は、戦場に生き埋めにされてしまう。助けに現われたのは、年下の戦友だった。しかし、その行為の代償はあまりに大きかった。何もかも失った若者たちを戦後のパリで待つものとは――？　『その女アレックス』の著者によるサスペンスあふれる傑作長篇

ハヤカワ文庫